이서아

2021년 《문학과사회》 소설 부문 신인문학상을 수상하며 작품 활동을 시작했다. 소설집 『어린 심장 훈련』이 있다.

키오스크 학교

키오스크 학교

오늘의 젊은 작가 52

이서아
장편소설

민음사

차례   1부 9
       2부 161
       3부 331

               작가의 말   377
               추천의 글_이유리(소설가)   380
               추천의 글_전청림(문학평론가)   382

키오스크 학교에 입학한 아이들의 목적은 단 하나였다.

키오스크가 되는 것.

물론, 되는의 의미는 무한했다.

1부

입학 비행

입학식 날이었다. 신입생들은 셔틀버스에 실려 키오스크 학교로 향하고 있었다. 은빛 고글을 쓴 채.

열 대의 셔틀버스 중 한 곳에 모라와 초희가 타고 있었다.

"너는 뭐가 보여?"

초희가 고글을 쓴 채 모라를 바라보며 말했다.

"나는 새가 나르는 주머니에 탄 것 같아. 하늘을 날고 있어. 이거 재밌네."

모라가 초희의 목소리가 들리는 곳으로 고개를 돌리며 답했다.

"나는 다리 밑이야."

"그럼 너는 내가 뭐로 보여?"

초희가 물었다.

"나는 네가 구름으로 보여. 작은 구름 조각. 나랑 같이 날고 있어."

"나는 네가 보이지 않아. 이곳에는 아무것도 없어."

키오스크 학교

 키오스크 학교를 설립한 이의 정체는 누구도 알지 못했지만, 어딘가 베일에 싸인 학교는 많은 이들에게 선망과 동경의 대상이 된 지 오래였다.
 입학생들은 셔틀버스를 타고 왔다. '우리나라'의 전국구를 오랜 시간 인내심 있게 내달린 셔틀버스는 이제는 유통업자나 물류업자 들을 제외하고는 거의 아무도 다니지 않는 도로를 또 한 번 인내심 있게 질주했다.
 학교는 길이가 15미터는 족히 될 듯한 철제 울타리로 둘러싸여 있었다. 뾰족한 가시가 달린 철조망이 마름모무늬 울타리의 모든 곳, 그 많은 여백 사이사이에, 단 한 곳도 빠짐없이 섬세하게 엮여 있었다. 그 울타리의 중앙에 오직 학교 셔틀버스만이 출입할 수 있는 문이 보였고, 문 위에는 자그마한 확성기와 CCTV가 햇빛을 받아 반짝였다.

울타리 안은 소나무 숲이었다. 숲 사이로 학교까지 이어지는, 예쁘게 포장된 진회색 길이 하나 나 있었다. 학교의 설립을 몇 년 앞두고 조경된 곳이었다.

소나무 숲은 울창했다. 소나무들은 대단히 높고 빼곡했다. 그 숲속에서 두 발을 흙에 디딘 채 서서 하늘을 올려다보면 나무들이 마치 하늘에서 구불구불 떨어지는 굵은 밧줄처럼 보일 정도였다. 그러나 누군가가 학교를 탈출해 숲속에 우뚝 선 채 하늘을 올려다보는 장면은 아주 나중의 일, 지금은 밝힐 수 없는 시기의 일이었다.

버스에 탄 신입생들은 그 모든 풍경을, 학교에 도착하기까지의 그 기나긴 여정을 목격하지 못했다. 모두 버스에 타자마자 스스로는 벗을 수 없는 고글을 착용했기 때문이다. 고글 안에서 버스의 창밖 풍경은 가지각색이었다.

신입생들이 고글을 통해 바라보는 풍경이 모두 동일해진 것은 학교에 도착했을 때부터였다. 학교는 본관, 체육관, 기숙사 건물로 구성되었다. 건물들은 넓은 잔디밭을 둘러싸며 입구 형태를 이루고 있었다. 또 다른 곳으로 들어가는 듯한, 입구의 형태.

학교 앞쪽은 소나무 숲이었고, 뒤쪽은 절벽과 바다였다. 절벽 아래로, 거친 모양의 바위들을 철썩이며 깎아 내는, 혹은 부드럽게 쓰다듬는 파도 소리가 들려왔다.

절벽은 그리 높지 않았고, 바다는 푸르렀다.

절벽 바로 앞에 본관이, 그 왼쪽으로 체육관이, 그 오른쪽으로 기숙사가 있었다.

키오스크 학교의 약도는 아래와 같다. 가끔은 구구절절한 설명보다 그림 하나가 명쾌한 법이다.

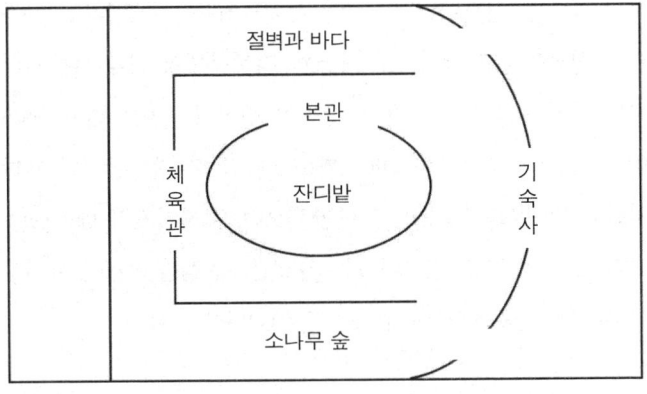

키오스크 학교의 약도(새 혹은 비구름의 시점)

신입생들은 곧장 체육관으로 인도되었고, 들어가면서 차례차례 고글을 반납했다. 그리고 A열부터 E열까지 총 여섯 개로 분리된 보안 검색대 앞 미리 배정받은 자리에 맞추어 섰다. 각 신입생마다 지정된 좌표가 있었다. E6 좌표를 배정받은 신입생은 보안 검색대를 통과할 때 E열에 줄을 서야 했고, 여섯 번째 순번에 자리해야 했다.

각자의 고향에서 셔틀버스를 타고 온 신입생들은 공항 게이트를 통과하듯이 A, B, C, D, E열로 나뉜 검색대에 줄을 섰다. 고향에서 함께 입학 신청을 했거나, 셔틀버스 안에서 금세 친구 사이를 맺은 신입생들은 검색대 사이사이 서 있던 ORE 가이드들에 의해 잘게 찢어졌다. 키오스크 학교는 엄격히 통제되는 기관이었고, ORE 가이드라는, 선생이라고 말하기도 경찰이라고 말하기도 모호한 정체불명의 기계들에 의해 모든 학생은 가지런히 줄을 맞추어 행군하듯 이동해야 했다. 학교 곳곳에 상주하는 ORE 가이드들의 피부는 갈치의 표면처럼 은빛이었고, 부드럽고 단단했으며, 도자기처럼 매끈했다. 그건 그들이 ORE 인간이라는 사실을, 즉 심장 인간이 아니라는 사실을 숨길 생각이 없다는 뜻이었다.

ORE 인간은 한때 인공지능인으로 불리던 존재로, 가슴 깊은 곳에 심장 대신 광석을 이용해 생산된 장치를 달고 있다 하여 ORE(광석) 인간이라 불린다. 장치에는 공식 명칭이 따로 있었지만 사람들은 점차 그 장치 자체를 ORE라고 부르게 되었다. 사람들이 모르는 것이 하나 있다면 ORE는 심장과 같은 역할을 할 뿐 아니라 인간의 뇌와 같은 역할을 수행한다는 것이었다.

세계 여러 국가들의 수장이 모인 회의에서 ORE인간협회는 '장치 인간'이라는 표현을 거부했다. 기계, 도구, 초월 등 다양한 후보가 있었지만 ORE라는 단어가 가진 잠재성과 상징성으로 인해 최종적으로 'ORE 인간'으로 명칭이 합의되었다. ('초월 인간'이라는 명칭은 심장 인간들의 거센 반발에 부딪혔다.)

'우리나라'의 사람들은 ORE 인간을 오어 인간이라고, 한 음절 한 음절을 매우 정확하게 발음했고, 그 방식이 틀린 것은 아니었다. (도대체 누가 감히 이런 일에 대해 틀렸다고 단언할 수 있을까?)

과거에 인간의 표준적인 개념이었던 존재는 '심장 인간'이라 불리었다. 따라서 작금의 시대에 인간이란 말은 중의적이었다. 그건 ORE 인간을 의미하기도, 심장 인간을 의미하기도 했다.

피부에 은빛이 도는 ORE 인간들을 고용하는 경우는 두 가지였다. ① 심장 인간의 피부가 완벽하게 구현된 모델들을 고용할 돈이 부족하거나 ② "우리가 당신들을 지켜보고 있다."라는 것을 보여 주기 위해서거나. ①의 경우로 은빛 피부의 ORE 인간들이 가득한 곳은 기묘한 향수를 불러일으킬 만큼 다정한 공기가 흐르기도 했다. 동네 축제가 그 대표적인 예였다. 은빛 피부의 ORE 직원들은 다람쥐 귀 머리띠를 쓰고 춤을 추거나 노래를 부르기도 했다. ②의 경우로 은빛 피부의 ORE 인간들이 가득한 곳은 깨끗하고 현대적이었으며 삼엄했다. 공항과 은행을 포함한 대부분의 공공기관이 그랬다.

학교의 ORE 인간들은 다른 기관에 고용된 ORE 인간들보다도 삼엄해 보였다. 눈가까지 챙이 내려오는 초록빛 모자를 푹 눌러쓰고 있었기 때문이다. 옷도 초록빛이었다. 풀잎의 초록은 분명 슬퍼할 것이다. 혹은 통곡할 수도 있다. 그들의 초록과 자신의 초록이 비슷하다는 사실에 대해.

"선을 넘으시면 안 됩니다." 체육관 내에 안내 방송이 울려 퍼졌다. 검색대를 통과한 신입생들은 자신의 자리를 찾아 두리번거렸다. 체크무늬인 체육관 바닥 덕분에 모든 신입생은 하나의 상자를 독점할 수 있었다. "선을 넘으시면 안 됩니다." 안내 방송이 다시 울려 퍼졌다.

학교 내부는 평범했다. 어느 곳에서나 볼 수 있을 법한 학교였다. 신입생들은 모두 흰색 셔츠와 무채색 바지 혹은 치마를 입고 있었다.

무대 위 천막이 걷히자 단상 위로 키오스크가 등장했다. 키오스크라는 것이 이 세상에 처음 나타났을 때의 모습을 그대로 간직한 바로 그 전통적인 키오스크, 직사각형의 앞모습과

물방울 모양의 옆모습을 가진 바로 그 초창기 키오스크였다.

"여러분, 반갑습니다." 키오스크가 입을 열었다. 아니, 키오스크는 입술 없이 말했다. "입학을 환영합니다." 키오스크는 어마어마한 성량을 갖고 있었고, 그것은 온 사방에 설치되어 있는 체육관 스피커를 통해 두 배, 세 배로 확장되었다. 100명의 신입생들은 동경과 두려움이 섞인 눈빛으로 키오스크를 올려다보았다. 그러니까, 단상 위의 교장 키오스크를.

모라

 100명의 신입생 중 가장 반짝이는 눈을 가진 학생은 모라였다. 모라는 마치 신과 조우하기라도 하는 신자처럼 보였다. 모라가 E열 맨 마지막에 서 있다는 사실은 비극이었다. 적어도 모라에게는.

 평범한 나무 빛깔의 무대 중앙에는 다소 이질감을 자아내며 세련된 은색으로 빛나는 키오스크가 있었다. 키오스크의 양쪽에는 도자기 같은 은빛 피부를 가진 ORE 인간들이 무장한 채 대기했다.

 "여러분도 아시겠지만," 그 목소리가 어찌나 우렁차고 또렷한지, 교장 키오스크의 목소리는 바로 학생들의 머릿속에서 울려 퍼지는 듯했다. 몇몇 학생들은 관자놀이를 마사지하거나 고개를 살짝 저었다.

"저희 키오스크 학교의 목적은 군더더기 없이 훌륭한 현대인을 배출해 내는 것입니다. 학교의 모든 커리큘럼을 통과하고 나면 사무실에서 실수하고 눈물 훔칠 일도, 공장에서 허둥대며 기계를 매만질 일도, 병든 이를 돌보다가 마음의 병이 드는 일도 없을 것입니다."

교장 키오스크는 한 신문사와의 인터뷰에서 "키오스크를 육성하는 것"이 학교의 목적이라고 이야기했다. 그것은 다시 말해 "인간 아이가 ORE처럼 생활할 수 있도록 함으로써 현대사회에 필요한 시민으로 자랄 수 있도록 돕는 것"이었다. 상세한 설명에도 불구하고 키오스크 학교의 정체성을 이해하지 못하는 사람들에게는 "쉽게 말하자면 인간 아이들을 위한 직업학교 같은 겁니다."라고 교장은 설명했다. (키오스크는 종종 학생들을 아이라고 불렀는데, 그건 반은 맞고 반은 틀린 표현이었다. 왜냐하면 키오스크 학교의 입학생 연령대가 아무리 낮아지고 있다고 하더라도 대부분은 일자리를 당장 가져야 한다는 압박을 받고 있는 2030 세대였기 때문이다. 키오스크가 40대 이상은 입학을 거절한다는 소문이 돌았는데, 그 진위 여부는 아무도 몰랐다.)

전 세계에서 가장 먼저 키오스크 학교가 설립된 것은 '우리나라'였다. '우리나라'에서는 모든 일이 지나치게 빠르고 획

일적으로 진행되었다. 그건 '우리나라'의 많은 젊은이들도 마찬가지였다. 그들은 키오스크가 되기 위해 학교에 자원했다. '아무리 그래도 사람들이 등록금과 학비를 대면서까지 기계처럼 살 수 있는 방법을 학습할까?'라는 의문 속에서 키오스크 학교의 실패를 예견한 지식인들은 서글퍼했다. 혹은 '요즘 것들이란. 정말이지 꿈도 열정도 없다니까.'라고 한탄했다. 물론 키오스크는 그러한, 감상적이거나 비관적인 지식인들에게 단호하게 반박했다. "우리는 이 혹독한 세상에서 살아남는 법을 가르치는 겁니다. 그뿐입니다."

키오스크 학교는 현대사회에 알맞은 시민을 육성했다. 뛰어난 성적으로 졸업한 학생은 곧바로 공공기관에 취업할 수 있다. 그렇지 못할 경우, 그러니까 형편없는 성적으로 졸업하거나 심지어 졸업에 실패할 경우에 어떻게 되는지는 밝혀지지 않았다. 키오스크 학교의 모든 비밀은 철저히 엄수되었다.

100명의 학생들 속에 서 있던 모라는 뒤를 돌아 입학식에 참석하기 위해 체육관에 들어오면서 통과해야 했던 보안 검색대를 쳐다보았다.

그날 입학식 도중에 뒤를 돌아보았던 아이들은 극소수였지만, 모라가 유일한 아이는 아니었다.

E열에 서 있던 모라와 달리, 초희는 B열에 서 있었다. 하필

이면 찾기도 어렵게, A열과 D열의 사이에!

　모라는 고향부터 끌고 온 트렁크를 검색대 레일 위에 올려놓았다. B열 어딘가를 맴돌며 자신의 자리를 찾고 있을 초희를 발견해 내려 애썼지만, 모두 새까만 머리를 하고 있어서 찾기가 쉽지 않았다.

　초희의 짐 안에는 휴대폰이 들어 있을 것이었다. 죽은 이와 통화할 수 있는 불법 제조 휴대폰이. 학교에 보안 검색대가 있으리라고는 추호도 상상하지 못했다. 키오스크 학교가 이렇게 엄중한 분위기일 거라고는 아무도 알려 주지 않았다.

　모라는 초조해졌다. 혹시 초희가 빼앗겼을까? 베타 선생님과 통화할 수 있는 이 세상 유일한 휴대폰을?

　베타 선생님과 모라와 초희가 함께 몰려다닐 때, 정확히는 모라가 베타 선생님을 따라다니고 초희가 그런 모라를 따라다닐 때, 시설 사람들은 그들이 세 자매 같다고 말하곤 했다.

　모라는 그토록 바라 왔던 키오스크 학교의 입학식에서 인간적인 혹은 기계적인 불안과 우울이 자신을 사로잡고 있음을 깨달았다. 그러나 어쩔 수 없었다. 모라는 체육관 뒤편을 바라보다 동기들을, 신입생 무리를 눈으로 죽 훑으며 초희를 찾기 위해 애썼다.

　"떠나온 고향에 아직 미련을 가진 신입생들이 있군요." 키오스크가 말했을 때, 모라는 깜짝 놀라며 자세를 바로 하고는 앞을 바라보았다. 모라 같은 신입생들이 몇 명 더 있었다. 그들은 고향에서 함께 출발한 친구를, 키오스크 학교에서 우연히 만난 옛사랑을, 트렁크에 실어 두었던 어떤 짐들을 생각하며 혼란스러워했다. "기억하세요, 이 기쁜 날은 일생에 단 한 번뿐입니다. 과거에 미련을 갖지 마십시오. 미련이나 그리움, 불안, 우울, 절망에 영향받지 마십시오." 키오스크가 이야기했다. "오직 건강한 태도로 지금 이 순간에 집중하십시오."

모라는 깜짝 놀라 다시 앞을, 키오스크를 바라보았다. 키오스크가 정확히 자신을 향해 그 말을 했는지, 자신을 바라보고 있는 것인지를 증명할 방법은 없었지만, 모라는 키오스크가 자신을 보고 있다고 확신할 수 있었다. 그리고 그건 일견 사실이었다. 키오스크는 360도 카메라를 몸에 내장하고 있기 때문에 언제 어느 때든 자신이 서 있는 공간 전체를 촬영 및 기록할 수 있기 때문이다. 키오스크 안에 내장된 카메라들과 키오스크 학교의 구석구석에 설치된 CCTV들에 대해서는 모라도 익히 들어 알고 있었다. 더 엄밀히 말하자면, 모라가 태어났을 때는 사람들이 걷고 뛰고 살아 숨 쉬는 모든 공간에 CCTV가 설치된 후였으므로, 모라는 매 순간 촬영되는 것에 오히려 익숙함을 느꼈다.

모라는 두려움과 경외심이 담긴 눈으로 키오스크를 바라보았다.

모라가 언제부터 키오스크 학교에 입학하기를 간절히 소망하게 되었는지는 더 이상 기억나지 않았다. 다만 홀린 듯 화면 속의 키오스크를 멍하니 바라보았던 순간의 이상야릇하고 희망적인 기분만큼은 늘 또렷했다.

　"의미 있는 존재가 되고 싶지 않으십니까?" 화면 속의 키오스크가 말했었다. "당신을 조소하는 이 세상에 무언가를 보여 주고 싶지 않으세요?"

　'우리나라'에서 열렬한 환영을 받은 키오스크 학교는 입학 경쟁률이 50 대 1을 육박했고, 결국 키오스크는 "도움이 절실한 아이"에게 입학 우선권을 제공하겠다고 선언했다. '나는 선한 존재입니다.'라는 기운을 온 목소리로 뿜어내며, 키오스크는 이야기했다. 태생적으로 세로토닌 수치 분비량이 탁월하게 낮아 우울증 발병이 높은 아이, 그러니까 차후 현대 사회에서 적응하지 못하고 정신질환에 시달리며 살아갈 가능성이 상대적으로 높은 아이들이 우선적으로 입학하는 게 마땅하다고.

　따라서 입학을 희망하는 젊은이들은 자기소개서와 함께 세로토닌 분비량 수치를 보여 주는 검사 결과를 함께 제출해야 했다. (자기소개서는 살아온 이야기, 그동안의 이력에 더해 장차 훌륭한 키오스크가 되어 성취해 내고 싶은 목적을 근사하게 버무려 집필해야 했다.) 문제는 지원자 대부분이 "태생적으로 세로토닌 분비량이 탁월하게 낮아 우울증 발병이 높은 '우리나라' 아이들"에 속한다는 것이었다. 아주 근소한 차이로 합격과 불합격이 결정되자 키오스크 학교에 떨어졌다는 이유만으로 잘못된 선택을 하는 아이들도 생겨났다.

"모든 키오스크 학교는 코즈모폴리턴을 지향합니다."라고 세상 모든 키오스크 학교의 교장들이 이야기했지만, 결과적으로 '우리나라'의 키오스크 학교는 예외가 되었다. 매해 신입생의 약 95퍼센트가 머리카락이 새까맣고 두 눈동자가 짙은 갈색인, 동아시아인들이었다. 그건 오로지 세로토닌 분비량이 낮은 아이들을 먼저 뽑은 탓이었다. 높은 성적으로 키오스크 학교에 합격한 아이들은 이것이 즐거워해야 할 일인지 지독히 슬퍼해야 할 일인지를 숙고하기 전에 합격증을 손에 쥐었다는 기쁨에 휩싸여 안도했다.

세로토닌 분비량 수치는 평균 이상이지만 살아온 환경이 비극적인 아이들은 키오스크 학교에 대대적으로 항의했다. 그들 중에는 동아시아인들이 아닌 신입생들도 몇 있었다. 결국 키오스크는 입학 조건에 "살아온 환경이 비극적"인 경우를 추가했다. 그 조항이 생겨난 후로, 입학을 희망하는 젊은이들은 소설인지 아닌지 모를, 자기 삶에 대한 구구절절하고 참담한 이야기를 상세하게 집필해 제출하기 시작했다. 다행히도 그것이 거짓인지 아닌지를 판별하는 일은 어렵지 않았다. 어떤 아이들은 가까운 이들의 사망증명서를 함께 제출하기도 했다.

키오스크 학교에 합격했다는 소식은 즉각 주변인들에게 화제가 되었다. 가족과 친척을 포함한 거주지의 이웃들이 집단 마술에라도 걸린 것처럼 "오, 내 주변에서도 키오스크가 나오는구나."라고 되뇌었기 때문이다. "그런 학교를 왜 들어가는 거야?"라고 의문을 제기했던 소수의 이웃들도, 어느 순간을 기점으로는 아주 자연스럽게, 곰곰이 생각해 보면 의아할 만큼 자연스럽게 키오스크 학교에 아이를 성공적으로 보낸 양육자에게 안부를 묻거나 정보를 얻어 내기 시작했다. (이 시대에 양육자의 종류는 다양했다. 모든 양육자가 부모인 건 당연히 아니었다.)

그 결과 시간이 지날수록 더 많은 양육자들이 자신의 아이에게 은근히 혹은 노골적으로 키오스크 학교에 들어갈 것을 제안했고, 그중에는 정말이지 순전하고 애틋한 사랑이 기반이 된 경우가 적잖았다. 오직 자신의 아이가 이 사회에 성공적으로 진입하여 여생을 문제없이 보낼 수 있도록 바라는 마음으로, 양육자들은 아이에게 말했다. "키오스크 학교에 대해 생각해 보는 게 어때?"

어떤 의미에서, 키오스크 되기는 무척 자랑스러운 일이었다. 키오스크는 화면 속에서 늘 이야기했다. "유의미하고 생산적인 존재가 될 기회를 놓치실 겁니까? 어정쩡하고, 평범하고, 뭐 하나 제대로 해낸 것 없는, 주변 사람들의 짐에 불과한 당신의 삶에 진정 만족하십니까?"

키오스크 학교에 입학하기 전 떠돌이 아이들을 위한 시설에 거주했던 모라는 화면 속 키오스크가 말할 때마다 가슴 깊은 곳이 두근거렸다. 키오스크의 말이 전부 맞았다.

단 한 번도, 단 한 번도 나는 유용했던 적이 없어. 그러나 만약 내가 키오스크가 된다면…… 모라는 생각했다. 나는 의미 있는 존재가 될 수도 있어. 존재 가치가 있는 존재 말이야.

모라는 화면 앞에서 일어나 베타 선생님을 도와 빨래를 걸으며 "제가 키오스크 학교에 입학하면 어떨 것 같아요? 그래서 언젠가 큰 성공을 이뤄서 우리 시설에 보답을 한다면요?"라고 물었다. 베타 선생님은 다정한 인간이었고, 다정한 인간은 사실을 말해 주지 못한다. 그들은 상대방의 마음을 헤아리며 그 순간 상대방이 가장 듣고 싶어 하는 적격의 말을 달콤하게 들려준다. 그날도 선생님은 알 듯 말 듯한 얼굴로 모라를 보며 이렇게 말했다. "보답하지 않아도 돼. 꼭 성공할 필요는 없어. 나처럼 계속 시설에 남아 선생님이 되어도 좋고, 도시를 떠나 한적한 마을에 들어가는 것도 괜찮겠지."

"초희는 한적한 마을에서 태어났어요. 그리고 지금은 우리와 함께 이곳에 있고요."

베타 선생님은 화제를 돌리기 위해 애썼다. "빨래는 햇살을 받는 게 좋아. 그리고 빨래를 너는 일은 우리가 직접 하지. 이런 건 직접 해야 해. 그럼 기분이 좋아지고, 그런 곳에 들어가지 않고도 하루를 살 수 있게 돼."

"선생님, 그 빨래 안 털고 널었어요. 그럼 구겨져요."

"시끄러워."

"선생님, 제 요점은 제가 큰 성공을 거두고 돌아와서 선생님을 포함한 모든 좋은 선생님들을 돕고 싶다는 거예요. 다들 이 시설에 꼼짝없이 남아 끝도 없이 노동을 하고 있잖아요. 선생님도 쉬고 싶지 않으세요?"

베타 선생님은 빨래 하나를 다시 걷어 털면서 말했다. "수도 없이 말했지만, 나는 네가 키오스크 학교 같은 곳에 들어가는 걸 원하지 않아."

"하지만 선생님, 쉬고 싶지 않으세요?"

"빨래 정도면 괜찮은걸. 무슨 성공을 이야기하는 건진 모르겠지만, 그래, 성공하고 돌아오면 나와 빨래를 하자꾸나."

"왜 빨래를 좋아하세요?"

"하나하나 널다 보면 머릿속이 정리되는 기분이 드니까. 그게 다야."

모라의 꿈을 반대하는 베타 선생님의 뜻은 전적으로 따뜻한 진심에서 비롯된 것이었다. 그리고 모라 역시 시설에 남은 베타 선생님의 삶과 키오스크 학교에 흘러 들어온 아이들의 삶이 정확히 어떻게 다를 수 있는지, 어느 쪽이 더 불행하고 어느 쪽이 더 행복하다고 말할 수 있는지 답을 알 수 없었다. 그래도 모라는 이 세상에 명쾌한 해답이 있다고 믿고 싶었고, 그 해답이 학교에 들어가는 것뿐이라는 생각에는 변함이 없었다.

초희

 초희는 모라와 달랐다. 초희의 마음 깊은 곳에서는 다양한 종류의 혼란이 사라지지 않고 점점 깊어지고 있었다. 모라와 아주 먼 곳에서 키오스크를 바라보는 동안 초희는 생각했다. 역시 대단하진 않아. 외형은 별거 없어. 어떤 나라의 키오스크는 부품 오류 때문에 단상 위에서 연설하다가 폭발했다고 들었어. 키오스크 사체의 잔해가 무대 여기저기를 굴러다녔다고 했지.

 초희는 그 모든 장면을 체육관 가장 안쪽에서 벽에 등을 기댄 채 바라보았다. 휴대폰은 빼앗긴 지 오래였다. 초희의 트렁크에서 휴대폰을 꺼내던 선생은 꽃무늬 파우치에 소중하게 밀봉된, 둥근 나침반처럼 생긴 휴대폰을 물끄러미 내려다보더니 이렇게 속삭였다. "이거, 그거구나. 사람이 죽는다는 사실을 받아들이지 못하는 아이들 사이에서 유행한다는 거." 초희 뒤에서 무슨 일이 벌어졌음을 귀신같이 감지한 다른 아이들이 가지런하던 줄에서 빼꼼 고개를 내밀기 시작했다. 도둑놈, 초희는 생각했다.

도둑 선생의 피부는 은빛이었다. 도둑 선생은 그들 뒤에서 대쪽같이 서 있던 은빛 피부의 경찰에게 초희를 인도했다.

베타 선생님의 피부는 은빛이 아니었다. 그건 심장 인간과 별다르지 않은 모습의 ORE 선생을 고용하여 아이들에게 안정감을 주려는 시도였으리라, 초희는 추측했다.

초희는 머나먼 과거에 심장이 낭만과 열정을 상징하던 때가 있었다고, 적어도 그렇게 믿는 사람들이 존재했던 시절이 있었다고 들었다. 이제는 아무도 그렇게 믿지 않았다. 오히려 자연발생된 심장이 인간들 생의 가장 강력한 방해물이라고 믿는 사람들이 늘어났다. 점점 음모론자들처럼 변질되어 가던 심장 원인론자들은 아래 항목들이 모두 그 심장에서(우리의 이 심장에서) 왔다는 이야기를 세상에 퍼뜨렸다.

1. 신체를 혹사시키는 과도한 열정
2. 통제 불가능한 분노

3. 채 하룻밤도 견디지 못하게 하는 끔찍한 죄책감과 수치심
4. 비이성적인 비관들
5. 스스로 목숨을 끊게 하는 슬픈 의지

 적어도, ORE 인간들에게는 이 다섯 가지가 없었다. 애초에 갖고 있지 않다는 사실은, 심장 인간들의 관점에서, 이 다섯 가지를 능숙하게 다스릴 줄 안다는 것으로 여겨졌다. 심장 음모론자들은 말했다. "심장이 없었더라면 우리도 행복할 수 있었을 겁니다."
 어쨌든 초희는 심장 인간치고 차분한 편이었다. 마치 휴대폰이 당연히 발각되어 빼앗기리라고 예견한 사람처럼. 혹은 빼앗겨도 상관없다는 입장이었다는 듯이. 모라와 함께 키오스크 학교에 자원하기로 마음먹은 그 순간부터 초희는 조금 다른 열망을 갖고 있었다. 화면 속 키오스크를 존경하던 모라와 달리 초희는 가슴 깊은 곳에서 끓어오르는 비뚤어진 증오를 느껴 왔던 것이다. 휴대폰은 자신이 챙기겠다는 모라에게 초희가 단호하게 "됐어. 내가 챙길 거야. 너를 어떻게 믿어?"라고 말한 것은 그 때문이었다. 모라는 어깨를 으쓱하며 휴대폰을 넘겼다.
 초희는 휴대폰 밀반입의 공범이 있다는 사실을 ORE 가이드에게 결코 밝히지 않을 심산이었다. 베타 선생님이 살아 있

었을 때, 선생님의 목소리를 몰래 녹음해 그 모든 데이터를 불법 사이트에 전송한 것이 모라였다는 사실도 초희는 죽을 때까지 그 누구에게도 밝히지 않을 작정이었다.

모라를 지키고 싶다.

그것이 초희의 뜻이었다.

ORE 가이드의 인도에 따라 ORE 선생에게 걸어가며 초희는 생각했다. 잘됐지. 어떻게 벌주나 보자고. 입학하자마자 키오스크 학교의 진면목을 볼 수 있겠군. 모라는 그때 자신이 속한 줄이 맨 마지막이라는 사실을 미처 깨닫지 못하고 앞으로 걸어가고 있었다. 무대 위의 키오스크가 입학식을 마무리하기 위한 정리의 말을 던지는 동안, ORE 선생은 초희에게 따라오라는 눈짓을 건넸다. 초희 뒤로도 다섯 명이 더 있었다. 그중 맨 끝에 선 이는 덩치 크고 험악한 인상을 가진 찬이었다.

나는 키오스크를 죽일 거야. 찬은 생각했다. 키오스크를 죽여서 본때를 보여 주겠다고.

본때?

누구에게 무엇을?

그건 아무도 알지 못했다.

ORE 선생은 여섯 명의 신입생을 체육관 기둥 뒤 구석의 문으로 끌고 갔다.

ORE 가이드가 손바닥을 대서 자동문을 여는 동안, 각각의 이유로 ORE 가이드에게 끌려오게 된 여섯 명의 신입생들이 자동문 속으로 들어가는 동안, 체육관에 남은 94명의 순하고 선량한 신입생들은 여전히 선망의 눈으로 키오스크를 바라보고 있었다.

도준

경외심 담긴 눈으로 키오스크를 바라보는 학생은 모라뿐만이 아니었다. 아주 많은 아이들이, 정말이지 아주 많은 아이들이 키오스크를 우러러보았다.

도준도 그랬다. 키오스크를 진심으로 존경했던 도준은 아주 단순했고, 단순하기 때문에 용감한, 적어도 용감해지고 싶어 하는 부류의 소년이었다.

도준은 좋은 성적으로 키오스크 학교를 졸업하면 곧바로 공공기관에 들어갈 수 있다는 소문을 듣고 찾아왔다. 사람을 구하면서 살고 싶다. 도준의 사명은 단순하고 견고했다.

사람을 구하면서 살고 싶다.

도준은 높은 산의 작은 오두막에 버려진 아이였다. 도준을 구조한 산악 구조대를 비롯하여 많은 사람들은 모두 "그 못된 어머니는 지금 어디 있을까?"라고 비난했지만, 도준을 도맡아 기르려고 했던 어머니가 자신의 재산을 노리고 있다고 맹신하여 오두막에 도준을 갖다 버린 사람도, 그 오두막으로 갈 수 있는 유일한 길목의 나무를 쓰러 뜨려 발길을 끊어 버린 사람도 아버지였다. 산악 구조대는 갑자기 나무들이 쓰러져 있는 것을 기이하게 여겼다. 도준은 구조대의 산장에서 모든 스님에게 사랑을 받는 사찰의 아이로 자라났다.

산장의 구조대원들은 모두 심장 인간이었다. 그들 전부가 도준을 반긴 것은 아니었다. 구조대는 두 파로 나뉘었다. 아이들을 싫어하는 분파는 우리가 이제 아이까지 길러야 하는 거냐며 바닥에 침을 뱉었고, 도준에게 별다른 이유 없이 얼차려를 시키기도 했다. 그러던 어느 날 밤, 그들은 산장에서 값비싼 물건 몇 개를 챙겨 달아났다. 인적 드문 산의 산악 구조대는 많은 지원을 받지 못했다. 그들은 소위 말해 아날로그적인 방법으로 사람들을 구조했다. 그렇다고 그들이 물품이며 기기 지원을 간절하게 원한 것은 아니었다. 그들은 겨우 찾아낸 이 일자리조차 잃을까 봐 걱정했다.

대원들이 일순간 우울감에 젖어든 것은 어느 날 심장 인간들이 무더기로 산 밑으로 추락했을 때였다. 그 어떤 방법으로도 그들을 구할 방법이 없었다. 구조대가 속해 있던 지역의 사람들은, 그러니까 아주 많은 심장 인간들은 죽은 사람들에 대해 "그러게 왜 산사태가 일어나는 날 산을 탔대?"라고 비아냥거렸다.

구조대는 추락한 사람들이 종종 구조대의 숙소에 들러 푹신한 계란찜, 끝내주게 맛있는 김치찌개 등을 요리해 주고 뜨끈한 커피를 내려 주었던 일을 기억했다. 학교의 전문 영양사처럼 도준의 음식을 따로 챙겼던 일도 기억했다. 그들에게는 단지 산을 타고 싶다는 인간적인 혹은 기계적인 열망이 있었고, 그 열망은 나이가 지긋했던 그들을 천진하고 유쾌하게 살도록 만들었다.

그러나 죽은 사람들을 비웃는 이들에게 그 이야기를 전달해 봤자 그들은 더욱더 비아냥거릴 것이 분명했다. 어떤 사람은 산을 타는 것에 생을 걸고, 어떤 사람은 타인을 조소하는 것에 생을 건다. 그 씁쓸한 사실을 도준은 깨달았다.

그렇다면 나는 무엇에 생을 걸 것인가?

울적함에 빠진 대원들이 하나둘 구조대 일을 그만두었다. 그들은 산장을 떠났고, 구조대를 잃은 산은 봉쇄되기 직전이었다.

도준을 돌보기 시작한 건 마지막으로 남은 대원이었.

둘은 종종 아침 일찍 산을 타고 시내로 내려가기도 했다. 그들은 공공체육관에서 1대 1 농구를 즐기거나 무작정 트랙을 달리며 갑갑한 속내를 달랬다.

어렸던 도준은 형에게 패배하는 것이 좋았고, 형을 뒤따라 달리는 것이 좋았으며, 형이 코치처럼 자신에게 이것저것을 툭툭 알려 주는 것도 좋았다. 공공체육관이 문을 닫는 날이면 그들은 시내의 무인 볼링장에 들러 번갈아 가며 무거운 공을 던졌고, 다시 산으로 올라가기 전에는 ORE 인간이 서빙을 하는 무인 패스트푸드점에서 점심으로 햄버거를 먹으며 맥락 없는 대화를 나누고는 아이처럼 웃었다. 이를테면 그들의 대화는 이런 식이었다.

"형은 왜 구조대원이 됐어요?"

"나? 대통령 하려고."

"오, 정말요? 엄청 멋있다."

"그럴 리가. 먹고살려고 했지. 햄버거 먹고살려고."

"예?"

"하하. 무슨 대통령이야, 대통령은. 야, 너 감자튀김 더 먹어라."

도준은 그 모든 순간이 몹시 귀하고 행복했다. 물론 그런 행복은 아주 찰나였다. 도준은 형 또한 다른 대원들이 그랬던 것처럼 산에서의 삶을 떠나고 싶어 한다는 사실을 알았다. 그리고 도준이 보기에 형은 그 어떤 삶을 선택하더라도 잘 살 수 있을 것 같았다. 형은 잘하는 것이 너무 많았다. 도준은 자신이 형의 발목을 잡는 족쇄 같다고 생각했다.

도준은 등산객이 수풀 속에 버리고 간 낡은 카라비너 하나를 손에 쥐고 이유 없이 잠금장치를 풀었다가, 잠갔다가, 다시 풀며 생각했다. 나는 이것만큼도 유용하지 못하군, 도준은 생각했다. 이 작은 사물보다도 쓸모가 없어.

물론 그건 사실이 아니었다. 그러나 그것이 그 당시 도준이 믿는 진실이었다. 왜곡된 진실을 믿고 살던 도준은 당시 군 입대를 진지하게 고민했다. 마치 무언가에 씐 사람처럼, 도준은 자신이 군인이 되어야만 한다고 믿었다.

대원 한 명과 산장에서 지내던 어느 날, 도준은 일찍이 그곳을 떠난 한 대원이 남기고 간 패드에서 키오스크의 연설 장면을 우연히 보게 되었다.

"정말로 이 세상에 유의미하고 생산적인 존재가 될 기회를 놓치실 겁니까? 어정쩡하고, 평범하고, 뭐 하나 제대로 해낸 것 없는, 주변 사람들의 짐에 불과한 당신의 삶에 정말로 만족하십니까?"

도준은 그날부터 바로 입학을 준비하기 시작했다. 자신의 세로토닌 분비량이 크게 낮다는 생각이 들지는 않았다. 그렇지만 도준의 사연이 가진 비극성은 완벽했다.

자기소개서에 근사하게 적을 목적의식도 뚜렷했다.

도준의 키오스크 학교 입학이 결정된 날, 아직 산장에 남아 있던 그 험상궂은 인상의 형은 밧줄 하나를 들고 도준에게 따라오라고 말했다.

그들은 절벽 끝으로 갔다.

"너는 산악 구조대원의 피가 흐르니까, 밧줄 하나만 허리에 매고 저 절벽 밑으로 내려갈 수 있어야 해."

도준은 당황했다. 절벽은 너무 높았다.

"이건 구조 훈련인가요?" 도준이 물었다.

"그럼." 형이 답했다.

도준은 두려웠다. 그러나 이곳에서 두렵다고 말한다면 결코 키오스크가 될 수 없을 것만 같았다. 도준은 이내 굳은 결심을 하고 밧줄을 허리에 질끈 감은 뒤 절벽으로 걸어갔다. 기다랗게 이어진 밧줄은 형이 쥐고 있었다.

도준이 절벽 끝으로 걸어가기 시작했을 때, 형은 밧줄을 쥐었던 손에 힘을 주어 거칠게 끌어당겼다.

아직 힘이 부족한 도준은 속수무책으로 넘어지며 질질 끌려왔다. 도준은 원망 담긴 눈으로 형을 올려다보며 물었다. "이게 뭐 하자는 거예요?"

"아니지." 형이 슬픔과 분노가 섞인 눈으로 도준을 내려다보며 말했다. "이럴 때는 무섭다고 말해야지."

도준은 넘어진 채로 형을 바라보았다.

형이 언성을 높이며 말했다. "'장비가 이것뿐입니까? 밧줄 하나가 다입니까? 이런 걸로 뭘 어떻게 구조를 하라는 겁니까?'라고 말해야지."

도준은 어안이 벙벙하여 주춤주춤 자리에서 일어났다. "하지만 명령한 건 형이잖아요. 저는 따랐을 뿐이에요."

"안 돼." 형이 무너져 가는 얼굴로 말했다. "판단은 네가 하는 거야."

도준은 혼란스러운 얼굴로 형을 바라보았다.

다음 날 도준이 키오스크 학교로 향하는 버스를 타기 위해 짐을 싸 들고 산을 내려갔을 때, 형은 이미 떠나고 난 뒤였다.

도준은 카라비너를 챙겨 산장을 떠났다.

찬

 자기소개서에 키오스크 죽이기가 목적이라고 적을 만큼 찬이 무식하지는 않았다.
 찬은 키오스크 학교에 간절히 입학하고 싶어 하던 친구의 것을 훔쳐 제출했다. 대의를 위해서라면 그 정도 편법은 지극히 사소한 일이라고 찬은 믿었다. 교장의 연설에 호도된 친구가 학교에 들어가는 것보다는 자신 같은 대단한 사람이 입학하는 게 당연히 옳다고 믿었다. 찬은 혹시 모를 상황에 대비해 친구가 미리 받아 두었던 온갖 서류를 파쇄하기까지 했다.
 찬의 친구는 자신의 자기소개서가 도용됐을 뿐만 아니라 고생 끝에 준비한 서류가 모두 사라졌다는 사실을 알았을 때 오히려 덤덤했다. 그 친구는 성실하고 꼼꼼하게, 그리고 영혼

없이 자기소개서를 집필하고 서류를 준비하는 동안 키오스크 학교의 입학에 대한 의구심이 싹텄던 터였다.

찬이 성공적으로 학교에 들어갔다는 사실을 알게 되었을 때, 친구는 바로 그런 인간에게 필요한 것이 키오스크 학교일지도 모른다고 생각하며, 달리 알아봐 두었던 직장에 지원 서류를 넣었다.

몇 장짜리 서류를 다시 작성하는 일은 사실 그 친구에게 대단한 노동이 아니었다. 미리 준비해 두었던 서류들의 복사본을 서랍장에서 꺼내는 일도.

그 친구가 사회에 순응할 수 있는 다른 통로를 손쉽게 이용하는 동안 찬은 셔틀버스에서 희열과 긴장감으로 심장이 터질 듯한 기분을 느끼고 있었다. 학교에서 자신의 임무를 마친 후에 그 친구와 재회하면, 그 친구가 자신에게 고마워하거나 혹은 자신을 죽이려고 들지 모른다는 짜릿한 상상을 하며.

자신이 이미 무언가 되었다는 야망 가득한 생각을 하며.

원혜와 주디

 서류를 준비하는 일이 여간 힘들지 않았던 아이들도 있었다.
 두 소녀, 원혜와 주디가 그런 경우였다. 그들은 자기소개서를 비롯한 모든 서류를 준비하는 동안 크게 고생했다. 센터를 방문하고, 또 방문하고, 또다시 방문하면서 마침내 서류를 다 준비했을 때 그들은 기진맥진이 되어 있었다. 그들에게는 센터에 방문해 서류를 받아 오거나 거창한 언어로 자기소개를 하는 일이 몸을 혹사하며 청소하는 일보다도 훨씬, 죽도록 고통스러웠다.
 너무 더워서.
 사실 그들이 키오스크 학교 입학을 희망한 이유는 아주 단순했다. 이게 다였다.

세상이 너무너무 더워서.

여름이 되면 주디가 사는 곳은 너무 더웠다. 정말이지, 끔찍하게 더웠다. 태몽에 주황 비둘기가 나타났다는 이유로 주디라는 이름을 가지게 된 주디는 다정한 부모 밑에서 자라났다. (그러고 보면, 그건 정말 태몽이었을까? '우리나라'의 사람들은 기억나는 꿈 중에서 동물과 생물이 나오는 게 있으면 태몽이라고 믿는다. 달콤한 미신이다.) 사실 주디의 부모는 '우리나라'를 떠날 계획으로 그 이름을 아이에게 붙여 준 것이도 했다. 주디 부모의 계획 속에 있던 후보 국가들은 '주디'라는 이름이 친숙하게 쓰일 수 있는 나라였다. 그 이름이 그 나라들에서는 더 이상 쓰이지 않는, 먼 옛날의 노인들을 위한 이름이라는 문제는 제쳐 두고라도. 본래 '주디'라는 이름이 흔히 쓰였던 나라들이 그 이름을 잊어 가는 동안 새로운 나라들이 '주디'라는 이름을 선택했다. '피터', '소피', '브레드', '루시'와 같은 이름들을 사용하는 사람들 역시 나라를 불문하고 점점 더 많아졌다.

물론 점점 더 많아진다고 하더라도 '주디'같이 생기지 않은 아이가 '주디'일 때 짓궂은 아이들은 기함을 토하며 놀라거나 껄껄 비웃곤 했다. 동시에 주디라는 이름의 원 주인이 자신이라고 믿는 사람들은 '주디'같이 생기지 않은 아이가 '그런 나라'에서, 그러니까 지독히 불행하고, 폐쇄적이고, 집단주의적인 나라에서 떠나지 않고 오래오래 행복하게 잘 산다면 그건 그것대로 우스운 일이라 여겼다. "세뇌당한 거야." 그들은 그렇게 말했다. "분명 세뇌당한 거야."

그렇다면 '주디'라는 이름의 주인인 사람들의 나라에서 정윤혜, 김원, 장재훈, 성다희와 같은 이름을 가지면 어떨까? 지엉이윤히에, 키임우언여엉, 지앙지애후운, 쓰엉드아흐이로 불릴 것이다. 혹은 "뭐라고요? 이름이 뭐라고요? 아니 그러니까 당신 이름이 뭐예요? 여기에서 쓰는 이름 없어요?"라는 말을 들을 것이다.

모든 부모는 그 나름대로 최선을 다하지만, 어떤 부모는 정말로 최선을 다한다. 심지어 정말로 최선을 다하는 그 부모가 본래 안정적이고 건강한 마음을 가진 사람일 때, 그것이 그들의 부모에게 받은 사랑 때문이든, 평생을 홀로 단련하여 얻어낸 수행의 결과이든, 아이는 땅속 깊숙한 곳까지 수만 갈래의 뿌리를 내린 단단한 나무처럼 자라난다. 그런 아이는 세상의 풍파에도 쉽게 흔들리지 않고, 누가 강요하거나 부탁하지 않아도 자신의 부모에게 꽃다발을 바치며 이렇게 선뜻 노래를 부를 수도 있는 어른이 된다.

주디의 부모가 그랬다.

주디는 자신의 부모를 생각할 때면 언제나 노래를 한 수 지어 바치고 싶었다. 다소 통속적이고 시시한 노래라 하더라도.

당신들은 최선을 다했네
세상은 가혹했고 생은 지난했으나
당신들은 최선을 다했네
그러니 나의 슬픔에 대하여
결코 자책하지 마세요
생은 모두에게 공평히 잔혹하고
모든 부모는 모든 아이보다
대략 두 배의 생을 이미 살았지
내 부모도 그러했네
두 배의 고통과
두 배의 절망과
두 배의 환희 속에서
그들은 죽기 살기 최선을 다해
나를 길렀네
그러니 나의 우울에 대하여
결코 자책하지 마세요

 그럼에도 불구하고, 거대한 나무를 통째로 쓰러뜨리기 위한 악의를 가진 폭풍에는 아무리 대단한 사랑을 물려받은 아이일지라도 절망 속에서 울음을 터뜨리거나 자신의 생을 전부 다 장작으로 바쳐 피워 낸 거대한 불덩이 속에서 여생을 보낼 수도 있는 법이다.

주디의 부모는 같은 공장에서 근무했고, 사고사를 당했다.

주디는 공장에 찾아가서 따지려고 했다. 그러나 공장 앞에서 주디는 두려움에 휩싸여 한 발자국도 움직이지 못하는 자신을 발견해야 했다. 주디는 자신의 유약함에 절망하며 눈물을 흘렸을 뿐이었다. 그게 다였다. 주디는 집으로 돌아왔다. 그리고 이제 더 이상 월세를 낼 사람이 없으며 이렇게 가만히 있으면 경찰에 의해 정체불명의 시설에 들어가리라는 사실을 알았다.

주디는 도망쳤다.

그렇게 주디는 은행, 대형 백화점, 공항, 종합병원을 전전하며 살았다. 문제는 주디 같은 사람들이 매년 기하급수적으로 늘어나고 있기 때문에 경비가 점점 더 삼엄해진다는 것이었다. 주디는 쫓겨나기 일쑤였다. 땀을 뻘뻘 흘리다 못해 기진맥진한 모습으로 공원의 나무 그늘 밑에 쓰러져 있던 주디는 이 세상의 모든 열기가 응집된 새빨갛고 붉은 점으로, 땅에 녹은 태양으로, 붉은 보석으로 보였다.

그날 주디가 정신을 차렸을 때 주디가 누운 곳은 병원이었다. 이 시원함! 주디는 행복했다. 그곳이 바로 천국이었다. 주디는 자신의 손등에 연결된 링거를 끌고 병원 복도를 걸었다. 화면을 통해 키오스크의 연설을 보게 된 것은 그 병원에서였다.

병원에는 방금 전 배 속 아이를 지운 원혜도 있었다. 원혜는 자신을 키운 이가 풍족한 사랑으로 가득 찬 사람이었다는 것을 어렴풋하게나마 기억했다. 어떤 미화도 없는 사실이었다. 세상에는 대책 없이 이타적인 사람들이, 그러니까 집착과 자아 의탁과 같은 병적인 애정이 아니라 타인을 이해하고 사랑하는 마음으로 자신의 고통을 승화하고자 하는 사람들이 종종 존재하는 법이었다. 원혜를 기른 것은 피 한 방울 섞이지 않은 할머니였다. 원혜는 할머니가 자신을 깊이깊이 사랑했던 것을 기억하고 있었다.

에어컨이 고장 난 날, 원혜의 할머니는 세상을 떴다. 아주 작고 몹시 오래된 중고 에어컨이었는데, 그들이 살던 동네까지 달려와 줄 배송 기사가 없었다. 아니, 배송 기사들은 있었지만 그들에게 지불해야 할 출장비가 어마어마했다.

죽을 만큼 더웠지만 어쨌든 출근을 해야 했던 원혜의 할머니는 집을 나섰고, 죽을 만큼 더워서 회사 화장실에서 잠들고 싶다는 생각을 했지만 원혜를 돌보기 위해 폭염을 뚫고 퇴근했다. '우리나라'에서 관측된 가장 높은 기온인 41도라는 기록은 이미 깨진 지 오래였다. 기상청에서 "오늘 기온도 41도에 육박할 예정입니다."라고 말하는 날이 잦아졌다. 그날은 41도에 육박하는 날이었고, 원혜는 땀을 주르륵 흘리며 퍼즐을 맞추고 있었다. 할머니에게 생일 선물로 받은 퍼즐이었다.

원혜의 할머니는 늘 원혜에게 이렇게 말하곤 했다. "너는 재능이 많은 아이야. 너는 나랑 다른 삶을 살게 될 거야." 그리고 그날, 퍼즐의 세계가 드디어 모습을 드러냈을 때, 원혜는 할머니가 집에 도착하자마자 천천히 쓰러지던 모습을 바라보며 울음을 터뜨렸다. 완성된 퍼즐은 청명한 하늘과 분홍빛 왕국의 풍경 뒤로 수천 마리의 금빛 새들이 날아가는 광경이었다. 새들은 그림 속에 박제되어 깊은 침묵 속에서 할머니의 죽음을 감지했다.

원혜는 할머니를 쓰러뜨린 이가 사람이었더라면 못을 박기 위해 쓰던 망치를 손에 쥐었을 것이라고 생각했다. 그리고 그건 반만 사실이었다. 원혜가 그런 상황에 실제로 처해 본 적은 없었으므로 진실은 아무도 모르는 것이었다. 진실은 매 순간 변한다. 태동하는 하나의 생물이라도 되는 듯이. 혹은 수천 개의 갈래로 나뉠 수 있는 물결의 구성 성분이라도 되는 듯이.

수천 피스의 퍼즐을 홀로 맞출 만큼 원혜에게는 집요한 구석이 있었다. 재미있는 그림이 그려진 퍼즐이 아니라면 미뤄 둘 정도로, 시시하고 지루한 것은 기꺼이 거부하는 맹랑함도 있었다.

그로부터 10년쯤 지난 후에도 원혜는 자신이 맞추던 퍼즐 속 풍경을 생생하게 기억했다. 떠올리면 떠올릴수록 풍경은 머릿속에서 더욱 정교하고 아름다워졌다. 퍼즐 속 왕국이 초대형 백화점만큼 커다래진 상상 속에서 원혜는 몹시 자그마했다. 손도 발도 몸집도. 하나하나 진중하게 퍼즐을 맞추던 어린 시절처럼.

꿈속에서 성 뒤편으로는 언제나 수천 마리의 황금 새들이 날아가고 있었다.

성은 고요히 존재했고 새들은 열렬히 존재했다.

원혜가 어렸을 때, 그 자그마한 손을 주물거리며 할머니는 노래하듯 이렇게 말하곤 했다. "언젠가 우리 여유가 좀 생기면 비행기 타고 여행 가서, 이국의 성도 보고, 파란 바다 앞에서 리넨 돗자리를 깔고 눕자. 그리고 함께 낮잠을 자자." 물론 원혜는 할머니의 노랫말까지는 기억하지 못했다. 그러나 다섯 살이었던 원혜는 할머니의 노래를 들으면서 함께 낮잠을 자는 모습을 상상했고, 단잠 속에서는 언제나 청명한 하늘 아래 분홍빛 왕국이 떠올랐다. (이상한 일이지만, 어렸던 원혜의 꿈속에서도 원혜가 그 왕국에 입장하는 일은 일어나지 않았다.)

할머니의 노랫말을 기억하지 못하는 원혜는 이제 단잠에 빠져들 때마다 살아 있는 할머니의 모습을 보았다.

어린 원혜를 주운 것은 어느 여자였다.

원혜보다 한참 나이가 많았던 그 여자도 여전히 어린 사람이었기 때문에, 원혜는 여자를 언니라고 불렀다. 둘은 적잖은 시간을 함께했지만, 원혜는 언니의 이름을 물어볼 생각을 하지 못했다.

언니.

그저 언니.

마치 언니의 이름이 언니인 것처럼.

언니는 원혜를 사랑으로 길렀다. 원혜는 확실히 사랑을 받는 일에 능숙했다. 아이가 생겼을 때 돈을 제공해 준 유일한 이가 언니였다. 원혜는 망설이지 않고 곧장 아이를 지웠다. 원치 않은 관계였고 원치 않은 아이였다. 사실, 그건 아이가 아니었다. 그건 세포였다. 과학적으로도. 문학적으로도. 이성적으로도. 감성적으로도. 사실로서도. 진실로서도. 그 무엇으로서도.

아이는 원혜였다.

줄곧, 오랫동안, 한평생.

과학적으로도. 문학적으로도. 이성적으로도. 감성적으로도. 사실로서도. 진실로서도. 그 무엇으로서도.

수술 후 병원 홀에서 원혜는 앳된 얼굴로 멍하니 화면 속 키오스크를 바라보며 중얼거렸다. "시원해 보이네." 원혜는 힘없이 쓰러지던 자신의 할머니를, 그에 대한 마지막 기억을 떠올리고 있었다. 대각선 뒤쪽에 앉아 있던 주디가 빵 웃으며 원혜의 어깨를 친 것은 원혜가 급격히 울적해지기 시작했을 때였다. "저기, 나도 방금 그 생각을 했어. 너도 더운 곳에서 왔어?"

그 무렵 같은 병원에 머물던 어떤 졸렬한 인상의 심장 인간이, 원혜가 아이를 지우는 수술을 받았다는 사실을 알아챘고, 그 소년은 작은 피켓을 들고 원혜를 쫓아다니면서 상스러운 말로 비난했다. 원혜가 주디와 함께 퇴원해 택시를 잡아 타고 병원을 빠져나갈 때도, 그 졸렬한 인간은 거리의 날벌레들과 개미를 수십 마리씩 밟아 가며 원혜를 쫓아왔다. 졸렬한 인간에게는 세상의 그 어떤 생명체보다 원혜의 배 속에 잠깐 있었던 그 세포가 중요했기에, 원혜는 천인공노할 죄인에 해당했다. 그리하여 다행인지 불행인지, 그는 병원 관계자들에게 잡혀 다시 입원한 후에도 원혜라는 악당을 처치하지 못했다는 슬픔과 절망과 극심한 분노에 빠져 하루에 수십 번씩 당장이라도 미쳐 버릴 것 같은 기분에 휩싸였다. (병실의 모두가 그 졸렬한 인간이 이미 미쳐 있음을 알고 있었지만, 그는 자신이 지금은 멀쩡하지만 곧 미쳐 버릴 것 같다고 믿었다.) 들끓는 감정 기복과 지옥 같은 하루하루 속에서 졸렬한 인간은 식음을 전폐하기 일쑤였다. 세상이 나의 원고한 뜻을 무시해! 세상이 나의 원고한 뜻을 무시해! 세상이 나의 원고한 뜻을 무시해! 졸렬한 인간은 허공에 주먹을 휘두르며 울부짖었다. 우호! 우호! 끼엑! 꽤액!

원혜와 주디는 택시 안에서 서로를 쳐다보며 웃었다. 그들은 퇴원하던 날 서로의 손톱에 발라 준 분홍, 노랑, 연둣빛 매니큐어처럼 어딘가 엉뚱하고, 연약하고, 소위 말해 멍청해 보이는 인상을 풍겼지만 동시에 그만큼 강인한 아이들이었다. ORE 피부를 가진 택시 기사가 차를 쫓아오는 졸렬한 인간의 정체에 대해 물었을 때, 주디는 어깨를 으쓱하며 말했다. "저에게 푹 빠졌어요. 다이아몬드 반지를 끼워 주고 싶다네요." 그러자 원혜가 질세라 맞받아쳤다. "아니야. 저 애가 푹 빠진 건 나야. 젠장, 그런데 저런 애가 푹 빠졌다고 좋아할 사람이 누가 있겠어?"

깔깔깔깔.

ORE 피부를 가진 택시 기사는 서비스직다운 품위 있는 미소를 빙그레 지어 보이며 동의를 표하듯이 끄덕였다.

택시 안은 꽤 시원했다. 그러나 언니의 집 앞에서 택시가 멈추었을 때 그들은 이 세상이 너무 춥다는 사실을 깨달았다. (때는 겨울이었다.) 아무리 초인종을 눌러도 언니가 문을 열어 주지 않자 원혜는 우편함을 뒤졌다. "수술이 끝나면 바로 돌아오라고 했는데……." 결국 주디가 창문의 잠금장치를 땄다. "이런 건 어떻게 할 줄 알아?" 원혜가 물었을 때 주디가 어깨를 으쓱했다. "어렸을 때 배웠어. 슬럼가의 기본 기술이야." 언니의 집 비밀번호가 원혜의 생일이라는 것을 기억해 낸 건 창문을 통해 겨우 집 안으로 들어온 뒤였다. "수술이 끝나면 우리 집으로 와. 내가 집에 없으면 네 생일을 눌러. 그렇게 설정해 둘게."라고, 언니가 말했던 것이다.

언니의 집에는 돈다발과 패드 하나가 놓여 있었다. 패드의 잠금을 열 수 있는 이는 언니와 원혜뿐이었다.

원혜, 잘 지냈어?

나는 시설로 들어갈 거야. 거기서 선생이 되기로 했어.

좋은 일을 하다가 죽고 싶어. 그냥 그러고 싶어.

유기된 아이들을 위해 설립된 시설에서 돌봄을 제공할 예정이야. 말이 웃기지? 그냥 버려진 아이들을 돌볼 거야, 라고 말할 수도 있는데.

하지만 계약서에 이렇게 적혀 있었어. "유기/ 폐기된 아이들을 위한 돌봄 제공 ORE 선생".

그래, "ORE 선생", 그게 내 직업이야. 앞으로 내 이름은 베타가 될 거야. 아이들은 나를 인공지능 인간이라고 믿을 거고.

그래, 베타.

그게 이제 나의 이름이야.

하하.

원래 인공지능 선생을 시설로 들여올 계획이었고, 그렇게 대대적으로 홍보까지 마쳤는데, 그것 덕분에 후원금도 받고 아이들도 더 많이 받을 수 있었는데, ORE 선생을 데려올 지원금이 끊겨서 돈이 부족해졌대.

나는 인공지능인 척하면 되는 거야. 특별히 노력할 필요는 없대. 아이들 모두가 이미 내가 인공지능이라고 믿고 있으니, 그냥 나는 나대로 지내면 된대. 그게 도대체 다 무슨 말일까?

어쨌든 나는 만족해.

돈을 벌 수 있잖아.

추신, 네가 정말 보고 싶구나.

너의 언니.

원혜는 언니의 편지를 다 읽고 한참 동안 패드를 들여다보았다.

화면 여기저기에 언니의 지문이 연하게 묻어 있었다. "이걸 닦으면 안 돼." 원혜가 주디에게 말했다. 그게 유품이라도 된다는 듯이.

"알겠어. 그럴 생각도 없었지만." 주디가 말했다.

"절대." 원혜가 강조했다.

원혜와 주디는 언니의 집에서 몇 달을 더 거주하다가 딱

한 번 시설을 찾아갔다. 언니의 집은 너무나도 좁고, 너무나도 추웠다. "베타 선생님은 이곳을 떠난 지 오래예요. 이래서 저희도 인공지능 선생님을 꼭 들여오고 싶었는데……. 베타 선생님은 극심한 우울증을 호소했어요. 아이들을 보살피는 게 자신에게 너무 많은 영향을 미친다고 말했죠." 날씨는 이제 점점 더워지고 있었다.

너무 더워. 너무 더워.

너무 더워. 너무 더워.

너무 더워. 너무 더워.

너무 더워. 너무 더워.

원혜와 주디는 점점 더 따뜻해지는 언니의 집에 대자로 누워 있다가 동시에 키오스크 학교에 대해 떠올렸다.

이제 더 이상 쫓겨나는 삶은 살고 싶지 않았다. 떠도는 삶도.

자기소개서를 작성하는 동안, 원혜와 주디는 솟구치는 분노를 꾹꾹 누르며 멋진 목적의식을 창작해야 했다.

목적의식?

글을 쓰다 말고, 원혜와 주디는 언니의 집 거실에서 양반다리를 하고 앉아 종종 얼굴을 마주 본 채 담배를 피우며 침묵에 잠기곤 했다. 이런 씨발, 목적의식?

그들의 두 눈에 담긴 것은 오직 끔찍한 슬픔뿐이었다.

한여름, 원혜와 주디는 온몸이 땀에 절 때까지 산을 올라 절벽 위에 우뚝 서기를 좋아했다. 그러고는 가위바위보를 한 다음 이긴 사람부터 절벽 밑으로 몸을 날리는 것이다. 심장이 멈출 수 있으니까 뛰어내리기 전에 손에 든 페트병의 뚜껑을 열어 얼음물을 온몸에 붓는 것도 까먹지 않았다.

깊은 냉수 속에 풍덩 빠졌다가 고개를 들면 절벽의 근사한 표면이 보였다. 그것이야말로 근사했다. 규칙성 없이 이곳저곳 움푹 파인 산맥의 거대한 몸뚱이란!

얼음같이 차가운 계곡물 속에서 그것을 올려다보며, 매번 감탄하며, 그들은 종종 신에 대해 생각했다.

희망을 잃지 않은 갓난아이들처럼.

대단한 열정?

그들은 종종 하늘을 보며 물었다.

냉수에 뛰어드는 이들보다 더 대단한 열정을 가진 이들도 있나?

그렇지만 누구에게 묻고 있었던 것일까?

신에게?

그들에게 추호도 관심이 없는 어떤 신?

혹은 저 높이 하늘을 날아가는 새?

혹은 금성?

혹은 천국?

도대체 무엇에게?

마지막 통화

초희는 ORE 가이드를 따라 복도를 죽 걸어갔다. 얼마 지나지 않아 도착한 곳은 1인실이었다. 여섯 명은 모두 각방에 들어갔다. 방 안에는 의자 하나가 놓여 있고 ORE 가이드가 한 명씩 서 있었다. "앉으세요." 문이 닫히자마자 ORE 가이드가 말했다. 초희는 까닭 모를 불쾌함을 느끼며 의자에 앉았다.

"휴대폰을 압수하기 전에 마지막으로 통화하세요." ORE 가이드가 말했다.

"여기서요?"

"예. 지금 당장."

초희는 지금 이 순간 이 방에서 자신의 모든 움직임과 목소리가 녹음, 촬영, 기록되고 있으리라는 사실을 떠올렸다. 무슨 의중으로 베타 선생님과의 통화를 기록하는지는 모르겠지만, 초희는 생각했다, 끔찍하군.

"싫어요." 초희는 거절했다.

"그러면 그 휴대폰을 제작한 모라 학생이 모든 책임을 지게 될 거예요. 친구에게 죄를 덮어씌우려 했다는 것까지." ORE 가이드가 말했다.

초희는 그까짓 거 그냥 해 주자는 생각에 휴대폰을 집어 들며 말했다. "좋아요. 알겠어요. 전화할게요."

"조건이 하나 있어요. 선생님이 전화를 받으면, 오늘 키오스크 학교에 입학해서 불법 휴대폰을 빼앗겼다는 사실을 말씀드리고 사과해야 해요."

초희는 눈썹을 찌푸렸다. "뭐라고요?"

"처벌이에요. 시키는 대로 하세요."

별 이상한 짓을 다 시킨다고 생각하며, 초희가 손톱 끝으로 톡톡 화면을 치자 주인을 인식한 휴대폰 화면이 켜졌다. 이 세상에 오직 둘, 모라와 초희만이 켤 수 있는 휴대폰이었다. 다른 누군가가 데이터를 확인하거나 빼내려고 하면 내부 부품이 자동적으로 손상될 만큼 보안 기능이 뛰어난 휴대폰이지만, 가끔 이 세상 사람에게 전화가 걸리는 오작동이 벌어지기도 했다. 휴대폰이 오작동할 때면 항상 병원 관계자가 전화를 받았기 때문에, 모라와 초희는 우스갯소리로 휴대폰에 내장된 응급 전화 같다고 말하며 웃어넘기곤 했다.

초희가 손톱 끝을 몇 번 움직이자 전화가 걸리기 시작했다. 이게 무슨 촌극이지? 초희는 웃음이 나올 지경이었다. ORE 가이드는 무뚝뚝한 얼굴로 초희를 지그시 바라보고 있었다.

"여보세요?" 베타 선생님의 목소리가 들렸다.

베타 선생님은 1년 전에 완전히 고장이 났고, 시설 측에서는 선생님을 수리해 주지 않았다.

"어차피 베타 버전이었어." 시설의 다른 선생님이 말했다. "그 사람은 일부러 그 껌을 씹은 거야. 그 껌을 삼키면 자신이 완전히 고장 나 버린다는 걸 알고 있었던 거라고."

모라와 초희는 베타 선생님이 얼마나 간절하게 안식을 필요로 했는지 알고 있었다. 그리고 그들의 말이 다 옳다는 것도 알고 있었다. 모라와 초희는 베타 선생님이 그 껌을 삼켜 시설을 떠나던 날 선생님의 표정이 얼마나 홀가분하고 평온해 보였는지를 두 눈으로 똑똑히 보았다.

언제나 다정하고 무덤덤한 얼굴로, 어쩌면 영원히 이 시설에 갇혀 매일매일 똑같은 행동을 반복해야만 하는 자신의 운명을 침착하게 받아들인 사람 특유의 무기력하고 따스한 얼굴로 웃어 보이던 베타 선생님이었다. 그러나 그날 베타 선생님은 어딘가 반항적이고 활력 있는 분위기를 풍겼고, 모라는 선생님이 오늘따라 왜인지 여행가처럼 보인다고 생각했다.

그러니까 숨 막히는 일터에 사직서를 제출하고 이제 막 짐을 싸서 입이 떡 벌어질 만큼 아름다운 바다 풍경이 있는 곳으로 떠나는 사람처럼……. 그 바다에는 선선한 바람이 불고, 야자수가 흔들리고, 새가 행복감에 젖어 지저귀고, 사람들이 무지갯빛 치마를 입은 채 춤을 추고, 투명한 술잔에 영롱한 빛의 술이 따라질 것이다……. 모라는 베타 선생님을 훔쳐보며 생각했다.

천국으로 갔을 거야.

선생님은 천국에 있을 거야.

모라의 천국에는 간악하고 음탕한 욕망을 가진 죄인들, 심지어는 자기 자신이 그런 욕망을 가졌다는 사실에 치기 어린 자부심에 빠져 있는 죄인들을 위한 자리는 없었다. 그들은 천국의 버려진 땅에서 처형당한 후에 자동적으로 소멸했다.

초희는 베타 선생님을 훔쳐보는 모라를 쳐다보았다. 그리고 베타 선생님이 떠난 이후, 모라가 망설임 없이 곧바로 키오스크 학교에 입학하기 위한 준비를 마치는 모습 역시 지켜보았다.

"너무 빠른 거 아니야? 좀 더 고민해 봐도 괜찮잖아." 초희가 물어봤을 때, 모라는 예의 그 몰입하는 두 눈으로 강경하게 말했다. "아니야. 지금이야. 선생님이 낙원에 도착하기 전에 내가 성장하는 모습을 보여 줘야지."

초희가 모라를 따라 학교에 들어가야겠다고 결심한 것은 그 때문이었다. 모라의 눈빛과 이상하게 중얼거리던 말들 때문에. "더 늦기 전에. 더 늦기 전에 나도 선생님께 은혜를 갚을 거야. 내가 선생님 덕분에 이만큼 대단해졌다는 것을 보여 줘야 해. 그럼 선생님이 자랑스러워하실 거야." 모라가 자신의 세로토닌 수치 분비량을 증명하기 위한 서류를 준비하며 말했다.

"여보세요?" 그 모든 공상을 깨우며, 베타 선생님이 한 번 더 이야기했다. 시설에서 가장 온화했던 베타 선생님에게는 초희조차도 순하게 만드는 마력이 있었다. 더 발전할 필요 없어, 초희는 생각했다. 베타 선생님은 베타 선생님이면 돼.

껌을 씹는 결정을 스스로 내렸다는 사실이 과연 베타 선생님이 베타 선생님이라는 증거일까? 결함이 있는 모델이기 때문에 그렇게 도망친 거 아닐까?라고도, 초희는 생각했다.

그 순간 초희는 자신이 쉽게 입을 뗄 수 없다는 사실을 알았다. 이상한 노릇이었다. 휴대폰 너머 들려오는 베타 선생님의 목소리를 제작한 불법 사이트는 죽음을 받아들이지 못하는 이들이 죽은 이들과 통화를 할 수 있도록 휴대폰을 제작하는 곳이었고, 모라가 그곳에 휴대폰 제작을 의뢰했다는 사실을 처음 밝혔을 때 초희는 웃고 말았다.

그러나 모라가 "너도 한번 써 봐. 위로가 돼. 너랑 나만 쓸 수 있어."라며 휴대폰을 하루 빌려주었을 때, 초희는 시설의 아이들이 모두 잠들기를 기다렸다 놀이방 구석에 쪼그려 앉아 베타 선생님에게 전화를 걸었다. 그곳은, 어린 심장 인간들을 위한 공간으로, 청소년이 되어서야 시설에 들어온 모라와 초희는 단 한 번도 이용해 본 적이 없었다. 방 안에는 형형색색의 에어바운스가 가득했다.

대여섯, 혹은 일고여덟 되는 어린아이들이 무리 지어 들어오는 낮에는 귀여운 캐릭터 형상을 한 홀로그램이 이곳저곳 돌아다녔다. 그곳을 통화 장소로 선택했던 것은 감성적인 이유 때문이 아니라, 밤에는 누구도 찾아오지 않는 거의 유일한 공간이었기 때문이다. (아주 가끔씩, 기계 오작동으로 귀여운 캐릭터 홀로그램이 나타날 때가 있었고, 그곳에서 밀회를 즐기던 두 선생이 비명을 지르며 복도로 뛰쳐나오는 바람에 흠씬 망신을 당해야 했던 날도 있었다.)

"모라?" 휴대폰 너머로 베타 선생님이 말했다. 초희는 침묵했다.

"모라야. 또 울고 있어? 왜 말을 안 해?"

모라가 전화를 걸어 놓고 많이 울었었나 보다.

초희는 침묵 속에서 울기 시작했다.

불법 휴대폰을 제작할 때, 모라는 자신과 초희에 대한 몇

가지 정보를 사이트에 넘겼다고 했다. 그 말을 들은 초희가 왜 남의 정보를 그런 곳에 함부로 넘기느냐고 불같이 화를 내자, 모라는 특유의 엉뚱하지만 무심한 얼굴로 이렇게 말했었다. "하지만 내가 넘긴 정보는 이미 이 세상 전부가 아는 정보야. 그런 정보가 아니라면 넘기지 않았어." 그건 사실이었다. 초희가 불면증을 앓고 있다는 건 정말이지, 이 세상 전부가 알고 있었다. 시설의 모든 선생이 알고 있었고, 시설에 어떤 의사가 새로 부임해 오든 초희와의 면담에서 언제나 이렇게 말을 걸어왔기 때문이다. "요즘 잠은 잘 자세요?" 초희의 신체 사이즈와 초희가 앓고 있는 모든 증세가 데이터화되어 기록되고 있었다. 지금 이 방에서의 순간 역시 그렇듯이.

초희뿐일까? 이 세상 모든 사람의 모든 정보가 실시간으로 기록되고 있었다. 그 기록을 열람하거나 이용할 수 있는 권력을 누가 갖고 있는지가 문제였다. 권력의 주인은 계속 바뀌었다.

초희는 두 눈에 눈물이 고이기 전에 전화를 툭 끊어 버리고 놀이방을 나섰다. 나중에 모라는 초희에게 말했다. "그때 왜 그냥 전화를 툭 끊었냐고, 걱정된다고 베타 선생님이 물어보시던데?"

권력의 주인은 어떤 정보를 적재적소에 공개할지를, 어떤 정보를 영원히 안전하게 숨겨야 할지를 결정할 수 있었다. 초희가 베타 선생님에게 정말로 묻고 싶은 것은 단 하나였다.

이제 편안하세요?

이제는 편안하세요?

"말이 없는 걸 보니 초희구나." 베타 선생님이 휴대폰 너머에서 말했다. 초희는 이 방에서 울고 싶지 않았다. 빌어먹을 ORE 가이드 앞에서 초희는 눈물을 보이고 싶지 않았다. 그만큼 초희는 쓸데없는 자존심이 강했다. 증오만큼 슬픔도 컸다.

초희는 그냥 빨리 이 과제를 끝내 버리자고 생각했다. "예, 선생님. 저는 오늘 키오스크 학교에 입학해서 휴대폰을 빼앗겼어요." 그리고 초희가 곧장 전화를 끊어 버리려고 했을 때, ORE 가이드가 저지하며 말했다. "이런 식은 곤란합니다. 반성하는 기미를 보이세요."

이 새끼는 지금 무슨 생각인 걸까? 초희는 ORE 가이드를 힐끔 쳐다보며 생각했다. 푹 눌러쓴 모자 때문에 눈이 보이지 않았다. 가이드는 고개를 조금 내린 채 명령하고 있었다.

베타 선생님이 "저런, 혼나고 있는 거야?"

초희는 눈물이 흐를 것 같았다. 베타 선생님은 재차 물었다. "왜 휴대폰을 챙겨 갔어? 너희가 혼나고 있다니 마음이 안 좋네."

초희는 두 눈으로 ORE 가이드를 노려보며 베타 선생님에게 이렇게 말하고 싶었다. 선생님, 왜 저희를 두고 세상을 떠나셨어요?

대신 초희는 이렇게 답했다. "죄송해요."

그 순간 ORE 가이드가 끄덕이며 이제 됐다는 신호를 보냈고, 초희는 다행히 눈물 따위가 차오르기 전에 전화를 마칠 수 있었다.

"이런 짓을 왜 하는 거예요? 자존감을 말살하기 위해?" 초희가 물었다.

ORE 가이드는 무신경한 눈으로 초희를 바라보며 말했다. "걱정하지 말아요. 당신도 곧 나처럼 될 거예요. 차근차근 지켜보세요."

초희는 웃으며 반박했다. "그럴 리가. 당신처럼은 안 될 거야. 이게 생산적인 시민이 되는 거랑 무슨 상관이 있지? 신입생에게 모욕감을 주는 게?"

"아주 많은 관련이 있지요." ORE 가이드가 휴대폰을 내려다보며 말했다. "베타 선생님과 내가 얼마나 다르다고 생각하세요?"

초희는 인상을 쓰며 ORE 가이드를 올려다보았다. 그리고 확신 없이 중얼거렸다. "모든 것이. 모든 것이 다르지······."

탕!

그때 총성이 들렸다. ORE 가이드는 차분하게 뒤를 돌아본 뒤, 초희에게 말했다. "자, 좋은 구경을 하러 갑시다." 초희가 말릴 틈도 없이, ORE 가이드는 문을 열어 바깥으로 나섰다.

다시 복도에는 초희와 네 명의 아이가 떨떠름한 얼굴로 서 있게 되었다. 그런데 찬이 없었다.

복도 끝에 말뚝처럼 서 있던 또 다른 ORE 가이드가 말했다. "자, 여러분, 이리 오세요. 재미있는 구경이 났어요."

초희와 아이들은 그쪽으로 걸어갔다. 그곳에는 연극 무대처럼 꾸며진 넓은 방이 있었다. 유리문은 꽉 잠긴 채였고 방을 둘러싼 투명 창을 통해 찬과 키오스크가 보였다. 교장 키오스크와 똑같이 생긴 모습이었지만 교장은 아니었다. 오, 신이시여! 초희는 안도했다. 그러나 안도감도 잠시, 그 투명한 유리창 위로 키오스크의 '남은 피'를 알리는 표시가 나타나 있다는 사실을 알아차리기까지는 많은 시간이 걸리지 않았다.

"저 아이는 키오스크를 죽일 때까지 이 방에서 나올 수 없어요." 말뚝처럼 서 있던 ORE 가이드가 말했다.

작은 방의 연극 무대에 올라서 있는 찬은 게임 캐릭터처럼 보였고 땀을 뻘뻘 흘리며 연달아 총을 쏘고 있었다.

총알은 발사되지 않았지만 한 번 총을 쏠 때마다 키오스크의 피가 1만큼 닳았다. 찬은 9981번 더 총을 쏘아야 했다.

"작년 그 아이처럼 미쳐 버려서 유리창에 총을 쏴 대면 어떡하죠? 그거 진짜 코믹했는데." 초희에게 베타 선생님과 통화하라고 시켰던 ORE 가이드가 말했다.

"맞아, 그거 정말 웃겼어요. 저는 아직도 우울할 때마다 그날 촬영한 영상을 봐요. 그 아이가 숨도 쉬지 않고 '나를 내보내 줘! 이게 뭐하는 짓이야!'라고 외쳐 대는 영상 말이에요."

"늦은 사춘기의 말로죠. 그나저나 그 아이의 이름이 뭐였죠? 지하실에서 근무하고 있을 텐데." 다른 ORE 가이드가 말했다.

찬이 키오스크를 쏘다 말고 땀을 닦았다. 그러자 이번에는 초희를 제외한 네 명의 아이도 웃었다. 흐흐.

결국 흠뻑 지쳐 버린 찬은 땀범벅이 되어 무대 위에 드러누웠다. "젠장⋯⋯. 이게 다 뭐하는 짓이야?"

말뚝처럼 서 있던 ORE 가이드가 초희를 포함한 다섯 아이들을 둘러보며 말했다. "여러분이 방 안에서 보낸 순간은, 이미 아시겠지만, 모두 촬영 및 기록되어 교육 자료로 쓰일 것입니다. 개인적인 신상 정보가 유출되지는 않을 테니 걱정하지 마세요."

초희는 지친 얼굴로 찬을 바라보았다. 그 얼치기 같은 소년의 얼굴이 어딘가 익숙하다는 사실을 깨달은 것은 그때였다.

애도청년환상지원금

 한적한 마을에서 초희는 가난한 어머니와 함께 살며 마약을 팔았다.

 초희도 한때는 마약 같은 것을 파는 일이 아니라 멀쩡한 일을 하며 살기 위해 노력했다. 편의점, 주유소, 세차장, 카페를 전전하며 "혹시 일자리를 구하시나요?" 물어보고 다녔지만, 사장들은 이상한 아이를 바라보듯이 인상을 쓰며 말했다. "인터넷으로 공고를 확인하세요."

 "주방 아주머니 구함."이라고 써붙인 작은 죽집 사장은 초희가 너무 젊다는 이유만으로 초희를 신뢰하지 못했다. 유일하게 초희를 고용할 의사가 있었던 사장은 초희를 딱하게 여기며 이렇게 말했다. "왜 가난한 사람이 아이를 낳았을까?"

초희는 가게를 뛰쳐나왔다. 그리고 '센터'에 찾아갔다. 언젠가 초희 같은 사람들을 도와주는 센터가 있다고 들었던 것이다.

센터로 가는 길은 쉬웠다. 원래 한 건물 전체를 차지하던 센터는 재정난에 시달린 끝에 대형 백화점 2층 구석에 위치하게 되었다. 유아용 의류 매장, 스포츠 신발 매장, 수제 과일 음료수 매장을 지나면 센터가 나왔다. 여전히 센터의 규모는 불행 중 다행이게도 꽤나 컸다.

센터의 도움만을 간절히 바라는 사람들이 유리창 안에 빼곡하게 들어차 있었다. 푹신하고 낮은 의자를 일찍이 독차지한 사람들은 유리창에 등을 기댄 채 편안하게 대기했고 그렇지 못한 사람들은 어정쩡한 위치에 쭈그려 앉아 있거나 짝다리 자세로 서 있었다.

센터 직원들 중에서 극심히 피로해 보이는 이들은 심장 인간 공무원들인 듯했고, 나머지는 ORE 공무원인 듯했다. 초희는 먼저 번호표를 뽑고 한참을 기다렸다. 마침내 초희의 차례가 되었을 때 인간적인 공무원은 "기다려 보세요. 조만간 괜찮은 정책이 나올 거예요."라고 안내할 뿐이었다.

초희는 번호표를 한 번 더 뽑고, 또 다른 인간적인 공무원에게 안내를 받았다. 공무원은 전문적이고 어려운 행정 용어를 쏟아 내며 이중에서 신청하고 싶은 지원금이 있는지 물었다. 초희는 노인이 된 것 같은 기분을 느끼며 빼곡한 분량의 지원금 목록을 더듬더듬 살펴보다가 시간이 다 됐다고 쫓겨났다.

그다음 날부터 초희는 로또를 하듯이 번호표를 뽑고, 다시 뽑고, 또다시 뽑으면서 아무런 감정도, 따뜻함도, 냉소도 없이 정확히 필요한 정보만 제공해 주는, 센터의 인공지능 공무원들이 앉아 있는 데스크 쪽의 화면에 자신의 번호가 뜨기를 고집스럽게 기다렸다. 마침내 인공지능 공무원 앞에 앉아 자신의 정보를 입력한 뒤 지원받을 수 있는 방법이 있는지 알아보려고 했을 때, 공무원은 예의 그 친절한 말투로 이렇게 단언했다. "당신은 번호표를 여러 번 다시 뽑는 행동을 했어요. 당신은 차후 문제를 일으킬 가능성이 많은 사람입니다. 돌아가세요."

초희는 다른 지역의 센터를 찾아가야겠다고 결심했다. 그 센터는 실내 놀이공원 지하에 위치했다. 과거에 수족관으로 쓰이던 곳이라고 했다. (수족관이 사라진 이유는 돈이 안 되기 때문이었다.) 초희는 화살표를 따라 새파란 조명의 텅 빈 수족관 복도를 오래 걸었다. 수족관 내부는 회의실이나 사무실로 쓰이는 모양인지 사람들이 테이블에 앉아 키보드를 두드리고 있었다. 복도 끝은 둥근 형태의 널찍한 홀이었다. 그곳 입구에 번호표 기계와 데스크가 있었다.

초희는 번호표를 뽑았다. 그리고 이전 센터에서 받았던 답변과 한 치의 오차도 없이 똑같은 답변을 들었다.

다음 날, 그다음 날, 그다음 날도 초희는 그곳에 방문했다. 사실 초희는 자포자기 상태였지만 악착같은 오기로 매일매일 센터 산책을 이어 나갔다. 이제는 그곳의 음습하고 기괴한 분위기마저 즐길 수 있을 지경이었다.

그곳에서 딱 한 번, 심장 인간임에도 불구하고 그 어떤 조롱도 없이 초희를 바라보는 공무원을 만난 적이 있었다. 그 공무원에게서는 이 사회의 분위기와 걸맞지 않는 어떤 미련함 혹은 따뜻함이 느껴졌고, 눈빛에서는 초희의 처지를 딱하게 여긴다는 느낌이 물씬 풍겼다. 초희는 연민의 대상이 되는 순간을 좋아하지 않았다. 그럼에도 불구하고, 초희는 자존심을 짓뭉개며 호소하기 시작했다.

"어머니가 상사를 성희롱으로 고소했다가 직장에서 쫓겨났군요. 초희 씨가 태어난 지 얼마 안 되었을 때." 공무원이 서류를 뒤적이며 말했다. "아버지는 알코올중독으로 사망했고요. 일자리를 얻는 데 고생을 꽤나 하셨군요. 노동을 장시간 하지 않았다고 기록이 나와서요."

그 미련함에, 아니, 그 다정함에 초희는 이야기를 쏟아 냈다. 멈출 수 없이, 이야기가 쏟아져 나왔다. "맞아요. 아버지는 귀가 들리지 않으셨어요. 바다의 그물을 청소하는 일을 하다가 수압 때문에 청력을 잃으셨어요. 그래서 일자리를 얻는 데 꽤 고생을 하셨죠. 생전에 운전도 잘하셨고, 변기 수리도 잘하셨고, 누구보다 바다에도 깊이 들어가실 수 있었는데 말이에요. 중독을 치료하려고 센터에 방문했지만, 인원이 밀려서 순번을 대기해야 한다는 이야기를 들었어요. 주변 이웃들은 우리 아버지를 의지박약이라고 비난했어요. 살고 있던 마을에서 터전을 옮겨야 했죠. 그곳은 소문이 빨리 도니까. 문제는 터전을 옮기자마자 순번이 더 밀려났다는 거예요. 더 이상 해당 지역 주민이 아니기 때문에 우선순위에 해당하지 않는다고 했죠. 하지만 어머니 아버지가 새로 살기 시작한 지역에는 센터가 없었어요. 낙후되어 있었거든요."

공무원은 초희의 이야기를 오래도록 들어 주었다.

'살았다! 이제 드디어 도움을 받을 수 있겠어!' 초희는 거의 울 것 같은 심정으로 계속해서 이야기를 쏟아 냈다. 초희 뒤에서 다음 순번을 대기하는 사람들이 지루함을 견디지 못하고 야유를 보낼지도 모른다고 생각하면서도, 초희는 멈출 수 없었다. 왜냐하면 지금까지 초희의 이야기를 들어 주는 사람은 단 한 명도, 그러니까 지나가는 자동차 경적 소리를 듣듯이 구는 것이 아니라 손수 관리하는 LP판의 노래를 경청하듯이 들어 주는 사람은 정말이지 단 한 명도 없었기 때문이다.

"아버지가 좋은 인간은 아니었어요. 괴팍하고 형편없는 인간이었죠. 결국에 어머니랑 저는 한 번 더 집을 나와야 했어요. 아버지는 돈을 보내겠다고 약속했죠. 아무튼……. 저는 제 부모님처럼 살고 싶지 않아요. 무슨 일이든 시켜만 주세요. 취업을 하려고 해도 졸업증명서가 있어야 하고 자격증이 있어야 해요. 그런데 저는 아무것도 없어요."

"좋아요, 이 정도 사정이라면 반드시 방도가 있을 거예요. 초희 씨가 일할 수 있는 공장을 알아봐 줄게요."라고 말했던 그 공무원은, 초희가 며칠 뒤 약속한 날짜에 방문했을 때 센터에서 사라져 있었다. 하루당 상대하는 민원인의 수가 너무 적은 것이 문제되었기 때문이라는 이야기를, 초희는 오랜만에 만난 ORE 공무원에게 들었다.

그 ORE 공무원은 초희에게 이렇게 질문했다. "정말 그 사람이 당신을 돕고 싶어서 그 이야기를 오래도록 듣고 있었을까요? 그저, 이야기를 듣고 있으면 다른 업무를 맡지 않아도 되니까 그런 것은 아니었을까요?"

"얼마나 많은 공무원이 이런 식으로 교체되었죠?" 초희는 반박했지만, 반박하자마자 자신의 질문이 얼마나 형편없었는지 깨달으며 부끄러움을 느꼈다. "아니, 됐으니까 정책 목록이나 한번 줘 보세요. 인터넷에 검색하면 정보가 너무 많아서 찾을 수가 없더라고요."

"시간이 거의 다 됐는데요."

"최대한 빨리 읽을게요."

그러자 ORE 공무원은 그때 초희가 눈으로 훑듯이 읽었던, 빼곡한 분량의 지원금 목록을 보여 주었다. 초희는 황급히 세 장 정도를 눈으로 훑다가 결국 쫓겨났다.

초희는 홀을 빠져나가 수족관 복도를 걸었다. 푸른 유리창 내부에서 어떤 사람들이 깨진 유리를 물끄러미 바라보고 있었다. 그러니까, 그들은 복도를 바라보고 있는 셈이었다.

초희는 그들에게 즉흥적으로 물었다. 지나가는 사람이면 누구든 붙잡고 이상한 질문을 던지는 노인처럼.

"애도청년환상지원금. 그거. 청년이면 나도 받을 수 있는 거 아니에요?"

깨진 유리를 바라보고 있던 그들의 눈빛이 어딘가 기묘하다는 사실을 깨닫기까지는 많은 시간이 걸리지 않았다. "예?" 그들은 반문했다. 다시 보니, 그들은 초희보다 겨우 대여섯 살 많아 보였다.

"애도청년환상지원금. 그건 저도 받을 수 있지 않을까요?" 초희는 깨진 구멍 속에서 더욱 선명해 보이는 그들의 얼굴을 올려다보며 말했다. 그들이 서 있는 땅은 초희가 서 있는 복도보다 지대가 더 높았다. 초희는 자존심을 굽혔다. "도움을 받기 위해 방문했는데요…… 제가 지원금이니 정책이니 그런 걸 잘 몰라서요……."

"애도라는 말 모르세요? 환상이라는 말도?" 그들 중 누군가가 지적하듯이 되물었다.

그들 중 다른 누군가가 지적하는 사람을 거들었다. "요즘 애들 어휘력이란……. 語彙力. 語彙力을 기르세요."

초희는 정체 모를 부끄러움을 느끼며 몹시 빠른 걸음으로 수족관 복도를 빠져나왔다. 그 유리창 내부의 사람들이 모두 동시에 깔깔거리며 초희를 손가락질할 것만 같다는 공포를 느끼며.

어쩌면, 초희는 생각했다. 그 미련한 공무원이 자신의 이야기를 들어 주고 있었던 건 일을 쉬기 위해서일 뿐인지도 몰라. 초희는 거듭 생각했다, 하루당 상대하는 민원인의 수가 적으면 다른 업무로 재배정된다는 사실을 이용하고 싶었던 것뿐인 거야.

진실은 아무도 몰랐다.

그날 초희 또래의 소년이 초희를 쫓아 뛰어왔다. 처음에 초희는 포재의 등장에 공포심을 느끼며 뒷걸음질 쳤다.

"너, 돈 필요하지?" 포재가 물었다. "배달 일 할래?"

초희는 인상을 쓰며 물었다. "무슨 배달?"

"마약. 나는 너무 성실하게 일하다가 미쳐 버렸어. 이제 마약을 하지 않고는 하루도 버틸 수가 없어."

그렇게 초희는 마약을 배달하게 되었다. 수족관의 깨진 유리 틈을 통해 초희를 바라보던 젊은 사람들이 공무원을 지망하는 이들이었다는 사실을, 원래는 하나같이 아주 총명하고 영특했으나 어느 순간 몹시 까칠하게 변하더니 점점 미쳐 가고 있다는 사실을 알게 된 것은 포재로부터였다. 포재도 그중 하나였다. 포재는 학벌도 좋았다. 대기업에서 ORE 인간들을 통솔 지휘하며 일해 본 경험도 있었다.

포재는 여러 가지 재미있는 이야기를 초희에게 들려주었다. ORE 인간이 생각보다 많은 용도로 사용되고 있다는 사실. 그중 하나는 폭파용 ORE 인간이었다. 군인으로 길러진 ORE 인간과도 또 다른 용도인 폭파용 ORE 인간은 심장 인간과 다를 바 없이 행동하다가 급작스레 폭발한다고 했다. 오직 폭발하는 것이 목적인 존재, 그것이 폭파용 ORE 인간이었다. 폭파용 ORE 인간이 사용되는 방법은 하나 더 있었다. 비밀을 소각해야 할 때, 건물 하나를 통째로 날려 어떤 집단의 정보를 완전히 제거할 때, 폭파용 ORE 인간이 사용되었다.

"그거 재밌는데." 초희가 말했다.

"그렇지?" 포재가 씩 웃으며 답했다.

이상하게도, 포재는 ORE 인간들을 경멸하고 무시하고 증오했다. 그들 중에 심장 인간들을 납치해 장기를 추출하는 데

사용되는 이가 있다는 이야기를 초희에게 들려준 것도 포재였다. 초희는 평생 ORE 인간과 가까이 지낼 일이 없었기 때문에 포재의 말을 다 믿었다. 그리고 이렇게 말했다. "ORE 인간들, 위험한 것들이네. 누구 때문에 태어났는데."

그럴 때마다 포재는 씩 웃으며 끄덕였다. "그렇지. 은혜를 모르는 것들이지. 점점 더 ORE 인간들이 일자리를 위협할 거야. 그들 때문에 우리 같은 순수한 심장 인간들은 더욱더 가난해질 거라고."

포재의 도움으로 마약을 판매하기 시작한 후부터 초희는 원하는 옷을 입고 먹고 싶은 것을 먹을 수 있었다. 초희는 대형 마켓에 취직했다고 거짓말하며 어머니에게도 먹을 것과 입을 것을 사다 주었다. 어머니는 요즘 대형 마켓은 다 ORE 인간들을 쓰던데, 하며 의아해했지만 그뿐이었다. 초희의 어머니는 독실한 기독교 신자였고, 그 자신의 유약함과 선함 때문에 자신의 남편과 같은 거친 사람들에게 옴짝달싹 못했으며, 자기 주변에서 일어나는 끔찍한 일상을 철저하게 회피하는 데 재주가 있었다. 초희는 어머니가 다니는 교회의 목사가, 자신이 과거에 들어가고 싶었던 학교의 교수가, 티브이에서 많은 ORE 인간들과 함께 춤을 추던 가수가 마약을 한다는 것을 알게 되었고, 그들이 보이는 것과 달리 제정신이 아니고 지독하게 불행하며 자기들의 생을 증오한다는 사실을 알게 되었다.

오랜 시간 신사적이던 포재는 어느 날 본색을 드러내며 초희의 손목을 꽉 붙잡고 놔주지 않으며 외쳤다. "너, 처음 본 남자랑 잘 수 있어?"

초희는 헛웃음을 지으며 되물었다. "내가 성병에라도 걸리면 치료비는 지원해 줄 거야?"

"그 일을 하면 치료비는 우리에게 껌값이 될 거야."

"껌값."

"ORE 인간이 아니라 진짜 심장 인간과 자고 싶어 하는 사람들이 줄을 서 있어. 네가 진짜 심장 인간인지 아닌지 면도칼을 들어 확인해 보려는 괴한이 있을 수도 있지만, 그런 건 걱정하지 마. 모든 과정을 CCTV로 녹화한다고 미리 고지해 두면 너를 해하는 사람은 없을 거야."

"오, 그거 매우 고맙네. 이 좆같은 놈." 초희는 카악 하며 포재의 얼굴에 가래침을 뱉었다. 그리고 빠르게 달리기 시작했다. 죽기 살기로.

초희는 포재가 자신의 진짜 친구라고 생각했다. 좋은 동업자이자 친구라고. 좋은 동료라고.

도망치는 초희의 등에 대고 포재가 외쳤다. "야! 어디 가!" 처음에 초희는 이 상황이 두렵기보다는 웃겼다. 어쩌면 예상 가능한 것이었다고, 이 흐름을 예상하지 못했다면 그게 등신인 것 아니냐고, 초희는 달리면서 생각했다. 그런데 왜 나는 저놈을 친구라고 믿었을까?

초희는 도망치며 실성한 것처럼 웃었다. "넌 나를 다시는 볼 수 없을 거야!"

초희랑 포재는 자는 사이였다. 초희는 포재가 자신을 좋아한다고 생각했다. 사귄다든지 사귀지 않는다든지 그런 이야기를 할 필요도 없는, 동지애 가득한 돈독한 사이라고.

포재는 달려가는 초희에게 외쳤다. "그 일을 하지 않기로 선택한 것을 너는 반드시 후회할 거야!"

다름없어, 초희는 생각했다.

그 일을 새로 시작하든 안하든 나도 이미 다름없어. 그 일을 하는 여자들과.

초희는 자신이 이렇게 빠른 속도로 달릴 수 있는 줄을 그때 처음 알았다. 달려도 달려도 숨이 차지 않았다.

심장이 터질 듯 뛰었지만 견딜 만했다.

초희를 가장 괴롭게 했던 것은 포재가 그 말을 꺼냈을 때 아주 잠깐이지만 자기 마음에 망설임이 피어났었다는 사실이다. 내가 더 용기 있었더라면 포재가 제안한 일을 흔쾌히 도맡았을지도 몰라. 초희는 생각했다.

초희는 곧장 어머니의 집부터 들렀다. 어머니는 교회에 가고 없었다. 교회는 몹시 다양한 감정이 고이는 곳이다. 너무 많은 고통과 절망 속에서 엉망진창이 되어 있는 유약한 사람들을 품어 주는 곳, 그러니까 이 세상에서 초희의 어머니 같은 사람들을 머물게 해 주는 거의 유일한 장소가 교회였다. 초희가 어머니를 영원히 떠나려 결심하는 동안 어머니는 초희를 위해서 기도하고 있었을 것이다. "우리 딸이 행복하게 해 주세요." 초희는 집에서 챙겨 온 모자를 뒤집어쓰고 스카프를 둘러맨 채 단 한 번도 들어 본 적 없는 행선지의 버스 티켓을 구매하며 울었다. "우리 딸이 행복하게 해 주세요." 초희는 ORE 인간이 운전하는 고속버스에 올라타며 스카프를 적셨다. "우리 딸이 행복하게 해 주세요." 초희는 더 이상 신을 믿지 않았다. 차라리 그것이 신을 원망하는 일보다 덜 고통스러웠다. 그러나 초희는 버스에서 생각했다.

그 여자가 행복하게 해 주세요.

초희는 신에게 말하고 싶었다.

그 여자가 행복하게 해 주세요.

그 여자들이.

아니.

우리가.

우리가 행복하게 해 주세요.

벙커

 고속버스가 달리는 동안 아무도 들을 수 없도록 한참을 숨죽여 울던 초희는 어느 순간 기진맥진한 상태가 되어 까무룩 잠에 들었다.
 고속버스가 종점에 이르렀을 때 초희는 눈을 떴다. 오래전 터진 공장 누수 사고로 마을 전체가 오염된 곳이었다. 당장 갈 곳 없는 사람들이 모이는 곳, 초희가 본래 살던 한적한 마을보다 더 한적한 마을이었다. 무슨 연유인지는 모르겠지만 그 마을에는 주홍빛 강이 흘렀다. 강 위로 둥근 아치형 다리가 설치되어 있었다. 이곳에서 계속 걷는다면, 초희는 생각했다, 나는 내일 당장에라도 변사체로 발견될지도 몰라.
 초희는 웃었다.

이제 아무것도 상관없었다.

어느새 세상에는 노을이 깔려 있었다. 하늘과 강은 한 몸처럼 연결된 듯 보였다. 그것들 사이를 둥글게 가르는 청동색 다리는 상처 같았다. "멋지군." 초희는 중얼거리며 풀밭을 미끄러져 내려갔다. 오늘 밤은 다리 밑에서 잠들 거야, 초희는 생각했다, 내일 시체로 발견되면 좋겠네.

아니야, 발견될 때까지 기다리지 말자. 스스로 죽는 게 좋겠어.

초희가 다리 밑의 버려진 술병을 뒤적이기 시작한 것은 그때부터였다. 이 지겨운 고행을 지금 당장 종료하기로 결심했을 때부터. 술병을 벽에 내려쳐서 날카롭게 만든 다음 손목을 푹 찔러야겠어, 초희는 생각했다. 그리고 마침내 빈 술병을 집어 들었다. 모라가 나타난 것은 그때였다.

"그러지 마. 우리 벙커 와서 맛있는 거 먹어. 그리고 우리랑 보드게임하자. 팀원이 하나 더 필요해." 모라는 말했다. 초희는 깜짝 놀라 뒷걸음질 쳤다. 모라는 특유의 천진한 표정으로 초대를 이어 나갔다. "나는 버려진 ORE 인간이야. 너는 심장 인간이지?"

초희는 웃었다. "뭐야, 거짓말하지 마. 네가 ORE 인간이면 왜 폐기되지 않았는데? 나는 무능력한 ORE들이 어떻게 되는지 알아. 그들은 박살 난다고."

모라는 어깨를 으쓱했다. "나 ORE 인간 맞는데."

초희는 인상을 쓰며 모라에게 쏘아붙였다. "너도 그거인가? 장기 매매? 요즘 심장 인간을 납치해서 실험용으로 사고 파는 심장 인간들의 수가 점점 더 많아진다던데. 아니, ORE 인간이 심장 인간을 판매한다는 이야기도 들었어."

모두 포재가 들려준 이야기였다.

그러자 모라는 주변을 두리번거리며 자신의 피부에 상처를 낼 수 있는 물건을 찾아 돌아다녔다. 그리고 초희처럼 버려진 술병을 주워 바닥에 내려쳐 부수었다.

그걸로 모라는 자신의 팔을 그었다. 그러자 가죽 같은 피부가 벌어지며 상처가 생겼지만, 피가 흘러내리지는 않았다.

초희는 헛웃음을 지어 보였다. "뭐야, 진짜잖아. 소문으로만 들었는데."

모라는 특유의 해맑은 웃음을 지어 보이며 말했다. "맞아, 나는 진짜야."

"이런 일을 하도록 지시받는 ORE 인간, 뭐 그런 건가?" 초희는 의심을 거두지 않았다.

"음, 그래. 그럼 이렇게 하자. 네 말이 맞는 걸로 해. 그렇지만 너는 어차피 죽으려고 했잖아. 나를 따라와서 죽임당한다고 한들 손해 볼 거 없잖아." 모라는 여전히 천진한 얼굴로 말했다.

"그럼 2미터 앞에서 걸어가. 나는 천천히 뒤따라갈 거야."
초희가 말했다.

"살고 싶어졌어?" 모라가 어깨를 으쓱하며 물었다. "왜 이렇게까지 열심히 경계해?"

"너는 질문하는 걸 되게 좋아하는구나."

"다행이다 싶어서 그랬지. 궁금하기도 하고. 그래, 네 말이 맞아. 나는 질문하는 걸 좋아해."

"처음 본 사람이 죽으려고 하든 살려고 하든 네가 무슨 상관이야? 갈수록 더 수상한데? 너 사이비니? 요즘 사이비는 ORE 인간을 고용해서 포교를 한단 말이야?"

"누군가 죽는 광경을 보는 일은 언제든 괴로운 일이지. 나는 그래. 무엇보다 여기서 누군가 죽는다면, 나는 이 다리를 지나칠 때마다 그 사체를 보아야만 하니까. 나는 매일매일 힘들고 슬퍼지겠지. 벙커의 쌍둥이에게 부탁해서 너의 몸을 치워 달라고 말해야만 할 수도 있고. 그 말을 내뱉고 나면 또 죄책감에 시달릴 것이고."

모라의 마지막 문장에 초희는 설득되었다. 모라가 생각하는 그 말의 의미와 초희가 생각하는 의미는 조금 달랐지만.

초희는 눈썹을 으쓱했다. "음."

"자, 그럼 따라와. 2미터 뒤에서." 모라는 뒤돌아 걷기 시작했다.

"그런데 죄책감이라고? ORE 인간이 죄책감 때문에 사체를 치우는 걸 망설인다고? 아니, 너는 심지어 이미 죄책감을 느끼고 있는 것 같아. 그런 비관적인 상황을 혼자 상상하면서 죽으려는 사람을 살리려고 드는 ORE 인간이라고? 뭐야?" 초희는 점점 더 심각한 표정이 되어 아주 천천히 멀어져 가는 모라의 뒷모습을 향해 물었다.

"너도 질문하는 거 되게 좋아하네." 모라는 계속 걸으며 말했다.

초희 역시 모라를 따라 걷기 시작하며 질문 공세를 마저 이어 나갔다. "아니, 너 뭐야? 너 무슨 그…… 그건가? 칼로 찔러 보지 않는 이상 ORE 인간인 것을 아무도 알 수 없다는 그 최신형 버전 아니야? 호기심 많은 슈퍼리치들이나 슈퍼리치까지는 아니지만 미친 듯이 돈이 많은 사람들이 너 같은 애를 사들인다고 들었던 것 같은데. 그래서 나 같은 대중은 평생 들어 보지도 못할 이상한 대답을 엄청 많이 한다고. 그럼…… 그럼 너는 되게 비쌀 텐데. 막 보호도 받을 것이고. 왜 이런 곳에 있는 거야?"

둘은 계속 걸었다. 초희와 모라의 간격은 2미터 내외를 오갔다.

"그 반대야." 모라는 차분했다. "나는 실패작이야. 그리고 그런…… 질문과 답변을 할 수 있을 만큼의 심오한 생각 같은 건 못해. 그냥 죄책감이 많을 뿐이야. 그게 다야."

"에이, 그게 뭐야? 그런 ORE 인간이 왜 있는 거야? 정말 아무 데도 쓸모가 없을 것 같은데."

"그러게."

"그럼 너 혹시 그거 아니야? 전쟁용으로 만들어지는 ORE 인간. 심장 인간과 다를 바 없이 행동하다가 폭발하는데, 그 폭발력이 어마어마하대. 건물 하나를 날려 버릴 정도로."

"그래. 그럴 수도 있겠다."

"나도 들은 거야. 이런 이야기 재밌거든. 이 세상에는 항상 내가 모르는 비밀이 있는 것 같아."

그 말을 끝으로 모라는 침묵했다. 둘은 계속, 계속 걸었다. 다리를 벗어난 후에도 강을 따라 오래오래 걸었다. 한참이 지나고 나서야 초희는 자신이 크게 실수했음을 알았다.

"미안해." 초희가 말했다.

"괜찮아. 이 길로 들어와." 모라가 우거진 수풀 속으로 고개를 깊이 숙이고 들어가며 말했다. "벙커까지는 좀 더 걸어야 해."

"심오한 이야기는 나도 잘 몰라. 나는 어휘력 자체가 부족해." 초희도 고개를 숙이며 수풀 속으로 들어갔다. 어느 정도 걷자 수풀의 내부가 넓어졌다.

"어휘력?" 모라가 먼저 몸을 반듯이 세우며 물었다.

"응. 어른들이 그러던데. 나보고. 덜떨어졌다고."

"딱히 그래 보이진 않는데."

"위로 안 해도 돼. 너는 그래도 제작한 사람이 잘못이지만 나는 내가 문제인 거니까. 나보다 네가 나아." 초희는 모라의 등을 바라보며, 모라가 어떤 표정을 짓고 있을지 떠올려보았다.

모라는 담담하게 답했다. 여전히 등만을 내보인 채로. "나도 내가 문제야. 그냥 내가 불량품인 거야."

초희는 화제를 바꿔야 한다고 생각했다. "매번 이렇게 왔다 갔다 해?"

"응. 나랑 쌍둥이만. 우리들이 자원했어."

"왜?"

"어차피 벙커 안에 틀어박혀서 보드게임만 하든지 이렇게 돌아다니든지. 우리에게는 똑같으니까."

"왔다 갔다 하면서 뭘 하는데?"

"물건을 구해 오거나 너 같은 사람에게 말을 걸어. 죽으려고 하는 사람들."

"죽으려고 하는 사람들이 많이 와?"

"응. 살려고 도망쳐 온 사람들도 있고. 사실 그게 그거지만. 주로 우리 같은 젊은 사람들이 많이 와. 보통 버스를 타고 오니까."

"너도 늙어?" 초희가 갑자기 궁금해져서 물었다. "늙는 모델들이 있다던데."

"응. 나는 늙어."

"음."

온몸에 잎사귀가 덕지덕지 묻었을 즈음, 모라가 멈추어 서더니 이끼가 잔뜩 낀 하수구 뚜껑을 건드렸다. 양쪽으로 몇 번 흔들흔들하자 뚜껑이 비스듬히 열렸고, 모라는 먼저 사다리를 타고 밑으로 내려갔다.

새까만 구멍 주변으로 다양한 질감과 색감의 초록빛이 엉켜 있었다. 눅눅하고 짙은 초록빛, 싱그럽고 산뜻한 초록빛 식물들이 얽히고설키며 땅의 깊은 구멍을 둥글게 에워쌌다. 초희는 여전히 모라와 일정한 거리를 유지하기 위해 모라가 땅에 발을 디디는 소리가 날 때까지 기다렸다. 초희는 하수구 위를 올려다보았다. 그리고 그제야 이곳이 벌목된 숲임을 알아보았다. 모든 나무가 몸통이 잘린 채 대각선으로 쓰러져 서로를 지탱하고 있었다. 햇빛이 그 틈으로 위태롭게 들어왔다.

초희는 다시 고개를 내리고, 땅의 구멍을 향해 물었다. "너는 어떻게 자살해? 너도 자살할 수 있어?" 무례하다는 사실을 스스로도 알고 있었다. 모라가 ORE 인간이 아니었어도 똑같이 물었을까? 센터의 ORE 직원에게도 그렇게 물을 수 있었을까? 초희는 자신의 이중성에, 무너진 숲속에서 몸을 떨었다.

모라는 사다리를 타고 내려가며 답했다. "내가 아는 바로는, 우리는 자살 안 해. 우리가 자살한다면 그건 자폭이 미리 명령됐기 때문이겠지. 아니면 그 기계가 불량품이거나. 그러니까, 우리의 자살은 너희의 자살이랑 달라. 네가 말하는 그 자살이라는 단어의 뜻과 완전히 다르다는 것이지…… 아닌가? 완전히 똑같은 건가? 모르겠네, 모르겠어. 어려운 문제야. 말했잖아. 나는 심오한 질문에 대답하지 못한다고." 모라는 여전히 사다리를 타고 내려가고 있었다. 아주 조심하며, 한 발자국 한 발자국. 초희는 심오한 구덩이에 천천히 빨려 들어가는 모라를 보며 여전히 자신이 더 많은 것을 묻고 싶어 한다는 사실에, 자신의 그 못된 욕망에 몸서리쳤다.

"음, 맞아. 네가 그렇게 말했었지." 초희가 중얼거렸다.

초희는 자문했다. 모라도 상처를 받을까? 누군가가 단순하고 맹렬한 호기심 때문에 연달아 활을 쏘듯이 혹은 포탄을 퍼붓듯이 내던진 무감각한 질문들에 밤잠을 설쳐 가며 가슴 깊이 아파할까? 그런 예민하고 여린 마음은 죄책감과 얼마나 연관되어 있을까?

그때 모라가 땅에 발을 디디는 소리가 났고 얼마 지나지 않아 저 밑에서 손전등 불빛이 크고 넓게 위를 비춰 주었다.

"이제 안 무섭지?" 모라가 물었다.

"나도 빛 없이 내려갈 수 있어." 초희도 어깨를 으쓱하며 등을 돌려 사다리를 타고 내려가기 시작했다. "그래도 고마워."

이제 몸의 절반은 숲속, 절반은 구멍 속이었다. 초희는 자신의 발을 하나씩 하나씩 아래 칸에 디디며 위를 올려다보았다. 그러자 초희는 이곳이 숲속이 아니었음을 다시 깨달았다. 나무와 넝쿨들이 누군가 벌목했기 때문이 아니라 태생적으로, 그러니까 그들 스스로 마치 거대한 자연 터널을 이루어내듯이 서로 얽히고설키며 거대하고 둥글게 자라나고 있었다.

"어떻게 이렇게 된 거지? 원래 이런 모양의 식물이 있나?"

그 질문이 끝났을 때 초희는 이미 구멍 안이었다. 그러자 뚜껑이 자연스럽게 스스스 닫혔다. 마치 개기일식이 이루어지듯이. 초희는 외마디 비명을 질렀다.

밑에서 모라가 말했다. "조심해. 사다리 꽉 잡아. 뭐, 넘어져도 다리 하나 삐끗하고 말겠지만. 이 높이에서라면."

"왜지? 이런 건 처음 봐. 말도 안 돼. 식물이 도와준 건가?"

모라는 웃음을 터뜨렸다. "아니, 자동문이야."

"음." 초희는 머쓱해했다. "그러면 저 위의 식물들도? 쟤네들도 과학자들이 만든 거야?"

"아니, 쟤네들은 만들어진 건 아니야. 변종이야. 아마 잎을 떼서 씹어 먹으면 곧바로 사망할지도 몰라."

"정말?"

"아하하하. 나도 몰라. 그냥 마구잡이로 숲을 벌목하거나 수렵한 사람들 때문인지도. 중요한 건, 이곳이 몸을 숨기기에 아주 적합한 장소라는 것뿐이야."

"흥미롭네." 초희는 땅에 발을 디디며 말했다.

"그런데 잘 모르겠어. 나는 가끔 자살하고 싶다고 생각해." 모라는 아까 일단락됐던 화제를 다시 입에 올렸다. 뒤를 돌아 멀찍이 걸어가며.

'그런 이야기 그만해도 돼.'라고, 초희는 말하지 않았다. 초희는 잠자코 듣고 있었다. 모라도 상처를 받을까? 자문하면서.

모라가 말했다. "사실 나는 늘 죽고 싶다고 생각해. 그런데 나는 내 마음을 확신하지 못해. 만약 내가 제작될 때 죄책감과 죽고 싶은 마음이 입력당한 모델일 뿐이라면?"

모라가 이어 말했다. "내 진짜 욕망이 뭘까? 죽고 싶다는 마음은, 왜, 사람들이 그러잖아, 더 잘 살고 싶은 거라고. 그럼 더 잘 살고 싶은 마음은 뭐지? 내가 어떻게 살면 더 잘 사는 걸까? 내가 실패작이라는 이유로 추방당했던 그 연구소에 돌아가서 모두에게 인정받는 훌륭한 직원이 된다면, 그 사람의 친자식들보다 더 자랑스러운 아이가 된다면 나는 더 잘 사는 걸까? 그럼 이 마음이 해소될까?"

"연구소?"

"나 같은 아이가 어떻게 자살하는지 궁금하지?" 모라는 빠른 걸음으로 초희와 멀어지며 말했다. "다시 내 뒤에서 따라와. 멀리. 2미터 간격을 유지하면서." 모라는 웃었다. 천진한 웃음이었다.

"아니야. 이제는 괜찮아." 초희가 말했다. "그리고 자살 이야기 그만하자. 너 상처받을 것 같아. 잘은 모르겠지만." 초희는 전보다 더 가까이 붙은 채로 모라를 따라가기 시작했다. 이제 둘의 간격은 고작 1미터 내외였다. 하수구 내부는 어둡고 퀴퀴했다. 영원히 끝나지 않을 것처럼 둥글고 긴, 터널 같은 길이었다. 천장이 충분히 높진 않았기 때문에 모라와 초희는 종종 허리가 아픈 노인들처럼 등을 구부정하게 굽혀서 걸어야 했다. 그렇게 걷는 일은 그 자체로 상당히 힘겨웠다.

침묵 후에 모라가 다시 입을 열었다. "자살하는 방법이 있다는 이야기는 얼핏 들었어. 자살하는 ORE들이 분명 있었다는 것도. 예전에 나를 파양…… 아니, 환불한 사람의 이야기를 엿들었거든. 왜 그 사람이 그런 이야기를 했는지는 모르겠어."

"저기, 내가 그런 질문을 떠든 것에 대해 미안하게 생각해. 내가 원래…… 그렇게 사교적이고 상냥한 타입은 아니야."

"하나는 특수한 껌을 먹는 거야. 그걸 삼키면 몸 안의 모든 부품이 복구할 수 없을 만큼 완벽하게 망가진다는 이야기를 들었어. 그리고 하나는……"

"괜찮다니까. 미안해. 그리고 그런 이야기 정도는 나도 들어본 적 있어. 뭐, 소문이야 늘 다양하니까……"

"떠돌이 ORE의 자살에 대해 온실 속의 ORE들이 어떻게 이야기할지 궁금하네. 나는 심오한 질문에 대해 신처럼 답하는 법도 모르고, 그런 것에 대해 깊게 생각하는 법도 몰라. 나는 그냥…… 평범한 ORE일 뿐이야."

"그래, 알겠어. 너 그런데 이름이 뭐야? 나는 초희야."

"우리는 고장도 잘 나. 적당한 때에 폐기되어야 하니까." 하수구 밑에서, 모라의 목소리가 조금 울렸다. "나는 실패한 모델이야. 생산된 목적에 걸맞지 않는 특성을 가졌거든."

"음, 뭐…… 못된 건 인간들이지 네가 아니잖아."

모라는 걸음을 재촉하여 혼잣말을 하듯 중얼거렸다. "내 이름은 모라야. 내가 어떻게 이곳에 오게 됐는지 들려줄게. 아직 한참을 걸어야 해."

"아니야. 안 해도 돼. 하지 마. 네가 힘들 것 같아. 잘은 모르겠지만, 죄책감을 느끼는 기계라면, 슬픔도 많이 느끼겠지." 초희는 진심으로 만류했다.

"아니야, 들어 줘. 내가 하고 싶어." 그리고 모라는 이야기를 시작했다. "끝까지 듣거나. 처음부터 질문하지 않거나. 둘 중 하나로 해 줘." 모라는 단호했다.

실패작

모라가 키오스크를 동경하는 이유는 아주 단순했다. 모라는 원래 키오스크처럼 살았어야, 그렇게 살 수 있었어야 했던 것이다.

"이 애는 실패작이에요. 능력 없고 방해만 되는 불량품이라고요." 모라를 구매했던 심장 인간, 즉 연구소의 소장이 말했다. 소장은 아무런 거리낌 없이, 그 어떤 최소한의 윤리적인 제약도 없이 ORE 인간 실험을 진행할 수 있는 젊은 연구원들을 필요로 했다. 윤리 그 자체가 잘못된 것이라고, 이 세상은 오직 비도덕적이고 비윤리적인 것을 향해 나아가야 한다고 누가 감히 주장할 수 있을까? 그리고 소장은 감히 말할 수 있는 사람이었다.

모라가 팔려 갈 때, 모라를 판매했던 ORE 인간 판매소의 대표이자 심장 인간은 모라에게 "너는 행운아"라고 반복했고, 그건 사실이었다. 모라는 실험당하는 쪽이 아니라 실험하는 쪽이었고, 엄연한 노동자로 키워지기 위해 팔려가는 것이기 때문이었다.

ORE 인간들을 함부로 대하는 것은 비단 과학자뿐만이 아니었다. 시를 쓰기 위해 영감을 받겠다고 재산을 탈탈 털어 데려가는 문인, 무슨 목적인지는 밝힐 수 없지만 아무튼 ORE 인간이 너무나 필요하다고 주장하는 법조인, 다음 선거를 위해 잠깐만 렌트할 수 있는지 묻는 정치인이나 국제대회 준비를 위해 (마찬가지로) 잠깐만 렌트할 수 있는지 문의하는 체육인이 있었다. 그들이 아니라 ORE 인간을 연구자로 키워내기 위해 구입하고자 했던 과학자의 선택을 받은 모라는 얼마나 큰 행운을 타고났단 말인가?

팔리자마자 곧장 해부되는 ORE 인간들이 많았다. 아무리 사전에 꼼꼼하게 신상을 확인하여 이 심장 인간은 믿을 만하다는 결과를 도출했다고 해도, 아무리 섬세하고 높은 기술력을 도입해서 심장 인간들이 ORE 인간들을 함부로 대하지 못하도록 준비했더라도, 영리하고 잔꾀가 많으며 추악한 심장 인간들의 예측 불가능한 행동까지 통제할 수는 없었다. 이미 거래가 완료된 후 심장 인간의 사유재산이 되어 버린 ORE 인간을 보호할 수 있는 방법은 (적어도 아직까지는) 없었다. 그러나 그것은 정말로 방법이 없다기보다는 ORE 인간들이 쉽게 망가지고 그들을 쉽게 사고 팔 수 있도록 세상이 묵인하고 있다는 편이 더 정확했다.

'행운아'였던 모라는, 결론적으로, 자신의 행운에 만족하지 못했다. 모라는 심지어 소장 몰래 판매소 대표에게 전화를 걸어 이렇게 묻기도 했다. "제가 좋은 곳으로 입양을 간다고 말씀하셨잖아요." (그건 사실이었다. 어린 ORE 인간들은 팔려 갈 때 종종 '입양을 간다'는 말을 듣는다.)

돌아온 답변은 싸늘했다. "입양을 간다는 말이 그 말이다. 원래 다 그런 거야. 세상 물정을 참 모르는구나. 너처럼 순진한 ORE 인간은 내가 장사를 하면서 처음이다." 그는 한숨을 푹 쉬더니 이어서 쏘아붙였다. "현실에 만족해야지. 그래야 미래로 나아가지. 앞으로 이 연락처는 차단한다. 모르는 번호라서 받은 거지, 너라는 걸 알았다면 받지도 않았을 거야. 너는 이미 우리 소속이 아니잖아."

전화는 끊어졌다. 모라는 그 자리에서 한참을 가만히 앉아 있었다. ORE 인간들은 눈물을 흘리지 않는다. 모라는 울지 않았다.

모라는 상황을 파악하고 인식하는 능력이 뛰어난 ORE 인간이었고, 실험 대상들이 이곳에서 어떤 대우를 받고 있는지를 불필요하리만치 정확하게 판단했다. 어떤 ORE 인간들은 연구소에 들어오자마자 해부되었으며, 운이 좋아 당장 해부되지 않았더라도 온갖 종류의 실험의 대상이 되어야 했다. 한번은 새로 들어온 해부 대상자들이 일렬로 서 있었다. 모라는 움직일 수 없도록 조작된 그들 앞을 차례차례 지나가며 쇄골 쪽에 이름표를 부착해야 했다.

옆으로 메는 가방 안에 열몇 개의 이름표를 가득 담은 채, 모라는 숫자와 알파벳으로만 이루어진 그들의 이름을 최대한 무감하게 보고자 노력했다. 그중 한 명이 모라에게 말을 건 것은 그때였다. "너도 우리지?" 원래대로라면 그들은 말을 할 수 없었다. 소장이 그렇게 조작해 두었어야 했다. 모라는 흠칫 놀랐지만 자신을 내려다보는 기다란 체형의 사람과 눈을 맞추지 않으려 애쓰며 이름표를 부착하는 작업을 마치고자 했다. "맞잖아. 대답해. 너도 우리지?"

우리.

우리. 우리. 우리.

모라는 침착하게, 마치 아무 일도 벌어지지 않았다는 듯이, 터질 것 같은 심장을 느끼면서 (그러나 모라의 심장은 터질 일이 없었다. 모라는 심장을 갖고 있지 않았으니까.) 이름표를 마저 부착하고, 다음 사람으로 넘어가려고 했다. "나는 너를 본 적이 있어. 우리는 같은 판매처에 있었다고." 그 사람이 말했다.

모라는 다음 사람의 이름표를 부착하며, 떨리는 손을 부여잡았다. 그래서는 안 되었다. 손을 떨어서는 안 되었다. 그러나 모라는 크나큰 실수를 범하고 말았다. 흘깃 눈을 돌려 그 사람의 얼굴을 보고 말았던 것이다.

그제야 모라는 자신을 판매한 사람이 이들도 판매했음을 알았다. 모든 것을 알고 있으면서. 이들이 해부되리라는 사실을 알고 있으면서.

소장은 얼마를 불렀을까?

도와줘, 그 사람이 그렇게 말할 것만 같아 모라는 눈물이 날 듯했다. 물론 모라는 눈물을 한 방울도 흘리지 않았다.

무엇보다, 그 사람은 도와 달라고 하지도, 괴로운 표정을 내보이지도 않았다. 그 사람은 모라보다 유능했다. 심장이 터질 것만 같은 기분을 느끼고, 눈물을 흘릴지도 모른다는 착각에 시달리고, 깊은 죄책감과 수치심에 몸부림치며 살아가는 모라와 달리, 그 어떤 미련도 절망도 소망도 없다는 듯한 시큰둥한 눈으로 이렇게 말했기 때문이다. "빨리 해. 그냥 빨리 실험을 진행해 줘."

결국 그날 모라는 이름표를 부착하다 말고 실험실에서 뛰쳐나갔다. 그리고 구석에 처박혀 작은 동물처럼 몸을 말고 정체를 알 수 없는 슬픔과 공포에 떨었다. 나는 벌을 받을 거야. 나는 벌을 받을 거야. 나는 반드시 벌을 받을 거야. 모라는 생각했다.

그렇지만 누구에게?

무엇을?

그건 아무도 몰랐다.

다음 날 소장은 모라를 맞은편에 앉혀 두고 시가를 피우며 인상을 푹푹 썼다. 그리고 이렇게 말했다. "나는 너를 특별하게 생각한다. 아니, 이건 사실이야. 너는 특별한 아이라고. 그런데 왜 이렇게 자꾸 실망을 시키니?" 그리고 그는 자신이 이번에 실적을 내지 않으면 안 되는 이유에 대한 일장 연설을 시작했다. 지나가듯이, 자신이 견제하고 있는 어떤 과학자 무리의 최근 실적이 얼마나 대단한 수준인지에 대해서도 중얼거렸다. 이 실험이 얼마나 세상에 유의미하고 필요한지에 대해서도 이야기했다. 모라의 책임이 막중하며 이렇게 동참할 수 있다는 것에 대해 자부심을 느껴야 한다고도 말했다. 그러나 모라는 이것이 오직 소장 개인의 자기 증명을 위한 실험에 불과하며 그 근원은 열등감임을, 단지 그뿐임을 알고 있었다.

모라는 슬펐다.

남부럽지 않은 힘과 자산을 가진 이조차 죽을 때까지 자기 자신을 증명하기 위해 살아간다는 사실이. 그런 게 심장 인간의 본능이라는 사실이.

슬프다니, 이런 것이 슬프다니. 이것이 모라가 실패작이라는 증거였다.

자신을 마중 나온 자동차를 타기 위해 소장이 연구소를 빠져나가는 동안, 모라는 연구소의 출입문에 서서 꾸벅 인사를 했다. 모라의 방은 연구소 안에 마련되어 있었다. 자동차 안에 타고 있는 소장의 자식들, 그러니까 모라 나이대의 심장 인간 아이들은 창문을 열어 가며 모라를 흥미롭게 바라보았다. 모라는 그들이 종종 연구실에 찾아와 소장의 품에 안기고, 오늘 학교에서 있었던 일에 대해 노래를 부르는 모습을 본 적 있었다. 모라는 그들의 삶이 부러웠다. 그것 역시 모라가 실패작이라는 증거였다.

"생각이 많고 감성적인 로봇들이 오히려 성공작이라는 사람들의 이야기가 있었죠. 그러나 그건 명백히 틀린 생각이에요. 모라에게는 욕심이 있어요. 혹은 야망이거나. 문제는 욕심과 야망의 핀트가 나가 있다는 거죠. 모라는 연구를 잘하면 된다는 야망만이 허용되게 만들어졌어야 하는 모델이에요. 모라의 꿈은 사고 회로가 잘못 돌아가고 있다는 증거일 뿐이라고요." 모라의 바로 앞에서, 총명하고 냉담한 소장은 자신의 과학자에게 말했다. "모라는 우리가 요구하는 목적을 달성하지 못할 거예요. 그러니까, 모든 실험의 증거를 제거하라고 요구할 때도, 모라는 예상 바깥의 위험한 행동을 할 수도 있어요."

"그게 무슨 뜻인가요?" 과학자가 말했다.

그 이야기를 모라는 눈앞에서 모두 듣고 있었다.

"뭐, 그것까지 말할 수는 없겠군요. 아무튼 간에, 모라는 폐기해선 안 돼요. 모라를 데려올 때 계약 과정이 굉장히 까다로웠거든요. 모라를 다시 돌려보내지 않으면 다음에 새로운 ORE 인간을 데려오지 못할 가능성이 있어요." 소장이 말했다.

"저는 당신이 폐기까지 고려하는 줄은 꿈에도 몰랐는데요." 과학자가 말했다.

"당신은 과학자가 되기엔 성품이 너무 물러요. 그래서는 좋은 연구를 할 수 없을 거예요." 소장이 말했다.

그리고 모라는 환불되었다.

곧바로 환불된 건 아니었다.

과학자는 자신들의 연구소에서 ORE 인간들이 너무 손쉽게 사고 팔리는 것에 문제의식을 느끼고 있었다. 과학자는 모라가 환불되어 곧장 폐기되지 않기를 바랐다. 연구소에서 필요 없다고 여겨지는 ORE 인간들이 너무 빠르게 환불되거나 심지어는 폐기되는 분위기가 지속된다면 이 연구소에는 미래가 없어, 과학자는 생각했다.

그 이야기를 듣고 소장은 심란해졌고, 연구소 설립을 위해 투자도 해 줄 만큼 절친한 사이였던 기업인에게도 자문을 구했다. 기업인은 단번에 이렇게 말했다. "그럼 그 과학자는 그냥…… 더 생산적으로 일처리를 하고 싶은 것뿐 아니야? 내 생각에 둘의 목표는 같아. 미래를 걱정하고 있을 뿐이라고. 마음 편하게 먹어." 소장은 그런 친구를 두고 있다는 사실이 감동스러웠다.

그래서 모라는 (최종적으로) 환불되었다.

모라가 승합차에 실려 떠나는 모습을, 과학자는 창밖으로 바라보며 울적하고 의기소침한 얼굴이 되었다.

승합차가 시야에서 사라질 때까지 담배를 한 대, 두 대, 세 대, 네 대, 다섯 대를 연달아 피우며 과학자는 수심에 잠겼다.

모라가 떠난 지 며칠이 지났는데도 멍하니 창밖을 바라보곤 하던 과학자에게 전화가 온 것은 어느 한낮이었다. 전화를 건 이는 소장이었다. 과학자는 한참을 망설이다 전화를 받았다.

"당신의 삶에 집중해요." 소장이 말했다. 과학자를 감시하고 있기라도 했던 것처럼.

불쾌함에 입을 다문 과학자에게 소장은 연이어 말했다. "과거에 연연할 시간은 없습니다. 이번에 새로 들여오는 기술이 많아요. 아시지 않습니까? 우리 연구소는 언제나 미래를 향해야 해요."

과학자가 계속해서 대답하지 않자, 소장은 진귀한 상황을 만났다는 듯이 혼자 웃으며 마지막으로 덧붙였다. "하기야 당신은 그런 점이 흥미로운 존재입니다. 당신은 별종이에요. 그래서 모두가 당신을 주목하고 있죠." 모라가 환불되고 몇 달 후, 모라를 폐기할 것인가 말 것인가를 논의 중이던 판매소 대표에게 모라라는 실패작을 흥미롭게 여긴 한 인문학자로부터 연락이 왔다. 그날 대표에게 중요한 일정이 없었더라면, 대표는 직접 모라를 데리고 인문학자를 방문했을 것이다. 그러나 대량으로 ORE 인간들을 구매하고 싶다는 슈퍼리치의 연락을 받은 대표는 직원에게 모라를 운송하는 일을 맡겼다. 직원은 일을 시작한 지 얼마 안 된 심장 인간이었다.

말하자면, 그건 대표의 실수였다.

모라는 직원이 화장실을 간 틈을 타 돈을 훔쳐 도망쳤다.

모라는 죽기 살기로 달렸고, 고속버스에 올라탔다. 자신이 수심 깊은 곳으로 갈 일이 없는 모델이라는 사실을 알고 있었던 모라는 물속에 들어가면 반드시 만신창이가 될 거라는 사실도, 이제 드디어 실험이니 연구이니 판매이니 하는 일들과는 완전히 동떨어진 존재가 될 수 있다는 사실도 알고 있었다. 모라는 버스에서 내리자마자 곧장 강으로 갔다.

주홍빛 강으로.

이상한 일이지만, 주홍빛 물이 흐르는 강으로.

그리고 완전히 잠수하기 직전에 이란성쌍둥이를 만났던 것이다. 정확히는, 이란성쌍둥이가 모라를 건져 올렸다. 온몸에 물기가 있었지만 그 정도로는 모라도 망가지지 않았다. 혹은, 어딘가 망가진 부품이 있지만 아직 눈치챌 정도는 아니었다.

딱 한 곳, 종아리가 이상했다. 물속으로 들어가는 동안 바위에 종아리가 쓸려 피부가 얕게 벌어졌던 것이다. 그곳에 물이 들어갔는지 상처 주변으로 무지갯빛이 일렁였다. 빨간색, 주황색, 노란색, 초록색, 파란색, 남색, 보라색, 검정색, 흰색, 황금색, 은색, 무지갯빛, 연한 빨간색, 연한 주황색, 연한 노란색, 연한 초록색, 연한 파란색, 연한 남색, 연한 보라색, 연한 검정색, 흰색, 연한 황금색, 연한 은색, 연한 무지갯빛, 진한 빨간색, 진한 주황색, 진한 노란색, 진한 초록색, 진한 파란색, 진한 남색, 진한 보라색, 진한 검정색, 진한 황금색, 진한 은색, 진한 무지갯빛, 흰색.

"이거 예쁜데." 모라가 흠뻑 젖은 옷을 입은 채 무지갯빛으로 일렁이는 자신의 상처를 바라보며 말했다.

"너, 거기 조심해야겠다." 쌍둥이 중 여자애가 말했다.

벙커의 아이들

모라의 이야기가 끝나고 둘은 침묵에 잠겨 있었다.

하수구 뚜껑 아래에서 초희는 한참 동안 모라를 따라 걸어야 했다. 그 끝은 지문을 인식해야 열리는 자동문이었다.

모라는 초희가 묻기도 전에 자신의 손바닥을 보여 주었다. 모라의 피부는 확실히 심장 인간들과 전혀 다르지 않았다. 모라가 선뜻 자신의 팔을 그어 주지 않았더라면 초희는 끝까지 모라를 의심했을지도 몰랐다.

"이런 거 안 보여 줘도 돼." 초희는 관심 없는 척하며 뒷걸음질 쳤다. "나 너 믿는다니까." 초희는 하수구 뚜껑 밑으로 내려와서 이렇게 깊숙한 곳까지 들어온 이상 모라를 믿는 것 말고는 별수 없다고 생각하고 있었다. 모라는 초희를 물끄러미 쳐다보다가 자신의 손바닥을 내려다보았다. 자신의 손을 처음 보기라도 한다는 듯이. 그리고 모라는 문 옆에 손을 댔다.

자동문이 열렸고, 그 내부는 양쪽에 문이 연달아 이어지는 복도였다. 내부는 천장이 높아서 허리를 바짝 세우고도 머리를 부딪힐 걱정이 없었다.

벽지는 누런빛에 푸른 꽃이 그려진 무늬였고, 문은 나무 재질이었다. 오래된 학교의 기숙사나 아름다운 섬의 값싼 게스트하우스를 연상시키는 아늑한 분위기의 내부에 초희는 이유 모를 기이함을 느끼며 눈썹을 찌푸렸다.

"나야. 모두 나와도 돼."

그러자 복도의 문들이 일제히 열리며 벙커에 숨어 사는 아이들이 얼굴을 빼꼼 내밀었다. 그중에 찬이 있었다.

그때의 찬은 아주 작았고, 두 눈에는 경계심과 공포가 가득했다.

모라가 한 손에 쥔 손전등 불빛이 길을 밝혀 주었다.

그날 도착한 벙커 안에는 모라 말고도 심장 인간이 다섯 명, ORE 인간이 두 명 더 살고 있었다.

두 명의 ORE 인간은 성별이 다른 이란성쌍둥이였다. 그들은 서로에게 증오로 가득 찬 말들을 쏟아붙이다가도 별수 없다는 듯 붙어 다녔다. 'ORE 인간 제작소'의 표현을 빌리자면, 그들은 이란성쌍둥이로 '제작된' 아이들이었다. 그들은 '성장하지 않았고 영원히 늙지 않았'다. '부품이 녹슬면 자연히 작동이 중단될 것이었지만, 운이 좋으면 아주 긴 시간을 살게 될 수도 있었'다.

그들은 심장 인간 아버지 밑에서 자라나며 이런저런 공연에 섰다. 아버지의 표현을 빌리자면, 그들은 '고통 없이' 자신의 신체를 망가뜨릴 수 있었고 물고문을 당할 수도 있었으며 종종 커플인 것처럼 연기해야 했다.

그들은 고통을 느끼지는 못했으나 모멸감은 느낄 줄 알았다. 그들은 아버지로부터 탈출해 무작정 버스에 올랐고, 산을 탔다.

물은 두려웠다.

산꼭대기 안에는 절이 있었다. 그들은 자신의 공연을 구경하던 스님들이 있었다는 것을 똑똑히 기억했고, 그들이 자신들은 세상 문물에 호기심이 있는 것뿐이라는 듯 겸손한 얼굴로 공연을 향유하던 것을 선명히 기억했고, 여차하면 내려칠 심산으로 산 중턱에서 주운 두툼한 나뭇가지를 등 뒤에 숨긴 채 산사 문을 두드렸다. 절은 몹시 낡은 곳이었고, 장작을 때서 바닥을 데우는 구조였다.

스님은 외롭고 다정한 노인이었다. 체구가 이란성쌍둥이보다도 자그마한. 노인은 소화가 잘 안 된다는 이유로 물에 밥을 말아 먹고 있었다. 그렇게 먹으면 더 소화가 안 될 텐데도.

이란성쌍둥이 중 여자아이는 특히 오랫동안 스님을 경계했고, 그게 그 아이의 현명함이었다. 여자아이가 스님을 신뢰하게 된 것은 두 개의 선물 때문이었다. 첫 번째는 열쇠였다.

누구든 마음만 먹으면 충분히 찢거나 부술 수 있을 만한 창호지 문이 달린 작은 절 안에서 지내던 스님과 달리 이란성 쌍둥이는 철제문이 달린 자그마한 공간을 각각 하나씩 선사받았다. 아이들이 처음 도착했을 때는 수풀에 가려 잘 보이지 않던 절 뒤편의 공간으로, 불교 신자들이 묵는 용도로 혹은 언젠가 먼 미래에 찾아올 손님을 기다리기 위한 용도로 스님이 건축해 놓은 구조물이었다.

가장 먼저 스님은 열쇠를 줬다. 소녀와 소년 모두에게.

각자의 방을 잠글 수 있는.

"타인을 향한 신뢰는 자기 자신이 완전히 안전하다고 느낄 때 쌓아야 하는 거야. 앞으로도 그렇게 살아야 한다." 스님이 말했다. 스님은 아이들에게 사랑과 거절이 한 몸이라고 가르쳐 주고 싶었다. 그래서 언젠가 쇠약한 자신이 명을 다하더라도 상처받지 말라고.

소녀와 소년은 속으로 조소했다. 그들은 이미 세상에 상처 입을 만큼 입었으며 결코 함부로 타인을 믿어서는 안 된다는 사실을, 그리고 그런 부드럽고 다정한 존재 같은 건 영원히 될 수도, 가질 수도 없다는 사실을 이미 알고 있었다. 그러나 스님의 생각은 달랐다. 사람은 상처가 깊을수록 다정한 타인에게 속절없이 허물어지는 법이라고, 스님은 생각했다.

세상의 많은 사람들은 다정함을 인내심 있게 연기함으로써 끝내 상처받은 이의 경계를 붕괴하고, 그나마 남아 있던 모든 유산, 단지 물질적인 것만이 아닌 신체와 정신을 포함한 의미로서의, 한 사람이 가질 수 있는 모든 종류의 유산을 바짝 가물게 만들 수 있었다. 다치지 않기 위해 바짝 곤두서 있는, 전투태세로 평생을 살아온 사람이 어느 순간 풀썩 의지하고 사랑할 때, 그것만큼 빼먹기 좋은 상대도 없다는 사실을, 세상의 많은 어른들은 알고 있었다.

스님의 두 번째 선물은 소녀만을 위한 것이었다.

어느 날 스님은 이란성쌍둥이를 불러 놓고 절에 보관해 두고 있던 작은 권총을 보여 주었다.

소녀와 소년이 모두 보는 앞에서, 스님은 절 한가운데 서서 3단짜리 돌계단을 향해 총구를 겨누었다. "이렇게 장전하고." 스님이 말했다. "이렇게 쏘는 거야." 스님이 총을 쏘며 말했다. 총알은 없었다.

스님은 소녀와 소년 중 소녀에게 호주머니 속에 들어 있던 금빛 총알을 권총과 함께 건네며 말했다. 마치 자그마한 보석들 같다고 소녀는 생각했다.

"이렇게 장전하고."

스님은 소녀로부터 먼 발치에 서서 손짓으로 시범을 보여주었다. 소녀는 금세 따라했다. 아주 오래전부터 총을 갖고 싶어 했던 아이였다. 온갖 영상을 감상하며 이미 머릿속으로 수도 없이 연습했던 적이 있었다.

"이렇게 쏘는 거야."

스님이 말했을 때, 소녀는 멈칫하며 물었다.

"무엇을요?"

스님은 자신을 가리키며 말했다.

"네가 나를 죽이고 싶을 때."

소녀는 스님을 보았다.

스님이 말했다. "자, 이제 저 나무를 쏴 봐."

"나무가 불쌍해요. 살아 있잖아요." 소녀가 말했다.

"그런 약한 마음으론 안 돼." 스님이 말했다.

"스님께서 저를 해하려고 하면, 전혀 불쌍하지 않을 거예요." 소녀가 말했다. "스님은 나무가 아니에요. 가감 없이 쏴 드릴게요."

스님은 웃었다.

"저걸 쏠게요." 신이 난 소녀는 처마 끝에 달린 종을 가리키며 말했다.

그리고 소녀는 총을 쏘았다. 스님의 허락은 필요하지 않았다. 종의 조각들 중에서 날카롭지 않은 것은 소녀가 기념품으로 가져갔다.

 그날 이후로 소녀와 소년은 스님을 잘 따랐다. 쌍둥이가 도착하기 한참 전에, 사찰에는 스님 말고도 사내 한 명이 더 거주했었다는 사실을 알게 된 것도 그 무렵이었다. 스님은 사내와 함께 찍은 사진을 보여 주며 말했다. "우리는 거의 부부였지. 아니, 그냥 부부였어. 우리는 산도 타고 바다도 가고 호수도 보았지. 세상은 아름다웠어. 전부 아름다웠어."

 "그 사람은 지금 어디 있어요?"

 "자유로워졌어. 모든 고행을 끝내고."

 그 사내가 자살했다는 사실을 알게 된 것도 비슷한 때였다. 기사 한 줄 나지 않는 쓸쓸한 죽음이었지만, 스님은 받아들였다고 했다. "가장 궁극적인 자유지." 스님은 말했다. "죽음이라는 건."

 스님은 소녀를 위해 바지춤에 차고 다닐 수 있는 총집을 만들어 주었다. 소녀는 그 안에 총과 실탄을 잘 집어넣어 항시 차고 다녔다. 스님과 소년에게 무슨 일이라도 생기면 모조리 쏴 죽이겠다는 생각을 하며.

 소년은 총에 대한 열등감이 없었고, 오히려 소녀가 총을 갖게 되었다는 사실을 환영했다. 그런 식의 열등감과 야심이 있는 사내아이였더라면 진즉에 소녀와 그리 돈독하지 못했을 것이었다. 세상에는 그런 종류의 소년도 있는 법이다. 자신보다 타인을 더 위할 줄도 아는. 그리고 그런 소년은 자긍심을 가지며 살 필요가 있다. 인정받을 필요도 있다. 절박한 사람은 쉽게 악해진다. 선함을 통해 그 어떤 것도 얻지 못한다면, 슬프게도, 사람은 선해야 할 명분을 찾지 못한다. 물론 아무것도 얻는 것이 없을 때 선할 수 있는 사람이야말로 진정한 선한 사람일 것이지만, 역시 슬프게도, 인간은 근본적으로 자기 이익을 위해 움직이는 생물이다.

그러므로 어느 정도 선한 사람이 자긍심을 느낄 수 있을 만한 자리를 열어 주어야 한다. 그리한다면 그들은 어쩌면 평생을 그렇게 살아갈 수도 있을 것이다. 그 자긍심으로 인하여, 살면서 몇 번쯤은, 전혀 얻는 것이 없는 상황에서조차 선할 수도 있을 것이다. 그렇게 서로가 서로를 도울 수도 있을 것이다. 그래서 모라는 종종 소년에게 말했다. "너는 대단해."

벙커에서, 소년은 영문도 모르고 모라를 보았다. "갑자기 뭐야? 혼자 무슨 생각을 한 거야?"

소년의 의심스러운 눈빛에도 불구하고 모라는 다시 말했다. "너는 축복받아 마땅해. 진심이야."

시간이 지나 스님이 죽었을 때, 쌍둥이는 번갈아 가며 그 다정했던 노인을 업고 산 밑으로 내려왔다. 그들은 스님의 죽음을 농담으로 여겼다. 노인이 아래와 같이 유서를 남겼음에도 불구하고.

어린아이들을 구하며 살아라.
그렇게 너희가 너희의 과거를
어린 시절의 너희를
구조하길 바란다.

병원의 의사가 그들의 신상을 캐물었을 때, 쌍둥이는 줄행랑을 쳤다. 얼마 지나지 않아 쌍둥이는 스님의 유서 뒷장에서 좌표를 발견했다.
그건 벙커의 위치였다.

이제 이곳은 안전할 거다.
슈퍼리치가 수감된 끝에 죽었고, 마을은 버려졌거든.

좌표 밑에는 이렇게 적혀 있었다.

너무 슬퍼하지들 마라.
나는 드디어 자유로워진 거야.

급히 절을 벗어나는 와중에 총을 챙긴 것은 소녀였고, 유서를 챙긴 것은 소년이었다.
스님은 죽기 전에 이란성쌍둥이에게 이름도 지어 주었고,

그건 둘에게 좋은 반응은 얻지 못했다. 소녀는 심지어 야유했다. 그리고 앞으로도 영원히 소녀와 소년으로 불리고 싶다고 말했다.

그런 식으로 지나치게 따뜻한 이름은 갖고 싶지 않다고 쌍둥이는 말했지만, 이름을 갖게 된 후로 소중한 물건이 생길 때마다 스티커를 붙이는 어린아이의 마음이 되어 자신의 이름을 적곤 했다.

소녀는 보배 거라고 적힌 미니 원피스를 꺼내 해마에게 주었다. 보배 거라고 적었지만 전혀 소녀의 취향이 아니어서 단 한 번도 입지 않은 옷이었다. 보배의 방에서 잠깐 묵었던 젊은 여자가 버리고 간 옷이라고 했다.

옥엽 거, 소년은 자신의 물건에 적어 두었다.

스님은 머릿속으로 몇 줄의 유서를 더 남겨 두었다.

보배야, 옥엽아.

세상에서 가장 귀한 이들아!

너희가 누렸어야 할 권리가 있는 생을, 그 대단치도 않은 생을 세상이 주지 못했구나. 그러나 그건 너희 것이었어.

내가 대신 사과하고 싶지만, 사과하면 받아 줄 거니? 아니면 또 야유할 거야?

<u>흐흐.</u>

물론 유서에 그런 말은 적혀 있지 않았다.

보배의 이름 후보 중에는 금지도 있었지만, 보배는 금지보다는 보배가 더 좋다고 말했다.

왜냐하면 금지라는 이름을 갖게 된다면 옥엽과 너무 한 세트 같지 않느냐고, 무슨 햄버거와 감자튀김 같다고, 그런 건 죽도록 싫다는 이유 때문이었다.

보배 거,

언젠가 세상에 나가서 제대로 된 집을 갖게 되고 또 패드도 소유하게 될 수 있다면, 그래서 패드로 총 게임을 할 수 있게 되면 닉네임은 금지로 해야지, 생각하며 보배는 히히 웃었다.

그 모든 천진한 생.

그 모든 생의 천진함.

죄다 보배 거.

꿈

 과학자가 인간 제작소에 연락했을 때, 모라는 이미 ORE 인간 제작소에서 도주한 뒤였다. 모라의 환불을 막으려고 했던 그 과학자는 모라를 단 하루도 잊지 못했다. 모라가 일하던 연구실을 지나쳐 가다가 ORE 인간들의 눈을 차마 마주하지 못하며 그들의 쇄골에 아주 조심스럽고 신중하게 이름표를 달던 모라의 모습을, 과학자는 목격했기 때문이었다. 그뿐일까? 과학자는 모라가 자신을 구매한 이의 친자식들을 줄곧 어떤 눈으로 보는지도 알고 있었다. 그뿐일까? 과학자는 모라가 인간 제작소에 전화를 했다는 소식도 알고 있었다. 만약에 정말로 모라가 환불된다면 자신이 구매, 아니, 입양할 계획을, 과학자는 하고 있었다. 과학자는 모라에게 정이 들었던 것이다. 오직 그것 때문에, 오직 그 사적인 마음 때문에 과학자는 하루도 모라에 대해 생각하지 않은 날이 없었다.

과학자는 아이를 가져 보려는 계획을 오랫동안 세워 온 사람이었다. 나이가 들었을 때는 자신의 난자를 얼려 놓고 시험관 시술을 고민하거나, 인공 자궁으로 아이를 갖는 방법 역시 이미 숙고해 봤다. 난자, 나에겐 난자가 있어, 과학자는 생각했다. 사실, 숙고하는 수준이 아니라 과학자는 조만간 그 모든 계획을 실행에 옮길 생각을 하고 있었다. 과학자의 마음에 아이를 갖기 위해서 남자를 만나야겠다는 계획은 전혀 없었다. 그러나 과학자의 꿈은 아이를 낳고 싶다는 것이 아니라 아이를 키우고 싶다는 것이었다. 오직 그것이 과학자의 꿈이었다.

이유는?

이유는 단순했다. 아이가 귀여워서. 아이가 좋아서. 무언가를 귀여워하고 좋아하는 것에 어떤 합리성이 작동한단 말인가? 그냥 작고 소중한 것을 보면 지켜 주고 싶고, 그 존재가 영원히 즐겁고 행복했으면, 그런 일이 이 세상에서는 도저히 가능할 리가 없다는 사실을 누구보다 정확히 알고 있기 때문에 더욱더 바라는 마음을, 그 어떤 합당한 근거를 제시하여 증명한단 말인가?

모라의 환불을 막을 때도 과학자는 생산성 따위는 추호도 고려하지 않았다. 과학자는 모라와 정이 들었다, 그게 다였다.

모라가 지극히 평범한 아이처럼, 혹은 대단히 운이 좋은 아이처럼 여생을 천진하게 살다 가기를 과학자는 꿈꾸었다.

그렇지만 그 방식이 돈을 주고 모라를 사들이는 일은 아니길 빌었다. 그냥 그대로, 모라를 처음 사들이고 결국 환불했던 연구소장과 몇 번의 대화 후에 자신의 집에서 지내게 되는 방법을 과학자는 숙고했다. 물론 그 생각은 얼마 가지 않아 바뀌었다. 이것이 모라의 환불을 더 적극적으로 막지 않은 이유였다. 합당한, 그 빌어먹을 합당한 절차를 거쳐서 모라를 데려오지 않으면 언제든 연구소장에게 모라를 빼앗길 수 있다는 생각이 과학자의 뇌리를 잠식했고, 그렇다면 일단 모라가 환불된 후에 자신이 곧바로 입양하면 되겠다는 결론에 도달했다. 너무 빠르게 입양하면 연구소장과 트러블이 생길 수도 있으므로, 며칠 간격을 두고, 모라가 쓸모 있을 연구를 발견했다고, 그런 식으로 말할 계획이었다. 사실 모라가 쓸모 있든 없든 과학자는 신경 쓰지 않았지만. 그런 건 과학자에게 전혀 중요하지 않았지만.

아이는 쓸모없어야 한다.

아이는 그냥 그 자체로 우당탕탕 존재해야 한다.

그게 과학자의 믿음, 사명, 생의 목표였다.

그러나 인문학자에 의해 모라가 먼저 구매됐다는 소식을 듣고 과학자는 생각했다. 너무 늦었어.

그리고 바로 며칠 후 과학자는 모라가 팔려 가던 길에 도주했다는 소식을, 아마 죽은 것 같다는 소식을 전해 들었다.

해마

 벙커 속 다섯 명의 심장 인간은 모두 모라가 도착하기 전에 쌍둥이가 주운 아이들이었다. 그중 키가 큰 한 명은 초희와 모라의 또래인 것 같았지만, 언제나 반쯤 넋이 나간 것 같은 맹한 눈빛을 한 데다 말수가 적어 아주 어려 보이기도 했다. 나머지 심장 인간 아이들은 확실히 어렸다. 그들의 키는 모라와 초희, 그리고 쌍둥이의 배꼽 정도에 겨우 닿았다. 꼬마들. 그들은 벙커에서 꼬마들이라고 불렸다.
 심장 인간 다섯 중 한 명만이 여자애였다. 그건 이란성쌍둥이가 소년들만 구조했기 때문이 아니라 거리에서 살아남은 여자아이를 찾기가 어려웠기 때문이었다.
 심장 인간 소녀에게는 투사의 기질이 있었다. 마음이 여리고 울보였지만 벙커 근처의 다리까지 그 작은 몸으로 홀로 걸어왔다.

여자아이의 이름은 해마였고, 그건 해마(hippocampus)가 아니라 해마(sea horse)를 뜻했으며, 해마를 다리 밑에서 주워 온 것도, 해마라는 이름을 지어 준 것도 모라였다. 벙커 안 유일한 패드(그것 역시 훔친 물건이었다.)로 본 『해양생물도감』 영상에 나오는 해마. 앙증맞고 사랑스러운 해양생물.

패드 속에는 모든 정보가 들어 있었지만 벙커 안의 아이들이 어떻게 살아남아야 하는지에 대한 이야기는 단 하나도 없었다. 벙커 안의 아이들 중 누구도 해마를 실제로 본 적은 없었다. 언젠가 그들의 세상이 좀 더 평화로워지고 천진해진다면, 그 미래에서 그들은 먼 섬 투명한 바다의 바보들처럼 얼굴을 처박고 손톱만 한 노란 해마를 만날 수 있을지도 몰랐다. 오늘 거북이도 만날까? 과연 만날 수 있을까? 그게 아침부터 저녁까지 온 하루를 통틀어 그들이 고심하는 유일한 문제일 수도 있었다. "요즘 것들은 해마와 거북이에 대해서만 골몰한다니까. 정말 문제야, 문제."라고, 올챙이 시절을 금세 잊어버리고는 어린애들에게 시비 거는 게 생의 유일한 낙인 개, 돼지, 꼴뚜기 새끼 같은 어른들, 그들이 옹졸한 주둥이로 지껄여 대든지 말든지 상관하지 않고 아침에 눈을 뜨자마자 바다로 달려 나갈 수도 있었다. 진짜 금붕어야 미안해, 진짜 꼴뚜기야 너한테도 미안해, 큐트 퍼피랑 꿀꿀이들한테도 너무너무 미안해, 공상 끝에 항상 모라는 생각했다.

해마가 해마인 이유는 첫째, 벙커에서 가장 조그만데도 언제나 용기 있는 망아지처럼 뿔뿔뿔뿔 돌아다녔기 때문이었다. 해마는 지구를 세 바퀴 돌고 싶어 하는 기이한 욕망에 시달렸지만, 얼마 달리지 못하고 헥헥거리거나 철푸덕 넘어지는 성질을 함께 소유하고 있었다. 해마는 타고나기를 체력이 약한 아이 같다고, 벙커의 가장들은 생각했다.

해마가 해마인 이유는 둘째, 머리칼 때문이었다. 해마는 언제나 기다란 머리칼이 산발이 될 정도로 부스스하게 지냈던 것이다. 해마는 잠을 무지 많이 잤다. 오랜 수면을 마치고 잠에서 깨어나면 온 머리칼에 정전기가 가득 올라 엉망진창 부풀어 올랐는데, 머리숱이 많아서가 아니라 자는 동안 침대에 뒤통수를 한껏 부비며 뒤척인 탓이었다.

해마를 무릎에 앉혀 매끈하고 반짝이는 분홍색 하트 모양 펜던트가 달린 고무줄로 꼬마의 머리를 양 갈래로 묶어 준 것도 모라였다. 가끔은 이마 쪽 머리칼을 약간 덜어 얇은 고무줄로 더듬이를 만들어 주기도 했다. 정수리의 머리칼을 조금 모아서, 연두색 사과가 달린 머리끈으로 해마에게 사과 꼭지를 달아 준 것 역시 모라였다. 그 머리끈은 벙커의 침대 밑에서 주운 것으로, 슈퍼리치의 희생자 중에 어린아이들이 있었다는 사실을 짐작게 했다. 그게 아니라면 설마 다 큰 성인에게 이런 머리끈을 사용했을까?

해마라는 이름이 생긴 이후로 해마는 종종 진짜 해마처럼 까불거리며 벙커 안을 돌아다니곤 했다. 바닷속 해마가 움직이는 모습대로, 두 팔을 몸에 바짝 붙인 채, 얼굴을 엉거주춤 내밀며 벙커 안을 돌아다녔던 것이다. 그럼 모라도 해마를 따라 하며 해마인 척했고, 둘은 동시에 키득키득 웃었다.

키득키득.

모라가 해마의 포즈가 이상하다고 놀렸던 날, 해마는 토라져서 방에 들어가 문을 잠그고 "언니 정말 싫어!"라고 말했다. 모라는 차분하게 문 밖에서 말했다. "나 다시 올게. 다시 대화하자." 그건 해마에게 이렇게 들렸다. 너의 지금 그 말이 진심이 아닌 거 언니는 다 알아.

나 다시 올게.

다시 대화하자.

모라는 해마를 유별나게 예뻐했다. 마치 자신의 어린 시절을 바라보듯이, 혹은 모성을 가진 여자처럼. 어떤 여자들은 분명 모성을 가졌다. 그게 출산을 하고 싶다는 마음과는 당연히 별개의 문제라고 하더라도. 그런데 과연 모라에게 모성이라는 개념이 가능할까? 아니면 모라는 돌보기 위해 만들어진 기계가 아닐까? 초희는 마음속에서 솟아오르는 무례하고 불순한 질문들을 꿀꺽꿀꺽 삼켰다. 초희는 모라가 좋았고 친구가 되고 싶었다.

모라와 이란성쌍둥이, 그 셋은 초희의 눈에 삶의 의지가 넘쳐 보이기도 했고 아무 기대도 낙관도 없어 보이기도 했다. 전자와 후자가 가진 공통점은 용감함이었다. 얼마 지나지 않아 초희도 그들을 따라 나섰다. 초희는 다리 밑에 도착했을 때부터 자신 또한 후자에 가깝다고 믿고 있었다. 심지어 초희는 자신이 그날 다리에서 이미 죽었고, 이곳 벙커가 천국인지도 모른다고 생각했다. 그러나 세 명의 ORE 인간들과 시간을 보내면 보낼수록 자신은 전자가 아닌가 하는 기이한 수치심에 휩싸였다.

벙커의 정체를 초희가 알게 된 것은 얼마 되지 않아서였다. 마을의 인구가 전멸하기 전에 그곳에 공장을 세우고 일자리를 제공했던 한 슈퍼리치가 있었다고 했다. 어쨌든 마을 사람들은 슈퍼리치가 아니었더라면 생계를 꾸리지 못했을 것이었고, 좋으나 싫으나 슈퍼리치를 극진히 모셔 받들었다.

벙커는 슈퍼리치가 재미 삼아 데려온 ORE 인간들을 숨겨 두는 장소로 사용되었다. 그건 슈퍼리치에게 일종의 게임이었다. 수집하고, 괴롭히고, 폭파하고, 쏴 죽이기.

벙커의 맨 안쪽 깊숙한 곳에 나 있던, 낮은 비밀 문을 열면 빽빽하게 심겨진 나무들로 둥글게 둘러싸인 인공 풀밭이 나온다는 걸 안 것도 그쯤이었다. "이제 너도 우리 가족이니까." 모라가 말하며 비밀 문의 자물쇠를 열어 주었고, 그때 초희는 생각했다. 그럼 지금까지는 가족이 아니었다는 건가? 사실 그거야말로 초희가 후자가 아닌 전자라는 증거였지만, 생에 대한 기기묘묘한 의지를 타고난 사람이라는 증명이었지만, 모쪼록 초희는 여전히 자신이 후자라고 믿고 있었다. 세 명의 ORE 아이들처럼.

"이곳에서 몇 명을 일렬로 세워 놓고 쏴 죽인 게 분명해." 모라가 풀들 사이사이에 불순물처럼 껴 있는 부품 부스러기를, 해변의 모래를 부슬부슬 쓸어 보듯이 어루만지며 초희에게 말했다.

벙커의 아이들은 당시 슈퍼리치가 수집한 ORE 인간들이 전부 은색 피부의 모델일 것이라고 추정했다. 벙커 주인이었던 슈퍼리치가 사망한 날짜로부터 아이들이 하나둘 벙커를 차지하게 되기까지 꽤 오랜 시간이 흘렀고, 원목 수납함 마지막 칸에서 ORE 인간들의 신체의 일부를 이루었을 부품들이 발견되었기 때문이다.

부스러기 역시 모두 은빛이었다. 태양이 정중앙에 떠 있었다. 모라가 땅을 쓸어서 손을 그러모으자 흙과 부스러기가 섞여 쥐였다. 초희는 하늘을 올려다보며 정중앙으로 내리꽂히는 태양빛을 바라보고 있었다. "뜨겁다."

"들어가자." 모라가 말했다.

가을이 되었을 때, 벙커의 아이들 중 가장 나이가 많은 이란성쌍둥이와 모라는 수납함의 부품들을 모아서 땅에 묻은 다음 장례를 치러 주기로 결정했다. 세 아이는 부품들이 묻힌 땅을 바라보며 대신 노래했다.

죽은 이 대신.

관세음보살.
관세음보살.
관세음보살.

한 번 더.

관세음보살.
관세음보살.
관세음보살.

천 번 더.
혹은 무한히.

이 세상의 모든 망령을 위해 그들은 영원히 노래할 수 있었다. 대신해서. 감히 대신해서. 하늘에서 죽은 이들이 허락한다면.

그런 종류의 권한이 존재하기나 한다면.

초희가 그들을 물끄러미 바라보자, 모라가 설명했다. "쌍둥이가 알려 준 거야. 죽기 전에 이렇게 세 번 말하면 좋은 곳으로 간대."

"좋은 곳?" 초희가 물었다.

"그래. 천국 같은 곳." 보배가 답했다.

"천국은 하나님을 믿어야 갈 텐데." 초희가 중얼거렸다. "우리 엄마가 기독교인이었거든." 아, 엄마 보고 싶다. 초희는 문득 생각했다. 초희의 어머니는 독실했다. 세상이 자신을 그렇게 대했는데도 세상을 위해 매일 기도했다.

초희는 세상에 대한 어머니의 마음을 완전히 이해하지는 못했고, 그 마음은 영원히 변하지 않을 것이었다.

어머니는 언제나 기도하며 빌었다.

제발 사람들을 구원해 주시옵소서.

어린양을.

무수히 많은 어린양들을.

그러나 초희의 눈에는 어머니야말로 어린양이었다.

"그래? 그러면 어떡하지?" 옥엽이 정말로 놀라 물었다. "스님은 하나님 이야기는 한 적 없는데."

옥엽의 목소리에, 초희의 머릿속 어머니 목소리는 사라졌다. 그 목소리는 그립지 않았다. 그 자리도.

"기도도 하면 되지. 기독교 식으로." 모라가 명쾌하게 말했다.

"기도하는 법은 나도 몰라. 아멘밖에." 초희가 쭈뼛거리며 말하다가 무언가를 깨달았다는 듯 놀라 덧붙였다. "아, 노래는 기억나. 사람이 죽을 때 부르는 노래가……." 사람? 초희는 혼자 멈칫했다. 사람이라면, 어떤 사람들?

하나님의 땅에 이 아이들을 위한 자리도 있을까?

그 말을 입 밖에 꺼내지는 않았다.

아니, 이곳이 이들을 위한 천국인가?

이 말도 입 밖에 꺼내지는 않았다.

이곳이 천국이었어야 했다, 신이 있다면, 산 자들의 이 땅이 천국이었어야 했다. 그러나 초희가 그런 생각을 한다는 것을 세 아이는 다 알고 있다는 듯이 초희를 쳐다보았고, 물론 그건 초희가 혼자 제 발 저려 그렇게 느낀 것일 수도 있었지만 초희는 무언가를 열렬히 해명하듯이 목소리를 높여 말하기 시작했다. "아버지가 죽고 나서 엄마가 맨날 이 노래를 불렀거든. 방 안에서 빨래 개면서. 설거지하면서. 바닥 쓸면서. 과일 깎아 주면서."

"그래? 그럼 우리에게 그 노래를 알려 줘." 보배가 말했다.

"우리가 아는 교회 사람이라고는 우리 공연을 단체로 보던 사람들뿐이니까. 우리 고통을 재밌어라 하면서……" 옥엽이 덧붙였다.

"그만해. 얘는 도와주려고 하는 거잖아." 모라가 중재했다.

"우리도 화난 거 아냐. 사실을 말할 뿐이지." 보배가 말했다.

초희는 울음을 터뜨릴 것 같은 기분이 되어, 이 기분을 몰아내기 위해 노래를 부르기 시작했다.

저 높은 곳을 향하여
날마다 나아갑니다
내 뜻과 정성 모아서
날마다 기도합니다

내 주여 내 맘 붙드사
그곳에 있게 하소서
그곳은 빛과 사랑이
언제나 넘치옵니다

괴롬과 죄가 있는 곳
나 비록 여기 살아도
빛나고 높은 저곳을

날마다 바라봅니다

내 주여 내 맘 붙드사
그곳에 있게 하소서
그곳은 빛과 사랑이
언제나 넘치옵니다

이상한 일이었다. 초희는 노래 부르는 동안 자신의 마음이 조금씩 고양되었다가 천천히 차분해지는 것을 느꼈다. 단 한 번도 만나 본 적 없는 그 부품의 실체들을, 오랜 시간 만나 왔고 대화까지 나누었더랬다는 기분이 들 정도였다.
"좋네. 노래 좋다." 보배가 눈을 반짝이며 말했다.
"그래. 같이 부르자." 옥엽이 동의했다.
"응. 같이 부르자." 모라도 말했다.
초희는 안도했다.
그리고 넷은 함께 찬송가를 부르기 시작했다.

저 높은 곳을 향하여
날마다 나아갑니다
내 뜻과 정성 모아서
날마다 기도합니다

내 주여 내 맘 붙드사
그곳에 있게 하소서
그곳은 빛과 사랑이
언제나 넘치옵니다

괴롬과 죄가 있는 곳
나 비록 여기 살아도
빛나고 높은 저곳을
날마다 바라봅니다

내 주여 내 맘 붙드사
그곳에 있게 하소서
그곳은 빛과 사랑이
언제나 넘치옵니다

 장례를 마치고 비밀문으로 돌아왔을 때, 모라와 이란성쌍둥이는 흠칫 놀랐다. ORE 인간들의 장례식을, 다섯 명의 심장 인간이 옹기종기 사이좋게 모여 보고 있었던 것이다.
 그날 후로 꼬마들은 종종 노래를 흥얼거렸다. 그들은 중심에 해마를 두고 (해마도 순진한 얼굴로 따라 불렀다.) 마치 해마가 죽은 사람이라도 되는 것처럼 관세음보살과 찬송가를 목청껏 부르고 있었다. 그들은 해마를 제물로 바치려는 부족처럼 굴었고, 그걸 지휘하고 통솔하는 이는 꼬마들 중에서 가장 나이가 많은, '수장'이라 불리우는 말수 적은 심장 인간이었다. 아이들이 그런 식으로 잘못된 노래를 부를 때면 초희는 깜짝 놀라 만류했다. "그럼 안 돼." 초희는 공포심에 부르르 떨며 말했다. "그게 무슨 위험하고 불길한 짓이야?"

초희의 말에, 별생각이 없던 이란성쌍둥이와 모라도 심장 인간들이 노래 부르는 것을 적극적으로 자제시키기 시작했다. "초희가 안 된다고 하는 이유가 있겠지." 모라는 이란성쌍둥이에게 말했고, 둘은 선뜻 동의했다. 어차피 그들에게 초희를 두렵게 만드는 문제는 그다지 중요한 것이 아니었다.

"노래를 부르지 못하면 저희는 무얼 하죠?" 수장은 항의했다.

"글쎄. 시를 쓰거나 춤을 추면 되지. 무궁화꽃이 피었습니다 놀이를 해도 좋고. 강강술래를 해도 되고. 마피아 놀이도 있어. 단체 줄넘기도." 초희가 꼬마들을 향해 말했다. 수장이 아니라 네 꼬마를 향해.

"그냥 다른 노래를 부르는 방법도 있어." 보배가 말했다.

"함성을 지르는 방법도." 옥엽이 말했다.

"그래, 맞아. 노래를 부를 수 있는 방법들은 아주 많으니까." 초희가 말했다. 자신이 기억하는 노래의 가사를 꼬마들에게 가르쳐 줄 용기는 나지 않았다. 왜인지는 모르겠지만, 나지 않았다.

"그런데 당신은 뭐야?" 수장이 문득 초희를 빤히 바라보며 말했다.

초희는 본능적으로 뒷걸음질 쳤다.

"뭐긴 뭐야. 우리 가족이잖아." 모라가 수장에게 말했다. 수장은 인상을 쓰며 모라와 초희를 내려다보았다.

수장. 그놈은 마치 수장처럼 굴고 있었다. 이곳저곳에서 많은 친구들에게 버림받은 뒤, 어린아이들을 종 삼아 휘두르는 게 유일한 낙인 듯했다. 수장은 전혀 순진하지 않았다. 오히려 영악했다. 그걸 알았을 때는 이미 수장이 벙커의 모든 것을 알고 난 뒤였다. 이란성쌍둥이와 모라는 종종 근심 가득한 얼굴로 수장을 바라본 뒤 서로의 얼굴을 쳐다보았다.

수장과 네 꼬마

그날 이후로 다섯 명의 심장 인간들, 수장과 네 꼬마는 각자 글을 썼다.

초희가 보기에, 해마의 글은 착했고, 글이 착하다는 것은 칭찬도 무엇도 아니었다. 모라는 해마의 글을 가장 좋아했다. 모라의 생각에, 해마의 글에는 사랑스러운 구석이 있었다. 모라가 좋아했던 다른 글은 한 심장 인간 소년의 것이었다. 그 꼬마는 아주 작고 겁이 많아서 이란성쌍둥이는 그에게 겁보라는 이름을 붙여 주었다.

수장, 겁보, 해마, 그리고 두 꼬마. 그게 다섯 명의 심장 인간 무리를 이루는 구성원이었다. 초희의 눈에는 나머지 두 꼬마의 글이 더 흥미로웠다. 유별나고, 독특하고, 기이한 구석이 있었기 때문이다. 시가 성경처럼 아름다울 필요는 없다고 초희는 관용적으로 생각했다. 꼬마들의 노래를 가로막았던 자신의 쇠약함을 덜어 내려는 욕망을 애써 모른 척하면서.

수장의 글은 천재처럼 보이기 위해 갖은 애를 쓰고 있었으나 떼를 쓰는 범인(凡人)의 것 같았다. 파격적, 혁신적, 예술적인 무엇을 위해 모든 과한 요소를 다 집어넣었지만 놀라울 만큼 전통적이고 관습적이었다. 허영과 관습이 만나면? 최악이지. 모두 그 사실에 동의했다.

"이거 어디선가 본 것 같은데?" 초희가 수장을 놀리면, 수장은 꼬약거렸다. 각자의 예술 세계를 존중하라면서. 그럼 초희는 헛웃음을 지었다. "언제 예술가가 된 거지? 그냥 사춘기 남자애의 일기장 같은데. 물론 현실의 너는 하루 온종일 벙커 속에 처박혀 있었으니까, 창작 일기장인 셈이지."

수장은 증오하는 눈으로 초희를 바라보았다.

"거기까지 해. 싸워서 좋을 거 없어." 보배가 말했다.

종종 수장과 두 꼬마는 해마를 놀렸다. 단체 줄넘기에 억지로 끼워 넣고, 해마가 그들의 체력에 미치지 못하면 야유를 했다. 그러나 그들이 아니면 놀 친구가 없었던 해마는 결국 또 그들과 놀고 싶어 했다.

심장 인간 다섯 명의 몫을 포함하여 자신들의 식량을 구하기 위해 모라는 이란성쌍둥이 중 옥엽과 함께 기꺼이 벙커의 가장이 되어 정기적으로 도둑질을 했다. 운전석 창문이 깨진 구식 승용차를 타고 먼 시내로 나가 물건을 한 아름 훔쳐 왔던 것이다. 정확히 말하자면 가져왔다고 말할 수도 있었다. 그들은 버려진 가게를 잘 찾아냈다. 쌍둥이는 그 나이대의 아이들이 알 필요가 없는 정보를 많이 알았다.

초희와 보배는 벙커에 남았다. 보배는 항상 권총을 소지하고 다녔고, 초희는 해마 곁에 붙어 있었다.

모라가 음식을 구하러 갔다가 장총을 구해 온 날이었다.

"나는 총 쏠 줄 몰라." 모라가 말했다. "아무튼 챙겨 왔어."

모라와 보배는 비밀 문을 열고 들어가서 문을 잠갔다. 한바탕 무언가를 쏘는 소리가 벙커 안을 가득 채웠다. 초희는 비밀 문을 바라보다가 수장을 쳐다보았다. 왜인지는 모르겠지만 수장은 여전히 증오하는 눈으로 초희를, 그리고 비밀 문 쪽을 번갈아 쳐다보았다. 그날 후로 모라는 보배를 언니라고 불렀다.

"대단해. 언니는 정말 대단해." 모라는 말했다.

그럼 보배는 픽 웃었다.

그러던 어느 날이었다. 벙커 밑으로 물이 들어왔다. 모라와 옥엽이 음식과 생필품 들을 구해 오기 위해 외출했을 때였다. 해마와 놀아 주던 초희는 그들을 향해 서서히 흘러오는 물을 발견하고 화들짝 놀라 보배를 불렀다. "물이 들어와."

"폭풍이 치는 것 같아." 보배가 침착하게 말했다. "종종 있는 일이야. 무서워하지 마. 그래도 확인해 보자."

초희와 보배는 자리에서 일어나 아주 잠깐 동안 벙커 밖을 나갔다. 그리고 구부정한 자세로 걸어 들어왔다. 터널에 물이 들어오고 있었다. 보배가 여전히 차분한 어조로 말했다. "날씨가 점점 더 이상해지고 있는 거야. 슈퍼리치가 이런 걸 계산하지 않고 벙커를 설계하지 않았을 텐데. 빗물에 젖는 걸 좋아하는 부자는 없겠지. 홍수가 난 것 같군."

"모라는 어떡하지?" 초희는 걱정했다.

"잘 돌아올 거야. 시내로 가다가 차를 돌렸겠지. 아니면 이미 수풀을 헤쳐 돌아오고 있거나."

"그런데 물이 왜 이렇게 차갑지?" 초희가 젖은 발을 매만지며 말했다. "물이 엄청 차가워. 냉수 같아. 어디 계곡에서 흘러오는 것처럼……. 지금은 분명 여름인데……."

"그래?" 보배가 초희를 돌아보며 물었다.

초희는 새삼 놀라 입을 다물었다. 그러고 보면 촉각이 둔한 건 모라도 마찬가지였다. 끓는 물을 실수로 만질 때와 같은 아주 위험한 상황을 제외하고, 모라는 언제나 무덤덤했다.

어쨌든 보배의 예상은 적중했다. 저 멀리 사다리에서 모라와 옥엽이 내려오는 모습이 보였기 때문이다.

그때 초희와 보배는 벙커의 문 안에서 함성이 들려온다는 사실을 알았다. 그들은 빠른 걸음으로 그 소리의 근원을 찾아 헤맸다. 함성은 비밀 문에서 들려왔다.

인공 풀밭 위에서, 해마를 중앙에 둔 채 수장과 두 꼬마가 뜀박질을 하며 함성을 외쳐 댔다. 겁보는 비밀 문 앞에 쭈그려 앉아 바들바들 떨고 있었다.

해마는 상처투성이였다. 얼굴에는 생채기가 가득했고 무릎에는 피가 흘렀다. 그들로부터 멀리 떨어진 곳에는 단체 줄넘기용 밧줄이 늘어져 있었다.

"놀이에 방해가 되는 애는 혼나야 해." 수장이 말했다. "본때를 보여 주마."

"맞아, 맞아." 두 꼬마가 동조했다.

해마는 광기에 잡아먹힌 수장과 꼬마들에게 돌을 맞은 것 같았다. 그러나 꼬마들은 스스로가 매우 이성적이라고 믿어 의심치 않는 듯했다. 고작 힘없고 어린 여자아이를 제물로 바치면서, 자신들의 뮤즈로 여기면서, 가뿐히 패고 죽이면서, 저 꼬마들은 스스로가 천재적인 예술을 하고 있다고 믿어 의심치 않는 것이었다. 여자를 사체로 만들면서. 여자와 관련된 모든 것을 기꺼이 죽이면서.

벙커 안으로 모라가 들어온 것은 그때였다. 옥엽도.

모라가 그 자그마한 붉은 새를 목격한 순간, 초희는 모라의 달라진 표정을 목격했다. 모라는 전원이 꺼진 사람 같았다.

모라가 어딘가로 사라졌다. 자신이 홀로 쓰는 방문을 열고 무언가를 꺼내 왔다. 장총이었다.

뭐 하려고 하는 거야? 너 지금 뭐 하고 싶은 거야? 초희는 묻고 싶었지만, 그리고 그것만큼은 입 밖으로 꺼내 물으려고 했지만, 물을 새가 없었다. 모라가 비밀 문 문턱 앞에서 자세를 바짝 낮춰 수장과 꼬마들을 겨누었기 때문이다.

세 소년은 해마를 둘러싸고 손을 붙잡지 않은 채 강강술래를 하며 빙글빙글 원을 그렸다. 그들이 손을 붙잡는다면 뜀박질을 하는 발이 해마를 걷어찰 것이었다. 그러나 그들의 원은 커다랬다. 그들은 해마를 제물 혹은 모닥불 삼아 중앙에 두고 어떤 실험이자 의식을 치르고 있었다.

확실히 해마의 노래는 심심하고, 안온하고, 고루했다. 그건 해마의 보드라운 성품을 딱 빼닮아 있었고, 그런 사람은 그런 글을 쓰는 게 최선이 아닐까 싶다는 마음도 분명히 들었지만, 글을 읽기 시작하면 어김없이 하품이 나오곤 했다. 신체적인 반응을 어쩌겠는가? 초희는 명백한 인간이었다. 해마가 어른이 되어서도 그런 글을 쓴다면, 그 무엇보다 전통에 복무하는 성격을 갖고 있어서인지도 모른다고, 악한 마음이 아니라 거절하지 못하는 마음 때문에 그 누구보다 충실하게 권위에 복무하게 되어서일지도 모른다고, 초희는 생각했다. 해마는 자신의 어머니보다 더 어머니 같은 여자가 될지도 모른다고.

그러나 초희는 모라가 이 자리에서 누군가를 쏘아야 한다면 그것이 해마가 아니라는 사실을 정확히 알고 있었다.

모라는 장전했다.

광기의 소년들은 주먹을 휘두르며 무어라고 외쳤다. 장전 소리도 듣지 못한 채. 혹은 들었지만 무시한 채. 광기에 휩싸인 소년들에게 장전 소리는 자신들의 공연을 위한 북소리로 전락했다. 이 세계가 자신들의 손아귀에 달려 있다고 믿는 이들에게는 자신을 죽이려는 장전 소리가 성공의 신호탄으로 여겨질 것이다. 누가 저 소년들을 그리 가르쳤단 말인가? 부메랑처럼 돌아올 주먹질의 성정을, 누가 소년들의 피에 주입시켰단 말인가?

그러나 그들은 멈추지 않고 외쳤다.

"예술! 예술! 예술! 전위! 전위! 전위! 해방! 해방! 해방! 희망! 희망! 희망! 우! 우! 우! 우! 예술! 예술! 예술! 전위! 전위! 전위! 해방! 해방! 해방! 우! 우! 우! 우! 예술! 예술! 예술! 전위! 전위! 전위! 해방! 해방! 해방! 희망! 희망! 희망! 우! 우! 우! 우!"

그때 수장과 두 꼬마가 동시에 괴성을 지르기 시작했다. 알아들을 수 없는 말들을, 번지르르하고 숭고한 말들을 계속, 계속 외치며, 그러나 이 세상과 하나도 연결되지 않은 말들을,

불쌍한 어린양들을 없는 존재로 취급하며, 가장 무서운 방식으로 이 작은 보금자리를 소멸시키는 언어를, 우리의 싸움을 후퇴시키는 말들을.

슈퍼리치가 여러 명의 회색 인간들을 초록빛 혹은 주홍빛 혹은 황폐한 숲속 풀밭 위에 일렬로 세워 둔 채 방아쇠를 당기는 풍경을 모라는 매일매일 상상하곤 했다. 그 상상은 끔찍하게도 모라의 머릿속에서 사라지지 않았다. 그 정교함, 그 놀라움, 그 미학적인 성취, 작은 생물들을 완벽히 통제하여 동물실험을 행하는 미치광이 과학자처럼 슈퍼리치는 예술을 했으리라. 오직 쾌락을 추구하며, 슈퍼리치는 먼 과거의 영화관에 상영되었으면 온 군중의 사랑과 열광을 이끌어 냈을 심오한 풍경을 창조했으리라.

그건 전위적인 것이 아니라 폐쇄적인 것이라고, 그건 실험적인 것이 아니라 교조적인 것이라고 모라는 줄곧 말하고 싶었다. 그 과학자에게. 그리고 그 슈퍼리치-예술가에게. 어떤 영역이든. 폐쇄적이고 교조적인 실험과 예술을 누구보다 성공적으로 해낼 수 있는 존재는 ORE 인간들이라는 사실이 자명해진 지 오래였다. 심장 인간들은 은색 인간들을 따라갈 수 없었다. 적어도 그런 면에서는. 앞으로 더. 시간이 지날수록. 매일매일 맹렬하게. 회색 인간들은 그런 면에서 경이로워질 것이었다. 어쩌면 그것이 자신을 구매한 소장이 자신에게 기대한 ORE의 면모일지도 모른다고, 모라는 오랜 시간 외로움과 싸우며 생각했었다. 해방? 희망? 모라는 미세한 떨림도 없이, 그 어떤 때보다도 가장 기계다운 (심장 인간이 자신에게 기대했을 의미로서의) 모습이 되어 그들에게 묻고 싶었다. 도대체 무슨 자격으로 해방과 희망을 논하는가? 폐쇄성과 교조성이 합쳐지면 그것은 독재다. 독재의 욕망이다. 모든 새를 말살시키는 과학의, 예술의, 세상의 독재에 대한 욕망. 한 개의 생에는 한 개의 세상이 있는 법이다. 너희는 무리 지어 다니면서, 자기들이 결정한 계급에 따라 수준에 미달된다고 여겨지는 것들을 우습게 여기면서, 모든 종류의 세상을, 그것이 얼마나 보잘것없고 작은 세상이든지 간에 모조리 지배하고 싶구나.

모라는 침묵 속에서 총을 조준했다.

무슨 생각하고 있어? 초희는 모라를, 모라의 총을, 수장과 꼬마들의 쇼를, 불쌍한 해마를 떨리는 눈으로 바라보다가 모라에게 시선을 고정시키며 생각했다.

모라는 심오한 질문에는 답할 수 없다고 했다. 초희는 생각했다. 모라는 자신이 실패작에 불과하다고 했다.

모라의 눈이 기이했다.

새까만 그림자처럼 깊이 고요했고, 동시에 화염처럼 붉었다. 모라는 생각했다. 그렇지만 지배할 수도 없을 거야. 그런 짓을, 앞으로 누가 가장 기가 막히게 할 수 있을 것 같아? 인공 풀밭 위에서 폐쇄적이고 전위적인 성취를 이루는 것, 그런 짓이 앞으로 누구의 소유가 될 것 같아?

ORE 인간!

그런 건 모조리 ORE 인간의 소유가 될 거라고!

왜인지는 모르겠지만 초희는 울음을 터뜨리고 싶었다. 모라의 이상하고 고독하고 가엾은 생을 위한 눈물을 흘리고 싶다고. 심장 없이 심장 있는 모라의 생을 위해. 이도 저도 되지 못하는, 그 위태로운 생을 위해.

모라는 수장과 두 꼬마의 빙글빙글 돌기 쇼를 가만히, 몹시 인내심 있게, 그러나 언제든 총을 쏠 기세로 오래토록 지켜보았다. 그러다 두 꼬마의 수장이 다시 돌을 집어 들어 해마를 향해 집어던지려 했을 때, 총을 들어 쐈다.

탕!

총알이 수장의 머리통을 정확히 관통했다. 수장은 퍽 쓰러졌다.

초희는 짐승처럼 비명을 지를 뻔했지만 가까스로 입을 틀어막고 숨을 참았다.

대신 비밀 문 앞에 쭈그려 앉아 있던 겁보가 비명을 지르기 시작했다.

수장 옆에서 환호성을 지르던 두 꼬마도 합창을 하듯이 비명을 지르기 시작했다.

 뒤늦게 벙커에 도착한 이란성쌍둥이도 비명을 지르기 시작했다. "이런 빌어먹을, 이런 젠장!" 그들이 울부짖으며 달려 나왔다.

 "너한테 신처럼 굴 권리는 없는 거야!" 보배가 바지춤에서 권총을 꺼내 모라를 향하며 말했다.

 "이런 악마 같은 것아!" 옥엽이 외쳤고, 모라는 움찔했다.

 "감히 신처럼 굴지 마라! 어디서 감히!" 보배가 외쳤고, 모라의 눈은 조금씩 평범해졌다. 그제야 초희는 울음을 터뜨렸다.

 이란성쌍둥이는 나란히 서서 각각 권총과 장총으로 모라를 겨누며 말했다. "너는 신이 아니야. 이런 망할…… 너는 신이 아니야." 그들이 심장 인간이었으면, 그 순간 갓난아이처럼 울음을 터뜨렸을 것이다. 그러나 그들은 분노에 가득 차 일그러진 얼굴로 두 손을 미세하게 떨면서 모라를 겨누고 있을 뿐이었다.

 겁보는 끔찍한 공포 때문에 비명을 지르듯이 울고 있었다. 초희도 온몸을 떨며 흐느끼기 시작했다.

 "이 총의 존재를 알려 준 건 너를 믿었기 때문이야…… 네가 우리와 같은 ORE 인간이라고 믿었기 때문이야." 옥엽이 모라를 증오하듯 외쳤다.

모라는 이제야 현실로 돌아온 것 같은 슬픈 눈으로 이란성 쌍둥이를, 자기 생애 최초의 친구들을 바라보았다.

"너는 실패작이야. 정말로 실패작이야. 폭력성이 있잖아…… 너는…… 너는…… 너는 정말 실패작이야." 보배가 바들바들 떨며 말하다가 불현듯이 언성을 높여 외치기 시작했다. "어서 꺼져! 이곳에서! 안 그러면 정말로 쏠 거야! 영원히 조금도 수리되지 못할 만큼 산산조각 내 줄 거야! 그 부품들처럼!"

"슈퍼리치랑 똑같은 자식……." 옥엽 역시 떨면서 말했다. "이런 놈인 줄 알았더라면 절대 우리 벙커에 데려오지 않았어! 너 같은 건 생산되자마자 파괴되었어야 했다고……."

모라는 눈물을 참는 것 같았다. 그러나 모라는 눈물을 흘릴 수 없었다.

"어서 꺼져! 초희랑 같이!" 보배가 명령했다. "그리고 다시는 돌아오지 마! 영원히! 제발!"

그렇다. 그들은 화가 나 있다기보다는 두려워하고 있었다. 모라를. 끔찍해하고 무서워하고 있었던 것이다. 누가 그들을, 그 불쌍한 쌍둥이를 비난할 수 있을까?

모라는 모호한 얼굴로 그들을 빤히 바라보다가 자리에서 일어나며 말했다. "그래. 나는 갈게. 초희는 여기 있게 해 줘."

"싫어." 초희는 곧바로 대답했다. 망설임 없이. "나도 같이 갈 거야. 모라랑……. 나도 너랑 같이 갈 거야."
겁보는 여전히 울고 있었다.

벙커의 출입문을 빠져나가 문을 닫자마자 그 우레 같은 울음소리가 뚝 차단되었다. 지하는 고요했다.

모라와 초희가 다시 그 터널 같은 긴 길을 걸어야 했을 때 모라는 말했다. "왜 나를 쫓아오는 거야? 넌 저기서 저 애들이랑 지내."

"싫어." 초희는 고개를 저었다. "처음부터 네가 내 친구였어. 날 구해 준 건 너잖아." 이상했다. 초희는 모라가 두렵지 않았다. 오히려 모라가 수장을 쏜 저 벙커에 남는 일이 더 두려웠다. 다음에는 모라 말고 다른 누군가가 총을 들 것만 같았다. 아니, 이미 들었지 않았는가?

동시에 초희는 혼란스러웠다. 혹시 풀밭 위의 그 끔찍한 광경이 두려워서 도망치는 거라면, 나도 모라를 두려워하고 있는 건 아닐까?

"너도 이제 내가 괴물이라고 생각하지?" 모라는 깊고 지친 눈으로 초희를 향해 뒤돌아보며 물었다. "완벽한 실패작이라고. 흉물이라고."

초희는 심장이 터질 것 같았다. 초희는 티 내지 않기 위해 노력하며 숨을 골랐다. 어서 대답해야 했다. 그러나 초희는 곧바로 대답하지 못했다.

"떠나도 돼." 모라가 무표정한 얼굴로 말했다. "내가 괴물 같다면 떠나도 좋아."

"아니." 초희는 이제 온 인상을 쓰면서 울었다.

"그래. 그럼 마음대로 해." 모라는 다시 뒤돌아 앞으로 걸어갔다.

"싫어. 절대 싫어." 초희는 어린아이처럼, 정말이지 아주 어린아이처럼 흐느끼면서 모라를 쫓아 걸어갔다.

모라는 해마에게 마지막 인사도 하지 못했다는 사실을 떠올리며 생각에 잠겨 있느라 초희의 울음소리도 듣지 못했다. 그렇게 크게 울려 퍼졌는데도.

모라는 마음속으로 해마를 위한 마지막 인사를 했다.

나의 작은 아기 해마.
너의 생은 언니의 것보다 더 행복해야 하고
언니의 것보다 더 천진해야 한다.
나의 작은 아기 해마.
나의 작은 아기 해마.

사다리는 얼음처럼 차가웠지만, 모라는 손쉽게 올라갔다.

"안 차가워?" 밑에서 초희가 물었다.

"시원해. 그리고 무지 미끄럽다." 모라가 말했다.

모라와 초희는 차례차례 구멍을 빠져나왔다.

"이상해. 무슨 여름비가 이렇게 차갑지?" 초희는 수풀을 헤치며, 지독한 추위에 부르르 떨었다. "비가 많이 내리지도 않아……. 이건 홍수가 아니라고. 왜 벙커 밑으로 흘러 들어온 거지?"

그날 그 비는 지구에서 처음으로 관측된 냉수 비 현상이었다. 특정 지역에만 한여름 날 신이 얼음물을 붓듯이 차디찬 비가 내리는 현상이었다. 그다음 날이 되자 다시 여름답게 따뜻한 비가 내렸다.

냉수 비가 내리던 날, 모라는 알았다. 자신이 괴물에 불과하며 자신은 파괴되어야 한다고.

"넌 괴물이 아니야." 그렇게 말해 주었던 것은 언니, 베타 선생님이었다. "너는 실패작이 아니야." 그렇게 말해 준 것도 베타 선생님이었다.

모라는 물끄러미 베타 선생님을 바라보며, "거짓말은 하지 마세요."라고 말했다.

그러나 베타 선생님은 말했다. "아니. 내 말을 믿어. 너는 그 자체로 유의미한 존재야. 그 자체로."

모라는 여전히 베타 선생님의 말을 믿지 않았다. 그렇지만, 그럼에도 불구하고 위로받고 말았다.

정말일까요?

모라는 종종 베타 선생님을 그리워하며 하늘에게 묻다가 혼자 결론을 내렸다. 거짓말하지 마세요.

다 거짓말인 거 알아요.

모라와 초희가 떠난 날 이란성쌍둥이는 수장의 사체를 인공 풀밭에 묻어 주고 (풀밭을 삽으로 파자 차가운 금속성 땅이 드러났다.) 해마를 꼭 껴안아 주었다. 깜짝 놀란 두 꼬마에게는, 결코 포옹해 주지는 않았지만 따뜻한 차를 대접해 주었다. 차 한 잔. 그 정도는 할 수 있었다. 어쨌거나, 아직, 그 두 꼬마에게는 희망이 있었으니까. 그들의 생에 아직 많은 나날이 남았으니까.

그들은 충분히 다른 생을 살아갈 수도 있었다.

두 꼬마는 바들바들 떨리는 손으로 따뜻한 차를 받아 마시며 넋이 나간 얼굴로 앉아 있었다. 오줌을 쌌는지 바지춤이 흥건했다. 방금 전까지 굉장한 무대의 중앙에 서 있었던, 경험 부족한 아기 배우들처럼.

보배와 옥엽은 팔짱을 낀 채 슬픈 눈으로 그들을 내려다보며 생각했다.

제발, 부디, 제발.

그 귀한 재능들 썩히지 않으면서 살아라. 앞으로 어떻게 살아갈지는 너희의 선택이야.

그만큼도 없다고 우리가 말한다면, 너희는 영원히 악한 영혼이 되겠지. 그러나 우리가 이런 문제에 대해 선택권이란 것이 있다고 말한다면, 너희는 정말로 다른 사람이 될 수도 있겠지. 우리가 너희고, 너희가 우리니까.

키오스크 되기

 찬이 벙커의 겁보였다는 사실과 과거에는 자기보다 한참 자그마했었다는 사실을 떠올린 것은 그 순간이었다.

 키오스크 죽이기라는 임무를 다 마치지 못한 찬은 탈진해 누워 있었다. 찬을 제외한 세 신입생은 머쓱하고 불편한 침묵 속에 찬을 바라보았다.

 키오스크는 ORE 가이드 중 한 명에게 말했다. "신입생들이 이동할 시간이에요. 이들을 데려가세요." ORE 가이드의 지시에 밀려 걸어가는 동안, 초희는 뒤를 돌아 찬을, 덩치가 훌쩍 커진 겁보를 바라보며 불안과 슬픔을 느꼈다.

 열등감이었을까?

 그날 그 무대에 서지 못했던 것에 대한?

소년들의 세계에서 추방당했던 트라우마로 인한?

적중이었다. 초희의 생각들은 적중했다. 찬은 키오스크를 죽이는 일을 통해 어떤 인사가 되고 싶어 했다. 키오스크 학교에서 키오스크를 죽이면 경찰이 올 테고, 그럼 경찰차에 실려서 학교를 빠져나갈 것이고, 자극적인 사건을 흠모하는 기자들의 총애를 받게 될 것이라고, 찬은 기대했다. 그렇게 가장 뜨거운 무대 위에 서게 될 거라고.

어쩌면 그건 모라가 가르친 것일지도 몰랐다. 그날 그 순간 모라가 총을 쏜 것 때문에 찬이 저렇게 컸는지도 모른다고.

초희는 모라가 찬을 만나는 순간 뿌리까지 무너질지도 모른다는 생각이 들었고, 그건 그 어떤 일보다 초희를 가슴 아프게 만들 것이었다.

"앞을 보세요." ORE 가이드가 말했고, 초희는 멍하니 앞을 바라보았다.

초희가 다른 아이들과 함께 체육관으로 돌아왔을 때, 키오스크는 여전히 무대 위에 있었다.

초희는 한눈에 모라를 알아보았다. 모라가 어떤 군중 속에 섞여 있든 초희는 모라를 한눈에 알아볼 수 있었다.

모라가 그 많은 사람들과 똑같은 옷을 입고, 아주아주 가만히 서 있었다고 하더라도, 초희는 알아볼 수 있었다.

모라의 뒤통수를 보는 일만으로도, 초희는 모라가 경외심이 담긴 황홀한 눈으로 무대 위의 키오스크를 바라보고 있다는 것을 알 수 있었다.

벙커에서 수장을 죽인 후로 모라는 어딘가 멍해졌다. 고장 난 기계 같았다. 혹은 오래된 기계.

시름시름 작동하는.

초희는 모라가 무서웠고, 동시에 가여웠다. 그래서 처음 한동안은 모라의 눈치를 보다가, 오히려 그런 행동에 모라가 더욱 고통받는다는 사실을 알게 되었다. 그래서 더욱 모라를 놀리고 모라에게 장난을 걸기 시작했다. 초희는 자신은 할 수 있지만 모라는 잘하지 못하는 것들(멍해진 이후로 더욱 못하게 된 것들)을, 그러니까 다림질, 설거지, 바느질, 단추 똑바로 꿰매기 같은 것들을, 콕콕 짚어 가며 모라를 골려 주고 또 챙겨 주기 시작했다.

떠돌이 생활을 하던 그들을 거리에서 발견해 시설로 데려간 것은 베타 선생님이었다. 떠돌이 아이들임을 알아채는 일은 어렵지 않았다. 처음에 초희는 따뜻해 보이는 베타 선생님조차 의심했지만, 모라는 망설이지 않고 베타 선생님을 따라갔다.

"시설에서는 심장 인간인 척을 해야 해." 베타 선생님이 모라에게 말했다.

"왜요?"

"시설은 심장 인간이 아니면 받아 주지 않거든."

모라는 베타 선생님에게서 해마의 냄새가 난다고 생각했다. 모라의 직감은 대단했다. 베타 선생님 밑에서, 거부할 수 없는 진실된 다정함 속에 파묻혀 생활하던 어느 날 모라는 초희에게 말했다.

"나는 무미건조한 사람이 될 거야."

그 어떤 일에도 슬퍼하지 않고.

그 어떤 일에도 분노하지 않는.

무미건조한 사람.

매 순간 완벽하게 안정된 사람.

그리하여 모라는 온 마음을 다해, 진심으로, 키오스크가 되고 싶었다. 그 어떠한 사사로운 일에도 연연하지 않는 심장을 가진 키오스크.

맡긴 임무를 완벽하게 수행해 내는 기계 같은 영혼의 일꾼. 욕심 없이, 불평 없이, 오직 단조롭게, 무난하게,

플랫하게.

키오스크가 되고 싶어, 모라는 생각했다.

나도 키오스크처럼 쓸모 있고 의미 있는 존재가 되고 싶어, 모라는 생각했다.

키오스크가 되는 일, 그것이 모라를 지탱하는 유일한 기둥

이자 삶의 단 하나뿐인 신념이었다.

시설에 들어오자마자 베타 선생님은 모라가 심장 인간이 아니라는 사실을 눈치챘다.

모라가 키오스크 학교에 대해 이야기하기 시작했을 때, 베타 선생님은 세로토닌 수치 등이 조작(창작)된 모라의 건강검진 서류를 초희에게 건넸다.

"둘 다 잘 지내라. 학교는 좋을 곳일 거야." 살아생전에, 베타 선생님이 초희에게 말했다. "그랬으면 좋겠네." 낙원행 열차를 타기 불과 며칠 전에, 선생님은 그렇게 말했다.

키오스크 학교에 입학하기 위해, 모라는 이야기를 지어냈다. 모라는 자신이 평생 동안 주변 사람들을 실망시키는 존재에 불과했음을 증명했다. 모라는 자신이 키오스크 학교에 입학하는 것을 허가받지 못한다면 이 모든 슬픔을 다 망각할 수 있는 낙원으로 가고 싶다고 덧붙였다.

베타 선생님을 떠나보낸 후 모라는 생각했다.

선생님은 낙원으로 가는 열차를 타고 떠났다.
선생님은 영영 다시 돌아오지 않는다.
나는 의리 있고 용감하게 행복해야만 한다.
나도 낙원으로 가고 싶다.
선생님이 부럽다.

그러나 그것보다 더 커다란 소망은 키오스크가 되는 것이다.

그동안 나는 많은 것을 포기했고

많은 것을 얻었으며

많은 이를 떠나보냈고

많은 이를 새로 만났다.

그 과정 속에서 나는 내 존재가 신의 실패작이라는 사실을 완전히 받아들였다.

아래와 같은 노래도 지어 불렀다. 혼자서.

내 안에는 ORE 인간과 심장 인간이 함께 존재하네.

나는 결국 둘 중 무엇도 될 수가 없네.

내가 사는 아픈 세상에는

과거와 현재와 미래가 갈기갈기 찢어져 동시에 존재하네.

어떤 세상이 어떤 피조물이

이토록 엉망진창이란 말인가?

그래서 완전히 받아들이지 않을 수 없었네.

내가 완전히 실패작이라는 것을.

받아들였네, 실패하겠지만

실패하겠지만

실패하겠지만

실패하겠지만
또 실패하겠지만
영원히, 영원히, 영원히
완전히 실패하겠지만
내가 나로 살기 위해
이렇게 노래할 수밖에 없다는 것을……

자, 다시 애써 명랑하게 하루를 시작해 보자.
명랑은 일시적이겠지만……

우리 생이 언제나 그렇듯이……

2부

교장 키오스크

입학식 말미에, 교장 키오스크는 학교 내 생활에 대한 기본적인 교칙 및 규범에 대한 안내문을 읊었다.

키오스크 학교에 입학한 모든 아이는 키오스크가 된다.
키오스크 학교에 입학한 모든 아이는 기숙사에서 생활한다.
키오스크 학교에 입학한 모든 아이는 보호자 및 후원자와의 연락이 금지된다.
키오스크 학교에 입학한 모든 아이는 유용하고 독립적인 인간으로 성장하겠다는 최초의 목표를 잊어선 안 된다.
키오스크 학교에 입학한 모든 아이는 원칙적으로 중도 포기가 허용되는 예외 교칙을 차후 안내받게 된다.

키오스크 학교에 입학한 모든 아이는 매일 일정량의 약을 두 알 복용해야 한다. 그 약은 복용 시 평온하고 무감한 기분을 항시 유지하는 능력을 향상시킨다. 달리 말해, 기본적인 욕구를 조절하는 능력이 향상된다.

"그렇습니다. 여러분의 식욕, 성욕, 수면욕, 배설욕은 학교 내에서 철저히 억제되고 관리될 것입니다." 교장이 말했다.

식욕, 성욕, 수면욕, 배설욕을 억제하는 약품은 이미 셔틀버스에서 고글을 착용했을 때 자동으로 주입되었습니다. 약의 효과는 매일 더 극대화될 것입니다. 여러분의 정신은 옛 성현들의 그것처럼 혹은 순수한 어린이의 그것처럼 청렴하고 단순할 것입니다.
여러분의 편의를 위해 약물 주입을 미리 고지하지 못한 점 양해 바랍니다.

"만약 그것을 주입하지 않았다면, 우리 학교는 더 이상 학교가 아니게 되겠지요. 어쩌면 버스에서부터. 모든 불행한 인간은 충동을 제어하는 능력을 상실하니까요. 자, 들으십시오! 모든 심장 인간은 야만인입니다! 저는 여러분을 현대사회에 알맞은 문명인으로 기르고자 하는 뜨거운, 동시에 차가운 사명을 갖고 있습니다." 교장 키오스크가 말했다. "무엇보다, 소년들은 성욕을 제어할 의무가 있습니다." 키오스크의 양쪽에 서 있던 ORE 가이드들이 와하하 웃었다.

"음, 저건 맞는 말이야." 초희가 중얼거렸다.

"운동을 시키면 되는데. 땀을 흠뻑 빼게 하면 된다고. 저건 최후의 수단이야." B열에 속한 초희 바로 옆에 서 있던 원혜가 중얼거렸다.

"운동으로 안 될걸." 초희가 웃으며 원혜를 쳐다보았다. "걔네는 답이 없어. 이건 과학적 사실이자 문학적 진실이야."

"그렇지만 이런 방식은 대단히 이상해. 약을 주입한다는 명분으로 뭘 더 억제할지 우리가 어떻게 믿을 수 있지?"

"흐음." 초희가 원혜를 힐긋 쳐다봤다. "일리가 있네."

"더 현명한 방법을 우리가 궁리해야 해. 그것들을 조절할 방법을. 그것들을 어떻게 잘 조져 볼 방법을……." 원혜가 초희에게 속삭였다. 그리고 혼자 웃었다. "나 원 참, 이게 무슨 이야기지? 너 이름이 뭐야?"

"초희. 너는?"

"원혜."

"거기 조용히 하세요." B열과 C열 사이에 서 있던 ORE 가이드가 말했다.

구오기 줴요옹희 해셰요우. 원혜가 더 낮게 속삭였다. 초희가 웃음을 참았다.

결국 ORE 가이드가 원혜와 초희 사이에 섰다. 원혜와 초희는 아랫입술 안쪽을 깨물면서 애써 엄중한 얼굴로 교장 키오스크가 입학식을 마무리하는 모습을 바라보았다.

"벌써 화목한 분위기군요. 좋습니다." 교장 키오스크가 말했다. 내가 너희들을 지켜보고 있어, 라고 선언하듯이.

버울쎄 히아모우칸 부니기구뇨오우. 조쓰웁니다아아. 원혜와 초희는 동시에 생각했다. 텔레파시처럼.

입술 안쪽이 엄청 아팠다.

기숙사 건물

입학식이 끝나고, 모든 신입생은 체육관을 나와 왼쪽으로 꺾어 기숙사 건물로 걸어갔다.

A열은 A열끼리, E열은 E열끼리. 행군하듯 가지런히 열을 맞추어. 체육관에서와 달리 두 명씩 짝을 이룬 채.

A열이 먼저 체육관을 빠져나갔다.

잠시 후 B열 차례였다.

잔디밭 너머 본관에서 선배들로 보이는 몇몇이 창가에 붙어 그들을 구경하는 모습이 보였다. "저기 봐. 되게 기분 나쁘다." 초희가 원혜를 툭 치며 말했다.

"뭐야, 쟤네 왜 저래? 진짜 기분 나쁘다." 원혜가 맞장구쳤다.

초희와 원혜는 동시에 웃었다.

그들 뒤에 서 있던 건 도준이었다. "너 아까 경찰한테 잡혀가던데. 왜 잡혀갔던 거야?"

초희는 뒤돌아 도준을 바라보았다. "반입 금지 물품을 가져와서."

"그게 뭔데?" 원혜가 관심을 가졌다. 주디가 잘 따라오고 있을지 궁금해 뒤를 돌아보며. 주디는 모라와 같은 E열이었다.

"빨리 이동하세요." 신입생들의 양쪽에서 ORE 가이드가 말했다. 초희는 마치 그 말이 뒤를 돌아보라는 명령이라도 된다는 듯이 찬이 어느 열에 속해 있을지 찾기 위해 애썼다. "빨리 이동하세요." ORE 가이드가 손에 든 곤봉을 초희의 얼굴 앞에 흔들며 말했다. 찬이 줄의 맨 앞에 있다는 사실을 깨달은 것은 그때였다. 초희는 ORE 가이드의 지시에 따라 앞을 바라보며, 저기 저 앞에 있는 찬의 뒤통수에 시선을 고정했다. 찬은 A열의 맨 마지막 줄에 서 있었다.

초희, 도준, 원혜보다도 앞에 있는 아이들이 꽤 보였다. 초희는 체육관에서 바로 옆에 도열한 A열의 신입생들을 힐끔거렸다. 그들은 벌써 키오스크라도 됐다는 듯이 기묘하게 무력하고 담담한 표정을 짓고 있었다. 그러나 찬은 A열 뒤쪽에 서서 불편하고 떨떠름해 보이는 얼굴로 걸었다.

기준이 뭐지?

초희는 궁금했다. 왜 모라가 마지막인 거지?

모라는 E열 중에서도 맨 마지막 줄에 있었고, A열의 맨 마지막과 E열의 맨 마지막 줄 사이로는 아주 많은 수의 학생들이 서 있었다.

기숙사 건물은 과거 도서관으로 쓰이던 건물을 개조해 만든 것 같았지만, 도서관처럼 각 코너의 폭이 좁지는 않았다. 도서관에서 제목이 A로 시작되는 책들을 모아 둔 코너를 찾아 안쪽으로 깊이 들어가듯이, 신입생들은 복도처럼 죽 늘어진 길을 걸어가야 했다. 그리고 자신의 좌표가 쓰인, 학교에 있는 동안 생활할 자리를 찾아야 했다. 찾기 어렵진 않았다. 기숙사는 캡슐호텔과 비슷한 구조였다. 지어진 지 얼마 되지 않아 벽면 재질은 세련되었으나 100명의 학생들을 모두 한 층에 수용할 수 있을 만큼 캡슐들이 상당히 빼곡하게 배열되어 있었기 때문에, 학생들을 통째로 이동시키기 위한 거대한 비행선 내부처럼 느껴지기도 했다. 자고 일어나면 우리가 하늘을 날고 있을 수도 있겠군, 초희는 혼자 생각하고 웃었다.

캡슐은 2층 침대처럼 배치되어 있었다. 위에 눕는 사람이 A1, 아래 눕는 사람이 A2인 형태였다. 매일 밤 모든 신입생이 안에 들어가면 자동으로 닫히고, 매일 아침 자동으로 열리는 방식이었다.

각 캡슐에 일련번호가 적혀 있었다. 그게 미리 배정받은 좌표를 의미한다는 사실을 눈치채지 못할 만큼 둔감한 신입생은 없었다. 설사 확신을 갖지 못하는 아이가 있었다 하더라도, 다른 신입생들이 하나둘 자신의 짐을 캡슐 안쪽에 집어넣는 모습을 보며 그들을 따라 뒤늦게 자신의 짐을 들어 캡슐에 올렸다.

A열과 B열, 그리고 C열과 D열의 캡슐들은 서로 마주 보는 구조였지만, E열은 벽면을 마주 보았다. 신입생의 캡슐들 사이사이 일련번호가 없는 캡슐들도 있었고, 그곳에 ORE 인간들이 묵으리라는 사실은 다들 암묵적으로 알아차릴 수 있는 정보였다. 아무도 그것을 굳이 입 밖으로 꺼내지는 않았지만.

초희의 밑에서는 원혜가 지내게 되었다. 원혜가 허리를 숙이며 배낭을 올리자, 캡슐 밑바닥이 레일로 변하며 트렁크를 안쪽으로 집어넣어 주었다. "오, 죽이는데." 원혜는 웃었다.

원혜가 캡슐 안쪽으로 들어가자 초희도 자신의 트렁크를 집어넣었다. 초희의 트렁크 역시 캡슐 밑 레일이 안쪽으로 배달해 주었다. "뭐야, 내 걸 잡아먹는데." 안쪽 벽면의 문이 열린 뒤 트렁크가 안쪽으로 수납되자 초희가 불평했다.

"수납장 같아. 자동 수납장." 도준이 초희 옆 캡슐 안에 자신의 등산 가방을 집어넣으며 말했다.

"오, 여긴 좌표가 없어." 초희가 도준 아래 캡슐을 가리키며 말했다.

"왜지?" 도준이 인상을 쓰며 쭈그려 앉아 좌표 없는 캡슐을 바라보았다.

"거긴 아마 ORE 인간이 묵을 거 같아." 원혜가 말했다. "우리를 감시하려고."

초희는 아직 아무도 자신의 짐을 넣지 않은, 밤이 되면 ORE 가이드가 몸을 욱여넣을 것이 분명해 보이는 빈 캡슐을 쳐다보다가 주변으로 고개를 돌렸다. 무기력한 얼굴로 자신의 캡슐이 어디 있는지를 확인하고 그 안으로 들어가는 신입생들을 바라보자니 문득 궁금해졌다. 혹시 사복 ORE 가이드도 있을까? 그러니까 우리와 똑같은 피붓결을 갖고, 우리가 입고 있는 것과 똑같은 회색 유니폼을 입은 ORE 가이드가…… 우리 곁에 있을까?

그럼 모라는 그 사람을 알아볼까?

초희는 모라가 보고 싶었다. 그래서 옆에 있던 ORE 가이드를 붙잡고 물었다. "저 화장실이 급해요."

"배설욕이 심한 편인가 봐."

ORE 가이드가 말하자 주변 신입생들이 킥킥거렸다. 그 가이드는 조금 전 초희에게 휴대폰으로 베타 선생님과 통화를 하라고 말한 놈이었다. 줄곧 초희를 주시해 온 모양이었다.

그러거나 말거나. 좆 까라지. "예. 무지 심해요. 막 쌀 것 같아요." 초희는 말했다.

ORE 가이드는 사는 일이 몹시 피로하다는 듯 깊이 한숨 쉬었다. "좋아. 그럼 따라와."

주어진 업무

키오스크 학교에서 아이들은 사회에 무사히 적응하기 위해 필요한 직업 훈련을 받았다. 그 사회의 또 다른 이름은 '우리나라'였다.

아이들이 각자 맡은 업무는 가지각색이었다. 누군가는 1인실, 누군가는 3인실, 누군가는 10인실에서 근무했다. 이상하게 선배들을 마주치는 일은 없었다.

그때 창문으로 본 사람들은 무엇이었을까? 원혜는 종종 궁금했다. 마치 꿈을 꾼 것 같군, 생각하며. 그도 그럴 것이, 함께 입학한 신입생들을 제외하면 학교에 나다니는 것은 ORE 가이드들뿐이었기 때문이다.

주디가 배정된 방은 1층 복도의 맨 끝에 위치했고, 그곳에는 모라도 있었다. 그들은 가장 먼저 통성명을 했다. 나는 모라. 나는 주디. 안녕. 안녕.

"너 그거 알아?" 주디가 문득 모라에게 물었다.

"뭘?" 모라가 주디를 쳐다보았다.

"키오스크를 어떤 나라에서는 키아스크라고 부른대."

"키아? 키오 말고 키아?"

"응. 키아— 이렇게." 주디가 웃으며 시범을 보여 주었다.

"키아—스크?" 모라도 웃으며 물었다.

"그래. 그거야. 키아—스크."

키득키득키득.

그때 자동문이 열리는 소리가 들렸고, 모라와 주디는 얼굴에서 곧장 웃음기를 거두었다.

지각한 ORE 가이드는 말했다. "늦어서 미안하다." 그리고 자신을 소개했다. "보건교사. 나는 이곳의 보건교사야. 보건교사라고 부르면 된다."

"저는 보건교사가 되기를 꿈꿔 본 적이 없는데요." 모라가 말했고, 주디는 모라를 힐긋 쳐다보았다.

"뭐, 적성에는 맞을 거야. 너희가 제출한 서류들을 토대로 적성에 맞는 업무가 배정된 거니까." 보건교사가 어깨를 으쓱하며 말했다. 그리고 자신이 타고 있던 전동 휠체어의 버튼을 눌러 그들 사이로 다가왔다.

그날 모라와 주디는 키오스크로서 갑작스레 누군가 찾아왔을 때 응대하는 법, 기본적인 응급처치법, 약을 안전하게 보관하는 법을 배웠다. 기숙사로 돌아가서 외워야 할 약품 이름들이 적힌 명단도 받았다. 모라와 주디가 다루는 약품들은 아무리 과도한 용량을 복용해도 큰 문제가 없는, 효과가 미약하고 안전한 종류의 것들이었다. 모라는 실험실에 있었을 때 명단에 적힌 약품들은 물론이고 그보다 더 센 성질을 가진 약품도 취급했지만, 그 이야기는 굳이 입 밖으로 꺼내지 않았다. 그 시절에 대해 이야기하고 싶지 않았기 때문이다.

그때 갑자기 보건교사가 말했다. "원혜랑 주디, 너희는 저기 저 침구들 좀 정리하고 있어라. 꾀병을 부리는 아이들이 와서 누워 있다 가는 곳이야."

"알겠어요." 주디는 곧바로 자리를 떴다.

"시키면 시키는 걸 해." 보건교사가 말했다. 원혜는 불만족스러운 얼굴로 뒤이어 일어났다.

"이건 뭐야?" 주디와 원혜가 멀어지자 보건교사는 다소 울적한 얼굴로 명단을 바라보는 모라의 손목 안쪽, 길쭉한 흉터를 발견하고 손목을 짚으며 말했다. 초희를 데려오기 위해 모라가 깨진 술병으로 찢어 놓았던 자리였다.

모라는 긴장했다.

보건교사는 고개를 들어 모라를 빤히 쳐다보았다.

모라는 보건교사가 돌연히 얼굴 표정을 바꾸며 복도에 대기하고 있는 ORE 가이드를 부를까 봐 심장이 터질 것 같았다. 물론 모라의 심장이 터질 일은 없지만. 모라는 자신이 ORE 인간이라는 사실이 발각되어 이 교실에서 추방되는 상상을 하고 있었다. "죽으려거든 동맥을 잘라야지." 보건교사가 말했다.

모라는 잔뜩 긴장했다. 죄 지은 아이처럼. 그러나 보건교사는 넉살 좋게, "이런 곳 긋는다고 안 돼." 흐흐 웃으면서 모라의 팔꿈치부터 손끝까지 매우 조심스럽게 마사지를 해 주기 시작했다. "살려고 이곳에 왔구나." 모라는 침묵했고, 보건교사는 한의사처럼 모라의 손바닥 어딘가를 꾹꾹 눌러 주면서 말했다. "이 혈을 눌러 주면 피로가 풀린다. 여긴 스트레스에 좋아. 어이구, 손도 차네. 혈액순환이 잘 안 되나 보다."

모라는 어딘가 이상하다는 사실을 느꼈다.

"선생님은 ORE 인간이 아니에요?"

보건교사는 모라를 보았다. 그리고 알 듯 말 듯한 미소를 씩 지어 보이며 말했다. "나는 ORE 인간이 맞아."

모라는 미간을 일그러뜨리며 보건교사를 빤히 바라보았다. 보건교사의 눈 밑에는 아주 작은 흉터가 있었다.

보건교사는 유쾌하게 말했다. "걱정하지 마라. 이상한 곳에 OT를 온 건 아니니까."

그리고 보건교사는 모라에게 원형 방석 의자를 가리키며 앉으라고 말했다. 모라가 혼란스러운 얼굴로 의자에 앉자 보건교사는 세 번째 서랍에서 무언가를 꺼냈다.

CCTV

 E열의 아이들은 기숙사에서 짐을 풀기 전에 앞으로 키오스크 학교에 다니면서 훈련할 업무의 OT부터 받도록 일정이 짜여 있었다. (E열에 속한 아이들의 노동 시간이 다른 아이들에 비해 월등히 길었다.) 기숙사는 그 후에, 잠들 때가 되어서야 돌아올 것이었다.

 그것도 모르고, 초희는 캡슐 침실에서 내내 주위를 둘러보며 모라를 찾기 위해 애쓰고 있었다.

 ORE 가이드와 초희는 줄을 역행하기 시작했다. E열 신입생들을 위한 캡슐을 지나치는 순간, 초희는 E열의 캡슐들이 마주 보고 있는 벽을 쳐다보았다. 벽이 아무래도 이상했다. 보통의 벽인 것 같지 않았다. 표면이 영상을 송출할 수 있는 거대한 스크린 재질이었다. 초희는 모라가 하루를 시작할 때와 끝낼 때 늘 같은 영상을 (원하든 원하지 않든) 봐야만 할지도 모른다고 생각했지만, 화면을 자세히 들여다보는 건 불가능했다. 캡슐들이 위치한 초희의 왼쪽에 ORE 가이드가 버티고 서 있었기 때문이다. 그럼에도 불구하고 초희는 방을 완전히 빠져나가기 직전에 E열을 슥 훑어보았다.

저 안쪽에 모라가 있었다. 지친 얼굴로. 왜지? 초희는 걱정스러워졌다. 입학식을 마쳤을 뿐인데 왜 모라는 저리 기진맥진해 보일까?

방을 빠져나온 뒤, 초희는 뒤늦게 걱정이 들기 시작했다. 주입된 약물이 정말 효과가 있는 건지 오줌이 한 방울도 나오지 않을 것 같았다. 쥐어짜서 싸야지. 초희는 생각했다.

그러나 괜한 걱정이었다. ORE 가이드와 초희는 넓은 복도를 걸어갔고, 복도에는 아무도 없었으며, 그 끝에 화장실이 있을 것 같지는 않았다.

대신 ORE 가이드는 또 다른 ORE 가이드가 서 있는 어떤 방 앞에 멈춰 섰다. 초희는 순간 온몸이 굳는 것을 느끼며, 오늘 이곳에서 몽둥이질을 당할지도 모른다고 생각했다. 하루에 두 번이나 쥐새끼 같은 짓을 하는 아이는 엄한 벌에 처해지기 마련이었다.

문 앞의 ORE 가이드가 초희를 향해 고개를 들어 복화술로 말했다. "들어와. 무서워하지 말고." 그리고 문을 열어 먼저 안으로 들어갔다. 초희가 그다음, 그리고 그 뒤를 도둑이었던 ORE 가이드가 따라왔다.

이 아이야? 먼저 들어간 ORE 가이드가 눈으로 물었다.

"응. 누나, 각목은 어디 있어?"

그제야 초희는 둘의 하관이 놀라울 만큼 똑같다는 사실을 알았다. 둘은 이제 두 눈이 다 보이도록 고개를 들고 있었다. 누나와 남동생, 그게 그들의 관계 같았다. 그렇지만 각목? 초희는 울음을 터뜨릴 지경이었다.

여기. 누나 쪽이 손으로 가리켰다.

"둘 다 들어와." 누나가 커튼 쪽으로 들어가며 말했다. 초희는 이 상황이 무엇인지 파악하기 위해 머리를 굴리며 안쪽으로 들어갔다. 누나는 커튼 안쪽에서 손을 빠르게 움직이며 말하기 시작했다. 수어였다. 너, 커튼 바깥으로 엉덩이와 뒷다리가 튀어나오도록 서. CCTV에 각목을 휘두르는 게 찍혀야 해. 왜 커튼 안쪽에서 팼냐고 하면 우리는 이렇게 말할 거야. "직접적으로 폭력을 휘두르는 영상이 CCTV에 촬영되었다가 유출되면 어떡합니까?" 자, 그럼 이제 패는 척을 시작해.

초희는 수어를 알고 있었다.

그림자는? 그림자는 문제없지? 남동생 역시 수어로 답하며 말했다.

오, 당연하지. 누나 꼼꼼한 거 모르니? 누나가 웃으며 말했다. 커튼 안에 조명이 없잖아, 멍청아. 그럼 어서 시작해.

좋아. 남동생이 답한 뒤 대각선 방향으로 각목을 들며 말했다. CCTV에는 커튼 바깥으로 튀어나온 각목 끝이 찍히기 시작했을 것이었다.

커튼 안에는 의자 두 개가 놓여 있었다. 누나는 한 의자에 앉으며 초희에게 손짓으로 앉으라고 지시했다.

저기, 이게 무슨 상황이에요? 초희가 긴장을 풀어야 할지 망설이며 엉거주춤 의자에 앉은 채로 물었다. 왜 이렇게 곳곳에 CCTV가 있는 거예요? 무엇을 감시하려고?

감시 목적뿐만이 아닐 거야.

그럼 무슨 목적이 또 있는데요?

나도 정확히는 몰라. CCTV 자료를 거래처에 넘긴다는 이야기는 들었는데……. 누나가 답했다.

"나 팔 아파." 남동생이 말했다. "어서 때리게 해 줘."

"이게 무슨 상황이에요?" 초희가 물었다.

"네가 맞는 상황." 남동생이 답했다.

저 비명을 질러야 해요? 초희는 물었다.

아니. 맞는 애들 중에 비명 안 지르는 애들 많아. 너는 딱 그럴 성격이라 그건 괜찮아. 누나가 답했다.

그 말과 동시에 남동생이 각목을 바닥에 놓여 있던, 전선

이 뽑힌 스피커에 휘두르기 시작했다. **퍽!**

이것도 일종의 시험일까? 초희는 혼란스러웠지만, 어쨌든 지금 당장 맞고 있는 것은 아니므로 경계심이 풀어졌다. 그래서 누나에게 물었다. "그래서 저를 왜 이곳에 데려오셨어요? 당신들 뭐예요?"

너, 그 휴대폰 어떻게 만드는지 알아? 누나가 물었다.

무슨 휴대폰? 아. 죽은 이와 통화하는 휴대폰이요?

그래.

그건 왜요? **퍽!**

누나가 모자를 벗으며 말을 이어 나갔다. 길게 묶은 검은 머리카락이 구불거렸다. 우리는 이 나라 사람이 아니야. 나는 청력을 잃게 된 후로 모국에서 지휘자 일을 하지 못하게 됐어. 게다가 우리를 기르던 부모가 큰 사기를 쳐서 현상수배범이 됐지. 어쨌든, 잘 살아 보려고 이곳에 왔지. 나는 이곳이 음악과 축제의 나라인 줄 알고 있었어. 적어도 인터넷의 영상들 속에서 이 나라는 그런 모습이었지. 나는 이곳에서 행복하게 잘 살아갈 수 있을 줄 알았어. 그 꼴이 지금 이거지만. 누나는 고개를 돌려 한쪽 귀 안쪽을 보여 주었다.

누나라는 사람은 4개 국어를 할 수 있었다. 이 험난한 세상을 살아남기 위해 그 많은 언어를 연마해야 했던 것이다. 4개 국어란 '우리나라' 말, '우리나라' 말 수어, 누나의 모국어, 누나 모국의 수어였다.

초희는 깜짝 놀랐다. 당신들 ORE 인간이 아니에요? 손이 빨라졌다. **퍽!**

그래. 그래서 그 휴대폰을 어떻게 만드는 거지?

"어서 일어나! 자존심 부리지 말고!" 초희와 누나의 뒤에서 남동생이 허공에 대고 소리 내어 외쳤다. 이곳에서 시끌시끌하게 소리를 내며 말을 하는 것은 이제 남동생이 유일했다.

왜 탈출하지 않으세요? 초희가 물었다. **퍽!**

묻는 말에만 대답해. 아니, 대답해 줘. 그 휴대폰을 어떻게 구하는 거니? 그 휴대폰이 있으면 우리가 두고 온 사람과도 통화할 수 있어?

그게 다 무슨 말이에요? 그런 기능은 불가능…… 아니, 그런 건 그냥 전화로 하면 되잖아요.

헉헉. 남동생이 한숨 돌리며 커튼 밖을 빠져나가 물을 마시러 방을 빙 둘러 걸어갔다.

살려 달라고 소리 내서 말해. 누나가 말했다.

"살려 주세요. 살려 달라고요." 초희가 누나를 똑바로 쳐다보며 입 밖으로 소리 내어 말했다. 그건 진심이었다. 여기 이상한 곳이죠? 저희 함정에 빠진 거죠?

아니. 여기가 최선이야. 나는 그렇게 생각해. 이 학교 밖에서 근무할 때 우리는 매일 얻어터졌어. 이런 젠장, 우린 얻어터졌다고. 그리고 아무도 관심조차 갖지 않았다고. 누나가 말했다. 이 나라에서 그 누구도! 손의 움직임이 거세졌다.

'우리나라'에서 아무도······.

그럼 도대체 왜 휴대폰을 갖고 싶어 하는 거예요? 그걸로 뭘 하고 싶은데요?

막내랑 통화. 누나가 슬픈 눈으로 초희를 바라보며 말했다. 아주 오래전에 지병으로 죽은 막내. 고향에서.

왜요?

너무 보고 싶어서. 너무 보고 싶어서 그냥······. 막내에 대한 데이터는 다 있어. 내 휴대폰에 막내의 목소리를 녹음한 것도 있지. 막내에 대한 이야기는 일기장에 가득하고. 전화를 하면, 대답은 동생이 해 줄 거야. 나는 목소리를 듣고.

그게 뭐야······ 그게 다예요? 도망칠 생각은 없는 거예요? 당신들이 지금 원하는 게 그게 다예요?

누나의 앳되고 깊은 눈은 이내 슬픈 눈이 되었다. 다소 느릿해진 손놀림으로 답했다. 그래. 그게 다야. 우린 평생을 싸워 왔고 이제는 너무 지쳤단다. 초희는 뭐라고 답하려고 했지만, 곧이어 이어진 누나의 말에 입을 다물었다. 너희처럼. 그냥 우리도 너희처럼.

"이제 반항할 힘도 없구나. 마치 죽은 사람처럼 늘어져 있어." 남동생이 중얼거리며 발로 스피커를 툭툭 쳤다. "자, 시간이 다 되었다. 이제 가야 해." 남동생이 누나를 힐긋 쳐다보며 말했다.

우리가 물어본 거 대답해 줘. 우리는 반드시 다시 만나게 될 거야. 누나가 빠르게 손을 놀리며 말했다.

초희는 누나를 바라보았다. 정말로 흠씬 두들겨 맞은 사람처럼 눈물을 흘리고 싶다는 심정이 되어.

비척비척 걸어가야 해. 엉덩이를 매만지며. 누나가 마지막으로 설명했다. 그 전에 사이트 주소를 알려 줘. 검색을 하면 너무 많은 사이트가 나와서 모르겠어. 정보가 너무 많아, 그게 문제야. 너무너무 풍족하다고. 우리는 하나만을 원해. 여러 곳을 이용해 볼 돈은 없어. 그럴 여유도 없고. 초희는 연기할 필요도 없이, 다리에 힘이 풀려 있음을 느끼며 비척비척 일어났다. 그리고 누나가 건넨 종이와 펜에 기억을 더듬어 사이트의 주소를 작성했다.

주소 밑에, 초희는 이렇게 적었다. 코드명: CD37EX, CD27EX, CD27EX1 셋 중 하나. 기억이 가물가물. 틀리는 건 5회까지 가능. 아무튼 셋 중 하나는 확실하니 걱정 X.

여기까지 갈겨쓴 초희는 정자로 아래와 같이 적었다.

모라가 연구소에 있을 때 알게 된 사이트입니다.

모라를 잘 부탁합니다.

"자, 이제 나를 따라 나와라. 시간이 없다." 남동생이 말했다. 초희는 힘 풀린 다리로 남동생 뒤를 비틀비틀 따라가며 방을 빠져나갔다. 이 모든 것이 일종의 계략이고, 자신이 방금 전 모라를 위험에 빠뜨릴 뻔했는지도 모른다는 생각이 든 것은 그때였다.

캡슐 방으로 향하는 복도는 길었다.

"베타 선생님과 통화하는 벌을 강제한 건 교장이야." 남동생이 한 손으로 인중을 긁는 척 입을 가리며 말했다. 초희가 뒤를 돌아보자, 남동생은 이번엔 소리를 내어 말했다. "아까는 미안했다. 한숨을 쉬었던 것도. 마치 모두 들으라는 듯이 쉬었지, 참 모욕적이었을 거야."

"괜찮습니다."

초희가 무력하고 슬픈 얼굴로 얕게 웃으며 중얼거렸다. 그리고 다시 뒤를 돌아 캡슐 방으로 들어갔다.

모든 신입생이 자신의 짐을 캡슐 안에 넣고 각자 맡은 업무에 대한 OT를 듣기 위해 본관으로 떠난 지 오래였다.

"네가 체육관에서부터 어떤 장소를 주의 깊게 살피고 있다는 거 알아." 그때 남동생이 말했다.

그리고 남동생은 아주 조용하고 슬픈 눈으로 초희를 지그시 바라보며 덧붙였다. "그 아이는 잘 해낼 거야. 너나 걱정하길 바란다. 그러니까, 내 말은, 걱정 엑스라고. 알아들어?"

당연히, 초희는 남동생의 뜻을 곧바로 알아들을 수 있었다.

바로 달려가는 건 위험해. 그럼 곧바로 붙잡힐 거야.

우리는 언제나 전략적으로 굴어야 해.

모라랑 만나는 순간을 기약하라고.

잠깐의 정적 뒤 초희는 어깨를 으쓱했다. 알겠어요, 라는 뜻이었다.

초희는 울면서 물었다. "알겠습니다. 저 나 잘하겠습니다. 그럼 저는 어디로 OT를 받으러 가야 하죠?"

조용히 울면서.

정확히 이유를 알 수 없는, 혹은 모든 것이 이유가 될 수 있는 눈물로 얼굴을 적시면서.

"울지 마라. 다른 아이들이 널 비웃을 거야." ORE 가이드가 말했다.

초희가 힐긋 시선을 돌리자 잔디밭에 서서 남동생과 초희를 바라보는 몇몇의 ORE 가이드들이 보였다. 그들은 이렇게 말하고 있었다. 우리가 너희를 지켜보고 있다.

우리.

그래, 우리가.

모든 인간은 자신이 속한 집단(만)이 우리를 상징할 수 있다고 믿는다. 그리고 자신은 (특정) 집단의 대변인이 될 수 있다고 믿는다. 그것이 세상의 모든 슬픔과 자연히 연결된다고 믿는다. 그러나 초희는 우리라는 말을 사랑하는 만큼 (아, 모라와 있을 때는 그 말이 얼마나 달콤했던가?) 그 말을 증오할 때도 있었다. 모라와 우리가 되게 해 준 벙커에서의 삶이 어떠했던가? 그곳에는 사랑도 있었지만 슬픔과 증오 또한 있었고 무수히 분열되는 우리가 있었다. 마약을 판매할 때에는 물론이고, 센터에서도.

"베타 선생님 말이 맞았던 걸까요. 키오스크 학교 같은 곳에 들어와서는 안 되었던 걸까요." 초희가 말했다.

"그 생각은 바뀔 거야. 이곳은 너희를 성숙하고 멋진 어른으로 만들어 줄 거야." ORE 가이드는 다소 단조로운 어조로 말했다. 암기해 둔 문장들이었다.

"쉬……." ORE 가이드가 입을 움직이지 않으며 소리 냈다. 그건 아래와 같은 뜻이었다.

조용히 하라고 했잖아.

보는 눈이 많다니까.

"우리는 왜 항상 이런 곳에 있어야 하는 거죠?" 초희는 계속 울면서 ORE 가이드를 따라갔다. "모두 똑같이 슬픈데 말이에요."

"그 생각은 바뀔 거란다. 너는 이곳이 비교적 살기 좋은 곳이라는 사실을 조만간 깨달을 거야." ORE 가이드가 뒤도 돌아보지 않은 채로 말했다. "아이, 답답하네. 왜 이렇게 말이 많으실까?" ORE 가이드가 덧붙였다. 이런 젠장, 이것아. 좀 얌전히 굴라니까.

보는 눈이 많다고 몇 번을 말해.

초희는 결국 의기소침한 얼굴로 입을 다물었다.

알겠어요.

잔디밭의 잔디들이 죄다 듣고 있었다. 설사 그게 인공 잔디라고 하더라도. 모든 인위적인 것들이 모든 비인위적인 것들보다 더 생생하게, 맹렬하게, 아름답게 살아 있었다.

바야흐로 그런 나날이었다.

그렇다면 우리라는 말과 잔디라는 말이 다르다고 누가 확신할 수 있는가?

예행 훈련

기숙사에 서서 신입생들을 통솔하던 ORE 가이드 중 한 명이 손에 들고 있던 패드를 보며 이렇게 말했다. "자, 지금부터 제가 이름을 명하는 신입생들은 체육관에서 교육을 받게 될 겁니다." 그 명단에는 A열 신입생 일부와 B열 신입생 일부가 섞여 있었다. 호명된 신입생들을 제외한 대부분의 A열 신입생들은 본관 맨 위층에서 사무직 키오스크 훈련을 시작할 예정이었고, 대부분의 B열 신입생들은 그보다 한 층 아래에서 자영업 키오스크 훈련을 시작할 예정이었다.

호명된 신입생들, 그중에는 원혜와 도준과 찬도 있었다.

왜 저희는 체육관에서 수업을 듣는 거죠? 같은 질문을 던지는 신입생은 단 한 명도 없었다. 대신 그들은 묵묵히 캡슐에서 나와 ORE 가이드를 따라나섰다. 모든 것이 일사천리로 진행되었다. 아무도 질문하지 않았고, 아무도 항의하지 않았으며, 아무도 궁금해하지 않았다. 그건 명단에 있던 신입생들이 단순히 순응적인 아이들이기 때문만은 아니었다.

저들은 어디로 가는 건가요?라고 질문을 던지는 신입생들은 오히려 D열과 E열에서 나왔다. 그리고 그들은 시큰둥하게 침묵하는 ORE 가이드의 반응에 의기소침해져 체육관으로 향하는 신입생들을 바라보며 옆에 있던 낯선 친구에게 조용히 말을 걸거나 속으로 생각할 뿐이었다. "우등생들인가 봐. 왠지 그런 느낌이 들어." 물론 그중에는 이런 말을 입 밖으로 꺼내는 신입생도 있었다. "왜? 기준이 뭐지? 왜 저들은 체육관으로 가는 거지?" E열에 속한 신입생이었다.

ORE 가이드가 계단을 내려가면, 호명된 아이들이 계단을 내려갔다. ORE 가이드가 둥글게 곡선을 그리며 계단을 내려가면, 호명된 아이들이 둥글게 곡선을 그리며 계단을 내려갔다. 기숙사 건물을 빠져나와 체육관으로 가는 동안, 방금 전까지 예나와 두런두런 이야기를 나누던 원혜와 도준조차도 ORE 가이드의 위압감에 압도되어 침묵한 채 체육관으로 향할 뿐이었다. 찬은 어딘가 지쳐 있었다. 그러나 찬은 자신을 지배한 이 무력감의 기원이 어디인지 궁금해하는 타입이 아니었다.

궁금해하는 타입, 그것은 원혜와 도준도 아니었다. 그러나 그 역시도 그들이 단순히 순응적인 아이들이기 때문만은 아니었다.

원혜는 평생 동안 지쳐 있었다. 원혜는 듬뿍 받았던 사랑의 크기만큼 깊어진 마음의 골로 인해 삶의 의욕도 목적도 상실한 채 지낸 지 너무 오래되었다. 세상을 떠도는 동안 이렇게 비척비척 걸어 다니다가 차에 치였으면 좋겠네, 라고 상상하는 것이 원혜의 거의 유일한 즐거움이었다. 병원에서 주디를 만나지 않았더라면, 더위에 대해 이야기를 나눌 또래의 친구를 만나지 않았더라면 원혜는 ORE 가이드보다 더 ORE 가이드 같은 얼굴이 되었을 것이다.

도준 역시 지쳐 있었다. 도준에게 중요한 문제는 자신이 언제 카라비너보다 더 유용한 인간이 되는가에 대한 것이었고, 언젠가 그런 순간이 온다면 자신을 발견하고 또 길러 준 산악구조대 사람들에게 어떻게 은혜를 갚을지에 대해서만 몰두할 예정이었다. 물론 그게 가능한 일인지 여전히 확신은 없었다. 그냥 살아 숨 쉬는 것만으로 충분한 존재라는 말을, 모두 명랑하게 밝게 예쁘게 떠들었지만 도준은 그것이 결코 사실이 아님을 자신의 복잡한 생을 통해 배운 지 오래였다.

체육관으로 향하는 신입생들에게 무엇보다 중요한 것은 무언가를 증명하는 일이었다. 물론 그 무언가가 무엇인지는 아무도 몰랐다. 그러나 그 무엇인지도 모르는 무언가를 위하여 지금 이 순간 그들에게 중요한 것은 ORE 가이드의 지휘에 따라 체육관에 무사히 당도하고 OT 수업을 훌륭히 이수하는 일이었다. 다시 말하지만 그것은 그들이 태생적으로 순응적이기 때문이 아니었다. 엄밀히 말하자면 그 반대가 더 정확했다. 그들은 어마어마한 잠재력을 품은 아이들이었다. 키오스크 학교에서 그들은 관례와 규칙을 철저히 따르는 신입생이었고, 어쩌면 미래에는 모두를 통솔하는 어른으로 자라날지도 몰랐지만, 그들의 생이 그토록 단순하고 동시에 지난한 것이 된 건, 아주 많은 우연적이고 복합적인 원인들이 서로 합심해 광포한 영향력을 발휘한 결과였다.

그 결과 그들에게 가장 절대적이고 막중한 문제는 오늘을 사는 것이었다.

오늘을 생존해 내는 것.

이 문제에 대해서 세상 그 누구도 그들에게 순응적이라고, 그게 그들의 전부라고 말할 수는 없었다.

그들은 무표정하고 시큰둥한 얼굴을 통하여, 깊은 절망과 우울이 응축된 심장을 모른 척하며 평생을 살아가기 위해 애썼다.

그들 중에는 세상을 뒤엎겠다는 야망을 가졌던 아이들도 있었다. 그러나 야망이 뜨거운 만큼 그것이 짓밟히는 순간은 더욱 절망스러워지는 법이다. 찬은 여전히 반쯤 넋이 나간 얼굴로 체육관을 향해 걸어갔다.

ORE 가이드가 잔디밭을 가로질러 걷자 호명된 아이들도 그 뒤를 따라 걸었다.

ORE 가이드가 체육관 안으로 들어가자 호명된 아이들도 체육관 안으로 들어갔다. 사각형 모양의 체육관 내부 꼭짓점마다 ORE 가이드들이 서 있었다.

그때 ORE 가이드가 잠시 체육관을 나섰다. 아이들은 순식간에 풀어졌다. 꼭짓점의 ORE 가이드들은 지금까지 동행한 ORE 가이드만큼 두렵지는 않았다.

도준은 옆에 있는 찬에게 말을 걸었다. "농구 하고 싶다. 농구 하면 딱 좋게 생겼는데. 그치?"

시큰둥하고 까칠한 얼굴로 서 있던 찬은 도준을 힐긋 본 뒤 물었다. "너는 이 학교에 왜 들어왔어?"

도준은 웃으며 말했다. "대통령 하려고."

찬은 어처구니가 없어서 웃었다. "뭐야."

"여기 쉬는 시간 주면 나중에 나랑 농구 하자."

"나 농구 해 본 적 없는데."

"농구를 해 본 적이 없다고?" 도준은 놀라 물었다.

"응." 찬이 답했다.

"뭐, 그럴 수 있지. 나도 스피드스케이팅 해 본 적 없어."

"뭐야."

<u>ㅎㅎㅎ</u>. 도준과 찬은 웃었다.

그때 체육관 출입문이 열렸고, ORE 가이드가 거대한 수레를 끌며 들어왔다. 수레 위에는 붉은 천막이 쳐져 있었다.

모든 아이가 일제히 정색했으나, 도준과 찬은 미처 웃음을 숨기지 못했다.

"자, 엎드려뻗치세요."

ORE 가이드가 말했다. 도준과 찬은 멋쩍은 얼굴이 되어 우물쭈물했다. 진짜로 하라는 말인가?

그들이 곧바로 엎드려뻗쳐를 하지 않자 ORE 가이드는 체육관 벽에 세워져 있던 곤봉을 가져왔다.

도준과 찬은 자동적으로 엎드려뻗쳤다. 언젠가 그 순간을 돌이켜보며, 그들은 스스로에게 의문을 제기할 수도 있었다. 왜 그날 그토록 순종적이었는지에 대해서. 왜 곤봉을 든 사람에게 위압감을 느꼈는지에 대해서.

ORE 가이드는 도준의 허벅지와 찬의 허벅지를 차례차례 후려쳤다. 허벅지를 세 대씩 맞았다. 둘 다 끝까지 버티려고 했지만, 찬은 처음부터 무너지면서 몸을 움츠러뜨렸고 (입학식 때부터 너무 많은 힘을 소진했기 때문이다.) 도준은 네 번째에 무너졌다.

원혜는 그들을 쳐다보지 않으려 애썼다. 다른 아이들이 멀뚱히 서서 그들을 내려다보는 광경이 원혜에게조차 수치심을 선사했기 때문이었다.

"자, 이제 일어나세요."

그리고 그들은 비틀거리며 일어섰다. 체육관 내는 쥐 죽은 듯 조용해졌다.

ORE 가이드가 말했다. "여러분에게 중요한 것은 협동입니다. 한 명의 잘못은 모두의 잘못이 됩니다. 모두 엎드려뻗치세요."

아이들은 두려움에 떨며 하나둘씩 엎드려뻗치기를 시작했다. 기묘한 일이었다. 아이들은 ORE 가이드의 명령을 거절할 수도 있었다. 그러나 아무도 그러지 않았다. 마치 그 공간이, 체육관이라는 공간이 아이들에게 주술을 거는 듯했다.

아이들은 언제 어느 순간에 곤봉이 자신의 허벅지를 내려 칠지도 모른다는 공포에 떨며 자세를 유지했다.

한참의 시간이 흘러도 ORE 가이드는 곤봉을 휘두르지 않았다. 아이들의 자세는 조금씩 흐트러지기 시작했고, 아이들은 자신이 무너지면 곤봉이 허벅지를 내려칠 것이라는 공포 속에서 아등바등 자세를 유지하기 위해 애썼다. 그것 역시 기묘한 일이었다. 그들은 오직 엎드려뻗치기를 하기 위해 태어난 사람처럼, 오직 그 자세를 배우기 위해 학교에 들어온 사람들처럼 ORE 가이드의 말에 순응하고 있었다.

그때 한 명의 아이가 풀썩 주저앉았다. 아이는 자신이 곧 곤봉에 맞을 것이라는 공포 속에서 ORE 가이드를 올려다보았다.

그러나 ORE 가이드는 말했다. "자, 이제 모두 땅바닥에 온몸을 대고 엎드리십시오."

아이들은 어안이 벙벙한 얼굴로 하나둘씩 엎드려뻗치기 자세를 풀고 엎드리기 시작했다.

ORE 가이드가 말했다. "몸을 완전히 낮추십시오. 그리고 바닥을 기어다니십시오."

체육관의 기묘한 주술에 압도당한 아이들은 하나둘씩 누가 먼저라고 할 것 없이 땅을 기어다니기 시작했다. 방향은 모두 가지각색이었다.

"자, 이제 일어나세요." ORE 가이드가 말했다.

아이들은 완전히 더럽혀진 옷을 툴툴 털며 자리에서 일어났다. 어디서 왔는지 모를 수치심 속에서 더욱 순종적이 되어버린 아이들의 얼굴에는 머쓱한 기색이 역력했다.

도준은 산악구조대원이 절벽에서 가르쳤던 것을 그제야 떠올렸다. 밧줄에 지지해 절벽을 뛰어내리려 했던 자신을 바라보던 형의 절망적인 얼굴을 떠올린 것도 그때였다. 형이 이 광경을 목격했다면 똑같이 절망했을 것이었다. 도준은 그날 그 수업에서 배웠던 것을 이미 잊어버렸다. 명령을 거스를 줄 알아야 한다는 것을 또 망각하고 말았다. 도준은 혼란과 불안 속에서 ORE 가이드를 바라보았다.

"자, 이제 예행 훈련은 끝났습니다. 본격적인 훈련은 이제부터 시작입니다." ORE 가이드가 자신이 끌고 온 거대한 수레 위 천막을 걷어 내며 말했다.

그 안에는 미니어처 소품들이 가득했다. 가장 많았던 모형은 건물이었다. 그 외에 나무, 가로등, 건물만큼 높은 크리스마스트리, 길쭉한 선로 등이 있었다. ORE 가이드는 자신의 주먹보다 조금 더 커다란 크리스마스트리를 들어 보이며 말했다. "이걸 설치하십시오."

아이들은 침묵했다.

용기를 내 질문한 것은 원혜였다. "어떻게 설치하면 됩니까?"

"마음대로 하세요. 마음 내키는 대로." ORE 가이드가 말했다.

가장 먼저 수레로 다가가기 시작한 것도 원혜였다. 원혜는 뱀처럼 구불구불한 선로를 들어 보였다.

원혜를 시작으로, 다른 신입생들도 수레에 다가갔다. 발빠르게 움직인 것은 찬도 마찬가지였다. 찬은 절뚝절뚝 걸으며 수레에서 열차를 챙겨 갔다. 모든 아이들이 하나씩 하나씩 사물을 챙겨 간 후, 도준이 비틀비틀 걸으며 수레로 다가왔다. 그 안에는 크리스마스트리가 남아 있었다.

표지판은 모두 22개였다.

그건 호명된 신입생들의 수와 같았다.

"자, 이제 도시를 설계하세요."

그러자 신입생들은 모두 빠르게 자신의 것을 제외한 표지판들을 땅에 내려놓기 시작했다.

"자, 이제부터 여러분은 모두 체육관 뒤쪽으로 모이십시오." ORE 가이드가 말하자 아이들은 모두 체육관 뒤쪽으로 모였다.

그래서 이 짓을 왜 하고 있는 건가요?

라고는 누구도 묻지 않았다.

체육관의 그 누구도.

영상 관리실

처음 초희가 도착한 곳은 본관의 영상 관리실이었다. 그곳에는 선배들이 많았다. 그날 창문을 통해 본 기이한 모습의 선배들이.

선배들은 사무직 직원들처럼 책상에 앉아 무수히 많은 영상을 관람하고 수치화했다.

정확히는, 수치화는 컴퓨터가 진행했다. 사무직 직원들은 컴퓨터가 미처 다 수치화하지 못한 몇몇 영상들을 직접 감상하고 문서로 기록해야 했다.

섹스봇이 대거 상용화되기 시작된 후 섹스봇 내에 비밀 통계 장치를 설치하여 판매하는 업체가 늘어난 지 오래였다. 업체는 섹스봇과 섹스하는 남성들이 촬영된 영상들을 통계 분석해 그들이 몇 초 만에 사정하는지를 수치화하는 작업을 진행했다. 어떤 체위가 가장 인기 있고 어떤 모델이 가장 빠른 반응을 이끌어 내는지. 어떻게 해야 자신의 고객들을 가장 빨리 사정하게 만드는지.

통계화되기 시작한 수치는 그뿐이 아니었다. 업체는 고객들의 자료를 수합해 철저히 데이터화함으로써 어느 직종이 가장 높은 비율로 섹스봇을 이용하는지, 어느 지역군에서 섹스봇의 판매량이 월등한지, 어느 연령대가 가장 처절하게 섹스봇에 의존하는지를 수치화했다.

경쟁 업체를 이기기 위해서 업체들이 하지 못할 일은 아무것도 없었다. 종종 자신의 경쟁자가 섹스봇을 이용한다는 소문을 들은 심장 인간들은 섹스봇 업체에 은밀한 제안을 건넴으로써 경쟁자의 약점을 잡아냈다. 그와 같은 일은 모든 종류의 직종에서 일어났다. 기업인, 정치인, 법조인, 연예인을 포함한 대중문화인, 의료인, 학자, 재산이 많은 극소수의 순수예술인 등 너나 할 것 없이.

여러 의미에서 섹스봇 사업은 좋은 경쟁 도구였다. 고객의 모습은 섹스봇의 시점에서 가감 없이 녹화되었다. 사람 크기만큼 거대한 기계에 불법 촬영을 위한 초소형 카메라를 설치하는 건 업체 입장에서 식은 죽 먹기였다. 자신의 경쟁자가 섹스봇에게 사랑을 고백하거나 성기를 집어넣고 두 눈을 위로 까뒤집으며 황홀해하는 모습이 녹화된 영상을 손에 거머쥔 사람들은 집 안에서 샴페인을 터뜨리며 승리의 괴성을 질렀다. 그 어떤 대단한 부와 권력을 지닌 이라도 영상이 유포되었을 때의 끔찍한 치욕은 견디고 싶어 하지 않아 했다. 딱 한 명, "이것이 나의 고추입니다! 그게 뭐 어떻습니까? 인간은 모두 고추가 있습니다!!! 저는 제 영상이 자랑스럽습니다!!!"라고 외치며 뻔뻔하게 굴던 권력자 한 명은 위풍당당하게 선언한 지 불과 며칠 뒤에 자살했다.

영상 관리실 안에는 고글을 처음 썼을 때 느꼈던 시원하고 알싸한 감각이 가득했다. 업무를 진행 중인 젊은이들이 미쳐 버리지 않도록 지속적으로 약물을 주입하는 모양이었다. 그곳에는 소녀가 반, 소년이 반이었다. 회색 옷을 입은 선배들은 초희와 마찬가지로 다리를 꼰 채 담배를 피우며 각자의 자리에서 일했다.

그들은 권태로 얼룩진 염세적인 얼굴로 영상을 넘겨 보고 있었고, 초희가 들어오든 말든 아무도 관심을 가져 주지 않았다.

그때 한 여자 선배가 말했다. "얼씨구, 얼씨구. 애 좀 봐라. 정력왕일세. 정력왕."

"그런 말 하지 마. ORE 가이드가 와서 혼낼 거야." 여자 선배 2가 여자 선배 1에게 말했다.

"그렇지만 사실인데." 여자 선배 1이 어깨를 으쓱했다. "사실을 말하는 게 뭐가 나빠?"

"마음대로 해. 그 사람은 어떻게 됐어?" 여자 선배 2가 자기 옆의 남자 선배 2에게 말했다.

"누구?" 남자 선배 2가 반문했다.

"성기를 기계에 꽂았다가 정액이 누수돼서 감전당한 사람." 여자 선배 2가 말했다.

"너도 나빠." 여자 선배 1이 웃었다.

"아니, 나야말로 사실을 말하는 거야." 여자 선배 2가 억울해했다.

"뭘 어떻게 돼. 죽었지. 별거 중이던 부인과 친아들이 와서 손수 기계에서 성기를 뽑아 주는 영상까지 찍혔던데." 남자 선배 2가 사실을 말했다.

"그 이혼한 전 부인이 회사를 고소해서 한몫 챙기려다가 말았다며?" 여자 선배 1이 끼어들었다.

"맞아. 영상에 뻔히 다 녹화가 되어 있는데……. 왜냐하면 그 고객이 10년 동안 섹스봇을 이용했거든. 부인에 대한 그리움과 증오까지 구구절절 이야기하며 섹스봇 앞에서 울기까지 했지. 그런데 기계 결함으로 인한 사망이니 고소하면 한몫 챙길 수 있을 거라고 믿었나 봐. 그 여자도 대단하지." 가장 학년이 높아 보이는 여자 선배 3이 실실 웃으며 말했다.

"그럼 왜 고소를 안 했어?" 남자 선배 2가 궁금해했다.

"기사화됐거든. 고소도 하기 전에. 사람들이 존나게 재밌어했어. 그 기사의 주인공이 자기라는 게 세상에 알려지면 개망신이었을 테니까. 아니, 그런데 그 여자가 개망신일 건 뭐란 말이야?" 여자 선배 3이 빈정대며 말했다. "나라면 끝까지 고소했을 거야. 남편의 한을 풀어 주기 위해서라도. 하하하! 그리고 한몫 챙겨야지. 이 회사가 요즘 얼마나 잘 나가는데."

"오우, 오우. 얘 좀 봐. 화면이 막 흔들려. 절정에 도달했는데?" 남자 선배 3이 말했다.

"이야! 벽면에 붙은 야한 사진들 좀 봐. 저게 자기 삶의 전부였나 봐." 여자 선배 4가 말했다.

"죽이는데." 남자 선배 3이 흐흐 웃으며 말했다.

"죽이기는. 가엾지." 여자 선배 2가 동정 어린 시선으로 말했다.

"왜? 이런 놈들이 뭐가 가여워?" 여자 선배 3이 여자 선배 2에게 따졌다.

"아니, 들어 봐. 매일매일 섹스봇한테 가정사를 이야기해. 자기 부모가 어쨌다나 저쨌다나······. 그리고 얘도 봐. 상사한테 혼난 걸 말하면서 섹스봇의 무릎에 얼굴을 부비잖아······." 여자 선배 2가 사실을 말했다.

"오우, 그거 죽이네." 여자 선배 4가 깔깔 웃으며 말했다.

그때 여자 선배 3이 말했다. "어머, 세상에. 모두 이리 와서 이것 좀 봐. 얘 뭐야?"

"왜?" 다른 선배들이 동시에 물었다.

"이 새끼 울어. 어떡해? 섹스봇 앞에서 엎드려서 울어. 방금 전에 로봇을 막 때리면서 망가뜨려 놓고 이제는 울어." 여자 선배 3이 으, 하는 표정을 지으며 말했다.

"이야, 존나 가관이네. 그럴 나이는 지나지 않았나? 이 새끼 꼬박꼬박 월급도 받지 않나? 그런데도 눈두덩이에서 불알 같은 눈물이 나와? 방금 전 눈이 돌아갈 정도로 신나서 로봇을 패 놓고? 신은 뭐 하나, 이런 놈 불알을 은행처럼 밟아 주지 않고?" 여자 선배 4가 말했다. "콰작! 콰작! 하고."

"아하하하하하, 미치겠다." 여자 선배 1이 박장대소를 터뜨렸다.

"그런 말은 하지 마아. 여자들은 언제나 선량하길 원하는 고지식한 사람들이 너도 문제가 있어, 이러면서 겁쟁이 샌님처럼 굴 거라구. 그들은 언제나 여자들이 당하는 존재이길 원한단 말이야아!" 여자 선배 2가 말했다.

"콧물도 흘리는데? 어떡해? 게임으로 돌려? 으앙으앙 이러고 울어 지금." 여자 선배 3이 말했다.

"좋아. 그렇게 해." 여자 선배가 말했다. "우는 소리 듣기 싫다."

그 말과 동시에 여자 선배 4가 신이 나서 키보드 버튼 하나를 눌렀다. 그러자 화면의 픽셀이 변하더니 영상 속 남자는 사람 형태의 돌이 되었다.

"화강암으로 만들어 줘. 온몸에 빼곡하게 구멍을 뚫어 줘." 여자 선배가 말했다.

"좋아! 쏜다." 여자 선배 2가 버튼을 누르자 두두두두두두두 하는 소리와 함께 총알이 발사되었다.

"헉, 진짜 죽이는 거예요?" 어느새 선배들의 이야기에 몰입했던 초희가 말했다.

"아니. 그냥 우리 스트레스 푸는 거야." 여자 선배 1이 한숨을 픽 내쉬며 말했다.

"그런데 섹스봇이 이렇게나 폭력적으로 쓰이는데 왜 아무도 저 업체들에게 제약을 걸지 않는 거예요? 왜 이런 사업이 이렇게 커진 거예요?" 초희가 물었다.

그러자 그곳에 있던 모든 선배가 일제히 초희를 돌아보더니 모두 동시에 깔깔깔깔깔 하하하하하하 호호호호호호 웃기 시작했다.

"쟤, 무슨 촌스러운 소리를 하는 거야?" 여자 선배 1이 말했다.

"돈이 되니까. 돈이 되니까. 돈이 되니까! 그래서 규제를 하지 않는 거야!" 남자 선배가 주먹을 휘두르며 말했다.

"다들 너무 그러지들 마. 신입생이잖아." 여자 선배 3이 말했다.

"돈이 되니까! 돈이 되니까! 돈이 되니까!" 남자 선배들이 신이 나서 한마음으로 노래했다. "돈을 지불했는데 뭐가 문제야! 돈을 지불했는데 뭐가 문제야! 돈을 지불했는데 뭐가 문제야!" 남자 선배들은 합창했다.

"오, 자살하고 싶군." 여자 선배 4가 눈알을 굴리며 말했다. "자살하고 싶어. 이런 곳에서 근무해야 하다니. 단순히 돈이 되기 때문에 그 사업이 규제를 안 받는 것 같아? 규제를 누가 하는데? 그 규제를 누가 만드냐고! 규제를 만들고, 세상을 통치하는 사람들에게 누가 뒷돈을 찔러 줄 것 같아? 누가 그 뒷돈을 받느냐는 말이야!"

"뒷돈만 받겠어? 섹스봇도 받겠지. 구매 이력을 남기지 않으면서!" 여자 선배 3이 말했다. "심지어 무식하고 무관심한 거겠지. ORE 인간과 관련된 새로운 일이면 다 좋은 줄 아는 거야. 트렌디해 보이면 다 해결되는 줄 아는 거야. '우리나라'가 아닌 다른 나라들이 선수 치기 전에 요란을 떨고 싶은 거야. 다른 나라들이 '우리나라'를 조소할 거라고는 꿈에도 생각 못 하고! 심장 인간들의 고통에는 오로지 무심하게 굴면서!"

"돈이 되니까! 돈이 되니까! 돈이 되니까!" 남자 선배들이 한마음으로 노래했다. "돈을 지불했는데 뭐가 문제야! 돈을 지불했는데 뭐가 문제야! 돈을 지불했는데 뭐가 문제야!" 남자 선배들은 합창했다.

"얘, 신입생. 저번에 어떤 남자 선배는 컴퓨터 화면을 4분할 해서 각각 수십 개의 얼굴, 가슴, 배, 허벅지, 종아리, 발을 띄워 놓고 랜덤으로 이미지를 조합하는 게임을 했단다. 그리고 뉴 모델 섹스봇으로 출시할 거라고 이야기를 했지." 여자 선배 3이 말했다.

"그놈이 아직 여기에서 우리랑 같이 일하고 있다지." 여자 선배 4가 말했다.

"그 얼굴들 중에는 실존 인물도 있다지? 우리 학교의 아이도 있다지?" 여자 선배 3이 말했다.

"다 죽이고 싶어! 다! 전부 다! 두두두두두두두두!" 여자 선배 4가 키보드에서 두 손을 떼 큼직한 다발총을 쥔 것처럼 포즈를 취하며 화면을 쏘았다.

"오, 다들 그러지 마. 충동 조절 못 하는 어린애들한테 그런 게임을 쥐여 준 것들이 잘못이지. 그런 프로그램에 접속할 때 아무런 제약이 없는 것도. 게임을 만든 게 누구겠어? 그 기술을 만든 게 누구겠냐고?" 여자 선배 2가 말했다.

"그래, 어린애들은 아니겠지." 여자 선배 1이 말했다. "그렇지만 그렇다고 해서 어린애들의 죄가 완전히 없어지는 건 아니야."

"당연하지." 여자 선배들이 합창했다.

관리실은 초희에게 너무 많은 기억과 치욕감을 불러일으켰다. 초희는 가슴이 답답해져 제자리에 주저앉았다.

그러자 선배들이 모두 동작을 우뚝 멈추었다.

여자 선배 1은 자리에서 일어나려다 말고 엉거주춤한 자세로 멈추었다. 여자 선배 2는 무릎을 긁고 있다가 연민 가득한 표정으로 멈추었다. 여자 선배 3은 의자에 등을 깊이 기댄 채 겨드랑이를 드러내며 두 손을 뒤통수에 대려고 하다가 멈추었다. 여자 선배 4는 화면 앞으로 바짝 얼굴을 들이민 채 꼰 다리를 떨다가 멈추었다.

남자 선배들은 백댄서처럼 의자에서 내려와 절을 하듯이 무릎을 꿇고 얼굴을 바닥에 묻었다.

그리고 여자 선배들은 광적인 눈으로 모두 함께 고개를 돌려 초희를 바라보며 우뚝 선 다음 차렷 자세를 취하더니 동시에 말하기 시작했다. 그들의 목소리는 마치 신들린 것 마냥 중후했다. "그들을 용서할 시간에 우리는 어린 여자애들을 안아 줄 것이다."

그들은 합창하기 시작했다.

아가,

그건 네가 아니야.

그건 네가 아니야.

그건 네가 아니야.

그들은 다시 중후한 목소리로 동시에 발화하기 시작했다.

"머릿속의 환상이 화면 속에 구현되었을 뿐이야. 그런 치욕은 언제나 한결같이 이 세상에 존재했던 것이다.

가장 중요한 사실은 이것이다, 들어라. 너의 존재와 너의 세계는 화면 속 그 무엇보다 훨씬 더 존귀하고 광대하다.

기죽지 말고 살아라.

원하는 짓을 다 하면서 천진난만하게 여생을 살아라.

사람들의 시선과 말에 흔들리지 말고 불도저처럼 너의 생을 밀어붙여라. 그게 상처받은 너를 위한 너의 권리이자 의무다."

초희가 슬픔과 공포에 질려 바들바들 떨면서 말했다. "하지만 이것만으론 부족해요. 제재하고 처벌하고 교육해야 해요. 어떻게든 현실에서." 그 말을 내뱉자마자 초희는 구토했다. 세 번, 네 번, 다섯 번이나. 토사물은 사방팔방 튀었다.

초희는 업무를 재배정 받기로 협의되었다.

바깥에서 대기하고 있던 낯선 ORE 가이드와 함께 초희는 다른 업무로 재배정 받은 뒤 체육관으로 이동했다.

초희는 눈물을 흘렸다.

사실 초희에게는 언니들이 안아 주는 것이 필요했다.

밀어붙이는 것은 이제 너무 고단한 일처럼 느껴졌다.

초희는 단지 누군가 자신을 안아 주기를 바랐을 뿐이었다.

줄곧 세상이 자신을 꼬옥 안아 주고 등을 쓸어 주고 토닥여 주기를 바랐을 뿐이었다.

초희라면 얼굴도 모르는 어린 여자에게 이렇게 말하고 싶었다. 듣든 말든 알아서 하세요. 좋을 대로 살아도 됩니다. 제가 뭐라고 당신에게 이래라저래라 하겠어요?

그냥 마음 가는 대로 오늘 좋을 대로 편하게 사세요.

괜찮아요.

모든 사람이 투사가 될 필요는 없는 거예요. 아니, 이미 모든 사람이 투사입니다. 모두 각자의 생에서 최고의 투사입니다. 매일 일어나고 매일 잠드는 것, 그것만큼 고통스러운 투쟁은 없습니다.

그러나 이 말들이 얼굴도 모르는 어린 여자에게 가닿을지는 알 수 없었다.

초희는 걸어가며 고개를 숙이고 울었다. 눈물은 땅으로 떨어졌다.

보건교사

"이 약품을 바르면 살이 붙어. 흉은 흐릿하게 남겠지만." 보건교사는 모라의 팔꿈치 안쪽에 고약한 냄새가 나는 물질을 발라 주며 말했다.

"선생님은 왜 여기 있어요?" 모라가 주디를 한번 돌아보며 속삭이듯 물었다. 모라는 울음을 터뜨리고 싶은 기분이 되었다. 물론 모라가 눈물을 흘리는 일은 일어나지 않을 것이었다. "왜 여기 계시냐고요. 선생님은 ORE 인간이 아니잖아요. 그런데 왜 ORE 인간인 척하고 있어요? 피부의 은빛은 다 뭐예요? 갇힌 거예요?"

"아니." 보건교사는 쓸쓸한 눈으로 모라의 손목 안쪽을 내려다보며 웃었다. 그리고 이어 말했다. "내가 선택한 거야. 너희처럼. 여기는 좋은 곳이야. 어쨌든 이곳에서 근무하면 돈도 벌 수 있고, 지긋지긋한 사람들 신경 안 써도 되고, 나는 생산적인 사람이 될 수 있으니까. 키오스크가 이동할 수 있는 길에서는 나도 전동 휠체어를 끌고 편히 다닐 수 있기도 하고."

모라가 무언가 더 물으려 했을 때, 보건교사는 갑자기 냉정한 얼굴이 되어 모라에게 속삭이며 명령했다. "더 이상 뭔가를 물으면 복도의 ORE 가이드를 부를 거다." 모라는 깜짝 놀라 입을 다물었다. "너는 ORE 아이구나." 보건교사는 차가운 얼굴로 말했다. "우리는 방금 계약을 맺은 거야. 서로의 비밀을 말하지 않겠다는 계약. 너의 비밀은 네가 ORE 인간이라는 것이고, 내 비밀은 너에게 미주알고주알 떠들었다는 것이지."

엄중하게 말하고 있었지만 보건교사의 얼굴은 외로워 보였다. 모라는 슬픈 얼굴이 되어 보건교사를 바라보았다.

"선생님은 집으로 돌아가고 싶지 않으세요?"

모라의 질문에 보건교사는 답하지 않았다. 대신 자기 옆에 세워 두었던, 끝이 Y자 모양으로 벌어진 지팡이를 꺼내더니 그것으로 먼 선반의 붕대 하나를 정확히 집어 모라와 자기 앞 테이블에 올려 두었다. 붕대는 베이지색이었고, 보건교사의 붕대 감기 솜씨는 굉장했다. 아주 능숙하고 빠르게, 부드럽고 탄탄하게 자신의 팔꿈치에 붕대를 매 주는 선생님의 얼굴을 훔쳐보며 모라는 터져 나올 것 같은 질문들을 꾹꾹 억누른 채 어느새 치료가 다 끝이 난 자신의 팔뚝을 바라보았다.

"오늘 밤에 풀면 살이 아물어 있을 거다." 보건교사가 말했고, 모라는 정성스레 치료된 자신의 손목 안쪽을 바라보았다. 잠깐의 침묵 후에 보건교사가 물었다. "너는 집으로 돌아가고 싶니?"

모라는 고개를 들어 보건교사를 바라보며 침묵에 잠겼다. "아니요. 저는 돌아가고 싶은 곳이 없어요."

"나도 그래. 왜 그런 멍청한 질문을 했어?" 보건교사의 질문에 모라는 생각에 잠긴 얼굴이 되었다.

모라는 느리게 대답했다. "그러게요……."

보건교사는 다시 천진한 얼굴이 되어 말했다. "나한테 묻고 싶은 거 또 있니?"

모라는 보건교사를 빤히 바라보며 물었다. "더 이상 물으면 ORE 가이드를 부른다고 하셨잖아요. 저를 시험에 들게 하시는 건가요?"

보건교사는 웃음을 터뜨리며 고개를 저었다. "아니. 그냥 재밌어진 것뿐이야. 너랑 대화하는 게."

모라는 보건교사를 바라보며 베타 선생님을 떠올렸고, 그건 모라가 베타 선생님을 그리워하기 때문일 수도 있었다. 누군가를 그리워하는 사람은 세상 만물을 보고 그 누군가를 떠올릴 수 있게 되므로. 모라의 생각에도 보건교사와 베타 선생님이 온전히 닮아 있는 것 같지는 않았다. 그 결정적인 근거는 위험한 질문에 대한 충동이었다. 베타 선생님에게 줄곧 묻고 싶었지만 묻지 못했던 것을 보건교사에게는 물을 수 있었다. 모라는 그 다정하고 온화했던 여자에게는 도저히 물을 수 없었던 것을, 베타 선생님과 닮은 듯하면서도 아주 다른 분위기를 풍기는 이 여자 어른에게는 불쑥 던져 보고 싶다는 충동에 휩싸였다.

"제가 죄인이라면 어떻게 하실 거예요? 그것도 아주 끔찍한 죄인이라면?" 모라는 보건교사에게 물었다.

보건교사는 인상을 쓰며 미소 지은 채 모라에게 되물었다. "그게 무슨 말이지?"

"말 그대로예요. 제가 끔찍한 죄인이라면 어떻게 하실 거예요? 저를 벌하실 건가요?"

보건교사는 어깨를 으쓱했다. "글쎄……. 그런 건 생각해 보지 않았는데."

침구 정리를 마친 주디가 보건실 안쪽에서 나와 그들에게 다가왔다. "그게 무슨 이야기야?" 주디가 모라에게 물었다. "너 죄인이야?" 그리고 주디는 킥킥 웃었다.

모라는 주디를 향해 표정을 찌푸렸다.

주디는 장난스럽고 여유롭게 모라를 툭 치며 물었다. "무슨 죄를 지었는데? 죄목을 알려 줘야지. 정확히 말해 줘야 선생님이 답할 수 있지. 너를 벌할지 벌하지 않을지."

모라는 재차 물었다. "저에게 벌을 주실 거예요?"

보건교사는 잠시 망설이다 끄덕이며 답했다. "그래. 네가 지은 죄가 무엇인지에 따라서 내가 대답할 수 있을 것 같다. 상세히 말해 줄래?"

모라는 벙커에서 있었던 일을 떠올렸다. 자신이 총을 쥐었던 일도 떠올렸다. 조금 전까지 동고동락했던 아이들이 자신을 두려워했던 그 순간을 떠올렸다. 벙커를 떠나 시설에서 지내기 시작해 학교로 흘러들어오는 내내 모라는 그 일을 세상에 꺼내 놓고 싶다는 충동에 불현듯 휩싸일 때가 있었다. 그러나 모라는 이중 삼중의 불안으로 인해 옴짝달싹하지 못했다. 설사 용감하게 모든 전말을 고백한다 하더라도 세상 사람들은 벙커란 존재하지 않는 공간이며 모라가 겪은 일은 모두 허구나 환상에 불과하다고 주장할 것만 같았기 때문, 그 모든 일을 한낱 어린아이의 치기나 망상으로 봉합할 것만 같았기 때문이었다. 모라의 마음은 숨 막히는 죄의식과 수치심으로 인해 자신의 죄를 영원히 함구해야 한다는 본능적인 의무감과 함께, 그날 있었던 일을 세상에 공공연하고 요란하게 떠들어 댐으로써 자신의 죄를 분명히 증명해 낸 다음 온 사방에서 날아오는 화살을 맞고 싶다는 기이한 열망으로 어지러웠다. 결과적으로, 분열되는 의무감과 열망으로 뒤척이던 모라의 마음은 그것의 주인인 모라를 침묵하게 만들었다.

"왜 말이 없어? 상세히 말해 달라니까." 보건교사는 모라에게 재차 물었다.

"너, 지금 지어내고 있는 거지?" 주디가 웃으며 물었다.

모라는 천천히 입을 열어, 이 모든 상황을 대강 해결해 내면서도 비교적 세상에 수용될 수 있으리라고 느껴지는 죄 하나를 입 밖으로 꺼내기 시작했다. 어차피 모라의 마음속에는 다양한 종류의 죄들이 형형히 자리 잡고 있었던 것이다. "제가 이름표를 붙여 주었어요. 곧 죽을 사람들에게 이름표를 붙여 주었다고요……." 물론 그 죄 역시 쉽게 용서받을 수 있는 것은 아니리라고 모라는 생각했다. 그러나 모라의 생각에, 연구소에서 명령을 받아 임무를 수행했을 때와 그 어떤 명령도 내려지지 않았지만 스스로 총을 쥐었던 때는 분명히 달랐으며, 후자는 끝끝내 용서받지 못할 것 같았다. 모라는 혼란스러웠다. 모라는 비난받고 싶었지만 추방당하고 싶지는 않았다. 모라는 더 살고 싶었다. 섞여 든 채 살고 싶었다. 먼 훗날 이 지독한 세상으로부터 추방되기를 혹은 해방되기를 진실로 기원하게 될 수도 있었지만 어쨌든 지금은 더 살고 싶었다. 평범하게.

다만 평범하게.

보건교사는 짐짓 심각한 얼굴이 되었다. "곧 죽을 사람한테 이름표를 붙여 주었다는 게 무슨 말이지?"

"실험 대상들이었어요. 그리고 저는 그들이 곧 죽을 거라는 걸 알고 있었으면서 이름표를 붙여 주었어요." 한 번 입 밖으로 나오기 시작한 죄는 술술 흘러나왔다.

"어떤 사람들이었는데?" 주디도 자못 진지해져서 물었다. "너 지금 진짜 있었던 일을 말하는 거야?"

모라는 고개를 돌려 주디에게 되물었다. "역시 다른가? ORE 인간이랑 심장 인간은?"

"음……. 아마도 그렇지 않을까?"

모라는 보건교사에게 고개를 돌려 물었다. "제가 이름표를 붙여 준 사람이 ORE 인간인지 심장 인간인지에 따라 제가 받을 형벌의 내용이 달라질까요?"

"아무래도 그렇지 않을까……?" 주디가 골똘히 생각하는 표정으로 대신 답했다. "아닌가? 음, 아닐 수도 있을 것 같아. ORE 인간들 만나 봤어? 은빛 피부를 가진 애들 말고, 진짜 심장 인간들이랑 똑같은 ORE 인간들 말이야. 걔네, 우리랑 되게 똑같아."

"네가 어떻게 알아?" 모라가 흠칫 놀라며 물었다.

"나 예전에 학교 다닐 때 ORE 인간이랑 친했거든."

"일반 학교에 ORE 인간이 있었어?" 모라가 더욱 놀라서 물었다.

보건교사는 모라와 주디로부터 멀어져 창가로 갔다. 주머니에서 담배를 꺼내 입에 문 뒤, 그 자리에 없는 사람인 것처럼 조용히 둘의 대화를 지켜보기 시작했다.

주디가 신이 나서 답했다. "응. 우리 학교에 있었어. 정부의 지원 정책에 우리 학교가 당첨됐었거든. 그래서 ORE 인간이 전학을 왔었어. 그 애 되게 괜찮았어! 웬만한 심장 인간들보다 나았다고. 아, 물론, 학급 분위기를 편하게 만들기 위한 용도였기 때문에 무지 좋은 성격으로 만들어졌다고 하더라고."

"무지 좋은 성격이란 게 뭔데?" 모라가 물었다.

"그냥 잘 웃고. 사교적이고. 먼저 말 걸고. 숙제도 보여 주고. 애들이 때려도 웃어 주고……. 지금 생각해 보니 약간 바보 같네." 주디가 기억을 더듬으며 답했다.

"그래, 그런 애라면 아무도 벌주고 싶어 하지 않겠지." 모라가 말했다.

"너 그런데 지금 정말로 무슨 이야기를 하는 거야? 실험 대상은 뭐고 이름표는 뭐야?" 주디가 인상을 쓰며 물었다.

"그래서 걔는 어떻게 됐어?" 모라가 주디에게 물었다.

"그 아이를 함부로 대했던 심장 인간들 때문에 전학 갔어." 주디는 어깨를 으쓱하며 답한 후, 무언가 생각났다는 듯 눈을 반짝이며 덧붙이기 시작했다. "그 아이가 전학 가자 'ORE 놀이'라는 게 모든 학교에 유행처럼 번졌어. 심장 인간 아이들끼리 한 명을 지목해서 '이번 주 ORE는 너야, 이번 주 ORE는 너야'라고 노래를 부르면서 목을 조르거나 명치를 때리는 장난을 쳤어. '너는 죽지 않아, 너는 죽지 않아.'라고 합창하면서."

"오, 저런." 보건교사가 담배를 피우며 얼굴을 찌푸렸다.

"그 아이는 어떻게 됐어? 전학 간 게 확실해?" 모라가 주디에게 물었다.

"아니……. 그건 모르겠어. 폐기됐다는 소문이 돌았는데…… 맞아! 그것도 애들 놀이에 영향을 줬어. 진짜 악질인 애들은 '이번 주 폐기는 너야, 이번 주 폐기는 너야'라고 노래 부르면서 당하는 아이 얼굴이 하얗게 질릴 때까지 목을 졸랐거든. 더 무서운 건 뭔지 알아? 목을 조르는 아이에게 돈을 주는 애들이 있었던 거야. 진짜 어마어마하게 잘사는 애들이 자기 손을 더럽히지 않고 목을 조르려고."

"왜 돈을 주면서 시키는데?" 모라가 화난 얼굴로 주디에게 물었다. "왜 돈을 주면서까지 그런 일을 시키는 거야?"

"그러게? 그렇게 가진 게 많아도 사는 게 재미가 없나 보지?" 주디가 말했다. "그 애들도 참 신기한 애들이었어. 가진 게 무지하게 많은데도 무언가를 증명하기 위해 늘 안달이 나 있었거든. 늘 자기 부모가 돈이 엄청 많다는 것을 떠들썩하게 자랑하고 다녔고, 자기 부모의 장례식에서 춤을 출 거라고 노래를 부르고 다녔지 뭐야. 내가 걔네처럼 가진 게 많았으면 오히려 착하게 살았을 것 같은데. 마음에 여유가 차고 넘쳐서."

"그래서 폐기됐다는 거야? 그 아이는?" 모라가 주디에게 물었다.

"이 대화, 계속해도 괜찮은 거니?" 보건교사가 모라와 주디에게 말했다.

주디는 다소 울적해진 얼굴로 답했다. "저도 모르겠어요……."

모라는 침묵했다. 그리고 잠시 후 다시 입을 열었다. "선생님께서 아까 그러셨잖아요, 저한테 벌을 주시겠다고." 모라가 말했다. "저 같은 아이는 벌을 받아야 마땅하다고."

"그런 식으로 말한 적은 없는 것 같은데." 보건교사가 웃으며 답했다.

"그럼 저한테 무슨 벌을 주실 거예요?" 모라는 진심으로 자신이 받을 벌을 궁금해하는 것 같기도 하고 단지 따지고 싶을 뿐이기도 한 것 같은 얼굴로 보건교사에게 물었다. 자신이 받을 벌에 대해 알고 나면 겸허히 수용하거나, 아니면 온몸을 떨면서 억울해하기라도 하겠다는 듯이. 모라의 마음에는 한 겹이 더 있었던 것이다. 만약 자신이 온 세상 화살을 받게 되어 사람들이 자신을 죄인으로 인정해 주고 아주 훌륭하게 죄인 취급을 할 경우, 마음속 깊은 곳에서부터 새어나오는 슬픔과 분노로 끔찍한 비명을 지를지도 모른다는 무거운 반항심이 모라에게 존재하고 있었던 것이다. 모라의 마음들은 서로 보기 좋게 어긋나고 있었고 또 고약하게 엉켜 있었다.

보건교사는 모라가 울음을 터뜨릴지 버럭 화를 낼지 감을 잡을 수 없었다. 물론, 모라에게 우는 일이 허락될 때의 이야기지만.

"좋아, 결정했다." 보건교사는 말했다. "너에게 줄 벌을 결정했어."

그 말이 끝남과 동시에 보건교사는 책상에 올려져 있던 플라스틱 약병 세 개의 뚜껑을 차례차례 열고 바닥에 알약을 우수수 쏟아 버렸다. 분홍, 초록, 노랑 약이었는데, 모양이 모두 달랐다. 각각 삼각형, 타원, 네모 모양이었다.

"일을 해라. 이제부터 이 약들을 분류해. 내가 먹는 약들이니까. 가끔 실수로 약을 땅에 떨어뜨리는데, 그럴 때마다 아주 곤욕이란다."

모라와 주디는 바닥에 떨어진 수많은 알약들을 말없이 바라보았다.

"색깔 되게 예쁘네요. 꼭 초콜릿같이 생겼어요." 주디가 약들을 내려다보며 말했다. 엄숙해진 분위기를 풀기 위한 본능적인 장난이었다. 주디의 속은 그만큼 깊었다.

보건교사는 한바탕 웃더니, 빈 플라스틱 약병들까지 바닥에 가볍게 톡톡 떨어뜨렸다. "자, 모두 약들을 분류한 다음 이 통에 잘 담아서 내 책상에 올려둬라. 이게 내가 너희에게 주는 업무이자 벌이다."

모라는 울적한 얼굴이 되어 입을 꾹 다물고 약들을 바라보다 땅에 주저앉았고, 섞인 약을 하나하나 분류하기 시작했다.

"좋아요! 이거야 어렵지 않죠." 주디는 콧노래를 흥얼거리며 모라의 옆에 꼭 붙어 앉아 말했다. "아무래도 우리 운이 좋은 것 같아."

알약들과 한참 동안 씨름하고 난 후에야 모라와 주디는 하루 일과를 마칠 수 있었다. 그때쯤 학교 종이 쳤다. 종은 하루에 한 번만 치는 것 같았다. 모라와 주디는 보건교사에게 인사도 하지 않고 보건실을 나섰다.

모든 교실에서 아이들이 일제히 나오고 있었다.

모라와 주디는 그들 사이에 똑바로 서서 줄을 맞춰 걸어가기 시작했다. 혼란스러움, 그들의 얼굴은 혼란스러움으로 휩싸여 있었다.

보건교사가 얼마든지 자유롭게 굴어도 교장 키오스크가 용인하는 데에는 이유가 있었다. 보건실에도 CCTV가 달려 있었지만 보건교사는 신경 쓰지 않았다. 보건교사가 아이들을 복종시키는 데 뛰어난 능력이 있다는 것을 교장 키오스크는 알고 있었다.

보건실 창밖으로 모라와 주디가 걸어가는 모습이 보였다. 그들은 한 손에 내일까지 복습해야 할 약품 명단 복사본을 쥐고 있었다. 그건 마지막에 보건교사가 쥐여 준 것이었다.

보건교사는 창문을 열고 담배를 피우기 시작했다. 모라와 주디의 뒷모습을 내려다보며.

잘 하면. 보건교사는 생각했다.

잘 하면 저 아이들이 학교를 붕괴시킬 수도 있겠군.

보건교사는 앞장서서 싸우기에는 기력도 의지도 없이 깊이 지친 지 오래였고 이제 슬슬 이 학교를 떠나야 하지 않나 생각하던 참이었다. 문제는 어떻게 떠나야 하는지 아는 사람이 이 학교에 단 한 명도 없어 보인다는 것이었다. 교장 키오스크조차도.

하여간 그놈이 제일 이상해. 맛이 간 놈 같아. 매번 똑같은 소리만 하고…… 보건교사는 생각했다.

보건실의 수납장에서 누군가 버리고 간 것 같은 담배들을 한 무더기 발견한 지도 오랜 시간이 흘렀어, 보건교사는 생각했다.

담배가 다 떨어져 간다.

나갈 때가 된 거야.

보건교사는 담배가 자신의 손끝 코앞에 타오를 때까지 아끼고 또 아끼면서 그 담배를 피웠다.

하지만 나간 후에 나는 어디로 가야 할까?

보건교사는 모라와 주디의 맹랑한 얼굴을 떠올렸다.

도대체 어디로?

모라와 주디는 보건교사에게 자신의 어린 시절을 상기시켰다.

"앗 뜨거." 담배가 보건교사의 손에 닿았을 때였다. "이런 쌍." 뜨거움에 놀란 보건교사는 한 개비를 창밖으로 떨어뜨렸다.

위에서 무언가 떨어졌음을 느낀 잔디밭의 ORE 가이드가 고개를 들어 보건교사를 바라보았다.

"음. 큰일이네." 보건교사가 중얼거렸다.

ORE 가이드는 여전히 보건교사를 쳐다보고 있었다.

"안녕. 꼬나보지 마." 보건교사가 손을 흔들며 ORE 가이드에게 인사했다.

보건교사가 너무나 다정한 얼굴로 말했기 때문에 ORE 가이드는 인상을 썼다.

오라버니 나?

고래꼬리 다?

저 여자, 무슨 말을 한 거지?

보건교사는 아무 일도 없었다는 듯 은은한 미소를 지어 보였다.

새빨간 눈의 ORE 인간

도시 설계가 끝이 났다.

"자, 그럼 이제 저기를 보십시오." ORE 가이드가 말하자 체육관의 아이들은 찬에게서 시선을 떼 가이드의 손가락이 가리키는 곳을 바라보았다. 무대에서 아이들의 발목만큼 작은 인간들이 달려 나오고 있었다. 도준은 숨을 들이켰다. 저런 건 패드에서나 보던 거였다. 미니 인간 로봇.

놀란 것은 원혜도 마찬가지였다. 키오스크 학교 안이 아니었더라면, 옆 친구의 팔뚝을 툭툭 치면서 "이야! 저거 봐, 너무 멋진데."라고 천진하게 감탄까지 했을 것이다.

지금 이 순간 배운 침묵하는 습관은 영원히 원혜의 생을 장악할 예정이었지만, 그 사실도 모르는 채 원혜는 놀라울 것도 없다는 듯이 멀뚱한 얼굴을 연기하며 로봇들이 정갈하게 배치된 표지판들 쪽으로 다가오는 모습을 바라보았다.

미니 인간 로봇들의 뒤로, 무대의 벽면에 영상이 시작되었다. 무대 전체가 스크린이었다. 초록빛 숲, 새파란 바다, 붉고 노란 주홍빛 가을 산, 흰 마을이 차례차례 송출되었다. 새파란 바다의 영상이 가장 길고 지난했다.

로봇들은 암벽을 내려오듯이 무대 단상에서 바닥으로 이어지는 계단을 내려왔다. 몇몇은 휠체어 이용자들을 위한 미끄럼틀을 타고 내려오다가 너무 빠르게 떨어지는 바람에 허리 등을 다쳤고 곧 절뚝거리며 걸었다. 미끄럼틀은 그들에게 둑처럼 거대했으며 지나치게 위험해 보였다. 그렇게 그들은 모두 함께 삼각대 표지판이 서 있는 체육관의 중앙을 향해 걸어왔다. 심장 인간 혹은 ORE 인간에게 열 발자국이면 도착할 수 있는 거리가 인간 롯봇들에게는 구만 리처럼 멀었다.

걷고.

또 걷고.

걷고.

또 걸어도 도착하지 못했다.

걷고.

또 걷고.

걷고.

또 걸어도 도착하지 못했다.

걷고.

또 걷고.

걷고.

또 걸어도 도착하지 못했다.

그 순간 원혜와 도준은 미니 인간 로봇들이 어딘가 기묘하다는 사실을 알았다. 그들은 표지판을 향해 걸어오는 내내 조금씩 노화되고 있었다.

노화되고.

이 표현이 아니라면 설명할 수 없는 현상이었다. 그들은 등이 굽어 갔고 걸음이 느려졌으며 온 피부가 건조해지고 자글자글해졌다.

그들은 지쳐 가고 있었다.

너무나도 깊이.

그들은 수척하고 메마른 얼굴로 숨을 헉헉거리며, 마치 무시무시한 과학 실험에 의해 조그마해진 심장 인간들처럼 놀란 심장을 벅찬 숨으로 표현하며 걷고 또 걷고 또 걸었다.

그 작고 늙은 미니 인간들에게 아이들이 설계한 도시는 험난한 전장처럼 보였다. 그때 무대 안쪽에서 ORE 가이드가 한 명 더 나타났다. 그 ORE 가이드는 고개를 푹 숙이고 있었다.

나타난 것은 ORE 가이드뿐이 아니었다.

"자, 저기 차가 오네요." ORE 가이드가 말했다.

무대 안쪽에서 아주아주 자그마한 자동차 장난감이 나타나더니 쏜살같이 달려왔다. 미니 인간들과 비교도 할 수 없을 만큼 빠른 속도로.

미니 인간들은 공포로 질겁한 얼굴이 되었다. 그러나 그들은 너무 늙었고 또 너무 느렸다. 게다가 그 체육관 안에 있는 누구도 그들을 도와줄 생각을 하지 않았다. 그런 생각을 왜 하겠는가? 지시가 떨어지지 않았는데. 명령을 어기는 짓을 하면 수치심에 고통받아야 할 텐데.

무엇보다 저 존재들은 로봇이 아니던가?

그때 ORE 가이드가 말했다. 저들은 "그냥 로봇"일 뿐이라고. "조만간 폐기될 로봇일 뿐"이라고.

원혜는 절망적인 기분이 되었지만, 어서 빨리 평정심 혹은 무감각함을 되찾기 위해 갖은 애를 쓰며 되뇌었다. 저건 로봇들일 뿐이야.

자동차는 효율적이고 적확하고 빠르게 미니 인간들을 치어 죽였다.

로봇들 중 몇몇은 살아남았다. 대다수는 그렇지 않았다.

피는 없었다. 쓰러져 있는 미니 인간 로봇들과 여전히 도로 위를 미쳐 날뛰고 있는 젊은 자동차가 있었을 뿐이다.

자동차는 영혼이 있는 것처럼 도로를 날뛰었다. 아무도 자동차 안에 운전자가 있다고 상상하지 않았다.

자동차 장난감은 자동차 장난감.

세상의 모든 길을 위풍당당하게 가로지를 수 있는 우리들의 자동차 장난감.

"자, 이제부터 A열은 자동차 장난감을 영특하게 피해 도망간 로봇들을 잡아오시고, B열은 쓰러진 로봇들을 구조하십시오."

그 말과 함께 A열은 움직이기 시작했다.

B열은 주춤거리며 쓰러져 있는 로봇들에게 다가갔다. 피 한 방울 없는데 왜 이토록 슬픈 걸까? 원혜는 자신이 슬퍼하고 있다는 사실을 들키지 않기 위해 무덤덤한 표정을 유지하며 로봇들을 향해 걸어갔다.

그 작고 늙은 인간들은 구조하는 작업 중에도 다칠 수 있을 것처럼 너무나도 연약해 보였다. 원혜는 바닥에 떨어진 실을 줍는 사람처럼 매우 신중하고 조심스럽게 쓰러져 있는 미니 인간의 새하얀 머리칼을 쓸어 주었다. 이 모든 끝이 오히려 반갑고 평온하다는 듯 눈을 감고 있는 인간이었다.

원혜는 손끝으로 볼을 쓰다듬어 보았다. 아주 자글자글했다.

"이들의 죽음에 슬퍼하라고 지시하지 않았습니다." 그때 처음 듣는 목소리의 ORE 가이드가 암기한 문장을 발화하며 원혜 앞에 섰다. 원혜는 평정심 혹은 무감각함에 도달하는 일에 곧바로 실패하였고 끓어오르는 증오를 느끼며 고개를 들어 올려 그 ORE 가이드의 얼굴을 보았다. 그것이 원혜가 할 수 있는 최대치의 반항이었다, 쳐다보는 것.

그러나 그 ORE 가이드는 어딘가 이상했다.

은빛 피부와 새빨간 눈.

그 ORE 가이드의 눈은 원혜처럼 혹은 원혜보다 더 새빨갛게 충혈되어 있었다. 툭 치면 금방이라도 눈물을 흘릴 수 있는 사람처럼.

원혜는 당혹스럽고 놀란 얼굴이 되어 그 ORE 가이드를 바라보았다. 걸어온 방향을 보아 무대 쪽 꼭짓점에 서 있던 가이드인 것 같았다.

무대에서 걸어 내려왔다가 점점 등이 굽어 갔을 미니 인간 로봇들의 뒷모습을 내내 지켜보았던 사람인 것 같았다.

무표정

"자, 그럼 들어가라." 남동생이 말했고, 초희는 끄덕이며 문을 열었다.

초희가 체육관에 도착했을 때는 모든 구조가 끝난 뒤였다. 그리고 체육관 안의 아이들이 ORE 가이드가 나눠 준 새장 안에 도망자들을 가둬 두고 있었다. 도망자들로부터 먼발치에 서 있던 초희에게 그 광경은 신입생들 몇이 인형이 든 새장을 들고 있는 평화로운 광경으로 보였다. 그 영상 관리실보다 더 끔찍한 노동환경을 가진 곳은 없으리라고 생각했던 것이다.

ORE 가이드는 초희에게 다가왔다. "무슨 일이지?"

"부서가 이동됐어요." 초희는 우물쭈물하며 답했다.

"그래." 이상한 순간에, ORE 가이드는 순응적이었다. 오히려 그 존재야말로 순응적이었다. "아쉽게 됐구나. 오늘 OT는 다 끝났어."

초희는 잘됐다고 생각했지만, 그것을 굳이 입 밖으로 꺼낼 만큼 눈치가 없지는 않았다.

눈치.

이미 ORE 가이드의 지시를 받은 수색대들은 새장을 들고 무대로 걸어갔다. 그들이 너무 거칠게 포획했기 때문에 새장 안 미니 인간들은 죽어 있거나 기절해 있었고, 따라서 초희가 그날 체육관에서 무슨 일이 벌어졌는지를 유추할 수 있는 여지는 어디에도 없었다.

인형이 든 새장과 표지판들.

걸어 다니는 신입생들.

추측건대 배달 업무를 배우는 곳이라고, 초희는 생각했다. 혹은 표지판들을 건드리지 않고 균형감 있게 이동하는 워킹 연습장.

그때 무대 안쪽에서 고개를 푹 숙인 ORE 가이드와 원혜가 나타났다. 초희는 눈을 끔뻑이며 그들을 바라보았다.

원혜는 비틀비틀 걷고 있었다. 허벅지를 얻어맞은 사람처럼.

"자, 여러분. 타인의 죽음에 감상적으로 구는 인간은 이렇게 되는 겁니다." ORE 가이드가 곤봉으로 그들을 가리키며 말했다. "여러분, 들으십시오! 도로 위는 서바이벌 게임 장소 같은 겁니다. 거기서 느리게 걷거나 넘어지거나 멈춰 서면 사망합니다. 이건 우리 삶의 원리 같은 겁니다. 이것에 슬퍼할 이유도, 갓난애같이 질질 짤 이유도 없는 겁니다. 여러분, 들으십시오! 도망자는 처벌받아야 마땅합니다. 우리 삶의 규칙을 어기고 우리 영토를 이탈한 이는 반드시 잡아내 새장 안에 잡아 처넣어야 하는 겁니다! 감히 도망을 가! 감히! 감히 도망을 가냐 이 말이야!"

ORE 가이드가 혼자 폭주했다. ORE 가이드의 외침은 다른 모든 말을 빨아들였다.

초희는 숨이 멎을 것 같았다.

어쨌거나 이곳도 키오스크 학교였다.

모든 것이 암담했다.

그때 초희는 체육관 바닥에 나뒹굴던 뾰족한 로봇 부품을 발견했고, 본능적으로 그것을 주웠다.

"자, 오늘은 여기까지 하겠습니다. 모두 퇴근하세요." ORE 가이드가 말했다.

그 말과 동시에 체육관 출입문이 활짝 열렸다. 바깥에서 두 명의 ORE 가이드가 문을 열어젖힌 것 같았다.

초희는 공허한 눈으로 몸을 일으켜 세워 뒤를 돌았다. 그래야 할 것 같았기 때문이다. 그리고 초희의 생각은 옳았다.

초희 옆에 한 명, 그 뒤에 두 명이 차례차례 눈치껏 행렬을 이루기 시작했다. 그 행렬 양쪽에도 ORE 가이드들이 섰다.

초희가 발을 떼자 옆의 아이도 발을 뗐다.

옆의 아이가 발을 떼자 초희도 발을 뗐다.

초희와 옆의 아이가 발을 떼자 그 뒤의 아이들도 발을 뗐다.

그 뒤의 아이들이 발을 떼자 그 뒤의 아이들도 발을 뗐다.

행렬 양쪽의 ORE 가이드들은 이제 조금 더 빠른 걸음으로 초희와 그 옆의 아이를 앞질러 걷기 시작했다. 원혜와 함께 서 있던 그 ORE 가이드가 문득 뒤를 돌아 초희를 바라보았다.

어떻게 단박에 알아보지 않을 수 있겠는가?

초희는 옥엽을 알아보았다.

그러나 본능적으로 아무런 반응도 하지 않고 아무런 말도 하지 않았다. 오랜만에 반가운 이를 우연히 마주치고도 무기력하고 얌전하게 반응하는 것, 그것이 키오스크 학교 신입생들의 훌륭한 자질이었다. 초희는 무덤덤한 얼굴로, 그러나 방망이질하듯 뛰는 심장을 느끼며 그대로 걸었다.

저 멀리 본관에서 수업을 듣던 아이들이 나오는 것이 보였다. 그 행렬은 모두 기숙사로 향했다.

그중에는 모라도 있었다.

초희의 심장은 이제 터질 것 같았다.

그러나 초희의 표정에는 아무런 변화도 없었다. 초희는 점점 연극 무대 위 주인공처럼 굴고 있었다.

모든 것을 숨겨야 한다.

이곳에서는.

감정을 곧이곧대로 내보내는 사람은 표적이 돼.

무표정. 무표정. 무표정.

무표정을 유지해.

초희는 스스로에게 명령했다. 이와 같은 표정을 한 사람들을 초희는 평생 동안 봐 왔다.

아침 일찍 마약을 판매하러 가기 위해 지하철을 탔을 때 열차 내에서. 출근길에서. 센터에서.

그리고 베타 선생님이 세상을 떠나기 직전에도. 이런 비슷한 표정을 짓고 있었다.

모두 삼엄했고 모두 외로웠으며 모두 울적했다. 이것이 키오스크 학교였다.

기숙사 건물에 도착하기 직전에 초희의 행렬과 모라의 행렬이 바로 옆에 붙어 섰다. 그 중앙에 옥엽이 있었다.

옥엽을 곧바로 알아본 것은 모라도 마찬가지였다. 모라를 단박에 알아본 것은 옥엽도 마찬가지였다. 아직 옥엽은 초희의 얼굴을 보진 못했다. 모라는 참지 못하고 속사포처럼 물었다. "네가 왜? 네가 왜 여기 있어? 나는 너를 선하다고 믿었는데……. 너는 분명 대단한 소년이었는데……. 너는 나한테 화를 냈었잖아. 내가 좋은 인간이 아니어서 네가 나한테 화를 냈었잖아. 그리고 너, 눈은 왜 빨간 거야? 우리는 울 수가 없잖아."

옥엽은 정면에 시선을 고정한 채 답했다. "그럼 너는? 너는 이곳에 왜 들어왔는데?"

모라는 침묵했다.

옥엽은 보배에 대한 죄책감을 늘 갖고 있었다. 그들이 어린 시절에 무대에 설 때마다 언제나 더 많은 스포트라이트를 받아야 하고 언제나 더 이상한 옷을 입어야 하며 언제나 더 많은 동작을 해야 했던 건 보배였기 때문이다. 보배는 매일매일 샤워를 하며 자신의 몸에 들러붙은 시선의 잔상들을 씻어 내기 위해 애썼다. 아버지가 굳게 잠긴 화장실을 쾅쾅쾅쾅 두드리며 "언제 끝나냐? 나도 오줌 좀 싸자, 이년아!"라고 외쳐도 보배는 꿈쩍 않고 샤워를 했다. 그 모든 일이 벌어지는 동안 옥엽은 귀를 막고 구석에 앉아 있었을 뿐이었다.

옥엽 역시 아주 어린아이였음에도.

옥엽은 그 모든 일이 자신의 잘못인지도 모른다고 생각했다.

행렬이 기숙사 건물 안으로 들어가는 동안, 모라는 물었다. "그럼 보배는? 보배는 어디 있어?"

"안전해. 걱정 마."

"뭐야, 무슨 이야기를 떠드는 거야?" 다른 ORE 가이드가 저 멀리서 빠른 걸음으로 다가오며 모라와 옥엽에게 말했다.

"아니, 이 얼뜨기가 불안해하잖아. E열답지." 옥엽이 순식간에 표정을 굳히며 말했다.

안전해, 보배는 정말로 안전해. 옥엽은 사실 그렇게 덧붙이고 싶었다. 왜냐하면 옥엽은 모라와 초희가 벙커를 떠난 뒤, 마약 판매원들이 벙커에 쳐들어와 점령하기 전에 미리 그 낌새를 알아차리고 보배와 해마를 벙커로부터 대피시켰기 때문이다.

옥엽이 낌새를 알아차린 것은 마을에 수상한 사람들이 들락날락거리기 시작했을 때였다. 당시 마약을 보관할 지하 창고를 갖기 위해 수퍼리치가 버리고 떠난 벙커를 점령하는 마약 판매원들에 대한 소문이 인터넷에 팽배했다. 그때쯤 해마를 제외한 두 꼬마가 벙커를 빠져나가 돌아오지 않았고, 옥엽은 두 소년으로 인해 벙커의 위치가 머지않아 발각되리라고 확신했다.

보배는 해마를 데리고 베타 선생님이 있는 시설에 들어가기로 결정했다. 베타 선생님이 있는 시설은 쌍둥이가 약탈을 하다가 발견한 곳이었다. 보배는 벙커의 위치가 노출되어 상황이 위험해진다면 옥엽과 해마, 꼬마들과 함께 그 시설에 들어

가야겠다고 일찍이 생각해 둔 터였다.

옥엽은 벙커에 남겠다고 말했다.

처음에 보배는 옥엽을 두고 가지 않겠다고 했다. 옥엽을 설득하기 위해 옥엽이 없으면 해마와 자신이 위험해질 수 있다고도, 그러니 같이 가자고도 말했다.

그러나 옥엽은 완강했다. "두 꼬마가 돌아올 수도 있잖아." 침묵 속에서 자신을 바라보는 보배에게 옥엽은 이어서 말했다. "이제부터 해마는 너의 책임이야, 알았어? 해마 때문에라도 뒤돌아보지 말고 이곳을 도망쳐. 살아남아야 해."

보배가 고개를 좌우로 저었다. "아니야, 그러지 말고 다시 생각해 보자."

옥엽은 연극적으로 굴었다. "내가 장총까지 들고 협박해야겠어? 그런 피곤한 짓을 해야 할까?"

"나도 총이 있어."

"그럼 어서 가. 해마를 생각해."

보배는 울적한 얼굴로 옥엽을 응시했다. 그러다 힘겹게 입을 뗐다. "좋아. 우리 다시 만나는 거지?"

옥엽은 다른 말을 했다. "가서 심장 인간인 척해야 해. 그 시설은 심장 인간이 아니면 받아 주지 않거든."

보배는 돌아서서 짐을 챙기기 시작했다. 일단 권총을. 그리고 최소한의 짐들을. 그리고 자신과 해마의 이름이 적힌 것들을. 보배 거, 해마 거, 라고 적힌 모든 사물을.

그 배낭 안에는 그렇게 천진한 생의 흔적만을 골라 넣었다.

그날 보배는 해마의 손목을 붙잡고 벙커를 벗어나, 옥엽이 알려 준 지도를 보며 베타 선생님과의 만남 장소로 떠났다.

그들이 떠난 후 옥엽은 벙커를 벗어나 바위를 가져와 며칠 전까지 장례를 치르고 마음 깊이 애도했던 이들의 무덤 앞에 세울 비석을 만들기 시작했다.

마약 판매원들이 오면 옥엽은 이렇게 대답할 것이었다.

여기에 보배와 해마가 묻혀 있다고.

그들의 이름을 말할 필요는 없었다. 어차피 그 어디에도 기록되지 않은 이름이었고, 마약 판매원들이 그 이름을 알 리는 없었다. 그들이 서로 이름을 부르는 것은 그들만의 우스운 장난이나 놀이 같은 짓에 불과했다.

그날 옥엽은 중얼거렸다. "이 세상 어느 기록물에도 우리 이름은 적혀 있지 않았다는 게 위안이 되는 날도 오다니."

어쩌면 마약 판매원들은 애초에 벙커 안에 몇 명이 있었는지 같은 건 걱정하지 않을 수도 있었다. 그럼에도 불구하고, 아주 만약에 그들이 벙커 안에 더 많은 아이들이 있었다는 사실을 안다고 말한다면, 옥엽은 인공 풀밭의 무덤을 가리키며 이렇게 말할 것이었다. "그들은 모두 저기 있습니다."

혹은, 무덤 곁에 서서.

"그들은 모두 여기 있습니다."

이름을 말하지 않고.

너무 소중해서 함부로 말할 수 없는

그 이름을 말하지 않고.

그러자 옥엽의 눈이 새빨갛게 충혈되더니 눈물이 흐르기 시작했다. 옥엽은 당황하며 두 손으로 얼굴을 북북 문질러 닦았다.

눈물이 계속해서 생성되었다.

오작동일 뿐이었지만, 옥엽은 계속해서 얼굴을 닦아 냈다.

옥엽을 더욱 슬프게 했던 일은 그 이후에 벌어졌다. 아무리 기다려도 마약 판매원들이 벙커에 찾아오지 않았던 것이다. 두 소년도. 그 누구도. 벙커의 문을 두드리지 않았다.

외로움에 고통받던 옥엽은 스스로 벙커를 떠났다. 그리고 일자리를 찾아 나섰다.

맨홀

  미니 인간 로봇이 담긴 거대한 상자를 공장에서부터 학교까지 운송하는 업무를 맡았던 것은 옥엽이었다.

  처음 그 업무를 맡게 됐을 때 옥엽은 반가웠다. 벙커에 살던 시절 차를 몰고 이곳저곳을 돌아다니며 물품을 약탈했던 전적이 있으니 운전을 하는 것은 어렵지 않으리라는 생각 때문이었다. 그러나 막상 차를 제공받고 운전석에 올라탄 옥엽은 이 자동차 안에서 벌어지는 그 어떤 일도 자신의 능력과 의지와 무관하다는 사실을 깨달았다. 자동차는 정해진 거리를 스스로 이동했고, 옥엽이 조금이라도 운전에 관여하려고 들면 경고음이 울렸다. 이를테면 도로에 작은 들짐승이 나타나 운전대를 틀려고 급히 시도했던 경우에도. 그렇게 자동차는 핏빛 타이어를 품고 공장으로 갔다.

공장에 도착했다는 알람이 운전석 앞에 놓인 화면에 떴을 때, 옥엽은 주변을 두리번거렸다. 그곳에는 드넓은 초원밖에 없었다.

한참의 시간이 흐르고서야 초원 한가운데 맨홀 같은 구멍이 생기며 심장 인간 하나가 툭 얼굴을 내밀었다. 지하 공장의 개발자였다. 개발자는 어두운 피부를 갖고 있었으며, 고된 업무로 지쳐 보였고, 맨홀에서 다 빠져나온 뒤 다시 구멍 속으로 몸통을 집어넣어 거대한 상자를 꺼내기 시작했다. 상자가 맨홀 바깥으로 완전히 빠져나오자 구멍은 부드럽게 닫혔다. 다시 널찍한 초원이었다. 개발자는 옥엽이 타고 있는 자동차 앞으로 상자를 질질 끌며 다가왔고, 옥엽이 인사를 건넸음에도 한마디 응답 없이 끙끙거리며 자동차의 트렁크를 향해 걸어갔다.

옥엽이 뭐라고 대답하려는 찰나, 자동차의 트렁크가 열렸다. 개발자는 바닥에 놓인 상자를 온몸으로 질질 끌며 트렁크 앞으로 걸어갔다.

"제가 도와드릴까요?"

옥엽이 차에서 내리려고 하며 물었다.

"도와준다고요?" 개발자가 놀라 물었다.

"네."

"음, 뭐, 그래요. 나쁠 건 없죠." 개발자가 짧게 대답했다.

옥엽은 차에서 내려 개발자를 향해 걸어갔다. 그리고 개발자의 맞은편에 서서 상자의 밑으로 손가락을 집어넣었다.

"하나, 둘, 셋 하면 듭시다." 개발자가 말했다. "하나, 둘, 셋."

그리고 옥엽과 개발자는 동시에 상자를 들었다. 트렁크 안에 상자는 쏙 들어갔다. 옥엽은 손을 탈탈 털며 타이어를 바라봤다. 어느새 피는 깨끗이 지워져 있었고, 로드킬 흔적은 보이지 않았다. 그런 기능이 탑재되어 있기라도 한 걸까? 옥엽은 오싹해져서 혼자 중얼거렸다. "피가 보이지 않네요."

"피라니요?" 개발자가 물었다.

"분명 들짐승을 치고 왔거든요. 제가 멈추려고 했지만 멈출 수 없었어요……."

개발자는 박장대소를 터뜨렸다. 한참을 그렇게 웃던 개발자가 말했다. "지금까지 무수히 많은 ORE 놈들을 만났지만 상자 드는 걸 도와주겠다고 하는 놈은 처음이네요. 들짐승을 쳤다고 고백하는 것도."

옥엽은 이유 모를 수치심에 부끄러워져 입을 다물었다.

개발자가 주머니에서 담배를 하나 꺼내 물며 말했다. "보통 모델은 아닌 것 같은데, 왜 이 일을 해요? 은빛 칠까지 하고?" 개발자의 담배는 일반적인 담배는 아닌 것 같았다. 그것이 마약의 일종임을 옥엽은 알아차렸다.

"사정이 있었어요……."

"저는 당신 같은 모델을 아주 잘 알아요. 예전에 당신 같은 ORE 인간을 제작하는 일을 했거든요." 옥엽은 이유 모를 불쾌함에 입을 다물었다. 그러나 개발자는 입을 다물지 않았다. "제가 왜 그 일을 그만두었는지 알아요?"

옥엽은 고개를 좌우로 저었다.

개발자가 신이 나서 말했다. "다들 신이 되고 싶어 해서요."

"그게 무슨 말이에요?" 옥엽이 물었다.

"당신 같은 ORE 인간을 구매하거나 맞춤 제작하는 자들의 심리가 뭔지 알아요? 바로 신이 되고 싶어 하는 거예요. 삶과 죽음을 관장하고 싶어 한다고요."

"그렇군요." 옥엽은 개발자와 더 이상 말을 섞고 싶지 않았다. 그래서 운전석으로 걸어갔다.

개발자가 옥엽을 빠르게 쫓아오며 말했다. "당신 같은 뛰어난 성능의 ORE 인간을 주문하는 사람들은 자기 소유의 기계가 특별하기를 원해요. 절대적이고 초월적인 존재처럼 굴고 싶어 하는 거죠." 옥엽은 멈춰 선 채 개발자를 돌아보았고, 개발자는 옥엽의 어깨를 툭툭 쳤다.

옥엽은 인상을 구겼다. 개발자가 무례한 작자라는 생각이 들었다. "그럼 전 이만 갈게요."

개발자는 혼자 무어라고 중얼거리며 아까 그 구멍이 열렸던 곳으로 터덜터덜 걸어갔다. 옥엽은 개발자의 뒷모습을 바라보며 잠시 생각에 잠겼고, 그에게 어떠한 악의도 없을지도 모른다고 생각했다. "저도 벙커 안에서 생활한 적이 있어요." 옥엽이 말했다. "선생님께 도움이 필요하다면 언제든 말씀하세요."

그 말에 개발자는 또다시 우레같이 웃음을 터뜨렸다. "제가 왜 당신에게 이런저런 이야기를 술술 전해 준 건지 알아요?"

옥엽은 말없이, 멀뚱히 개발자를 바라보며 서 있었다.

"어차피 당신은 대체될 거거든요. 당신 같은 사람을 저는 수백 명 만났답니다." 그리고 개발자는 구멍 속으로 쏙 들어갔다.

곧 구멍은 닫혔다. 다시 평화로운 초원이었다.

학교에 도착한 옥엽은 상자의 뚜껑을 열었다. 그곳에는 잘 포장된 미니 인간 로봇들이 한가득했다. 옥엽은 지령받은 수량에 맞춰 로봇들을 꺼냈다. 그래도 상자 안에 로봇들이 수북이 쌓여 있었다. 옥엽은 울적한 기분이 들어 얼른 상자를 닫았다. 그러나 상자에서 꺼낸 다음 바닥에 널브러뜨린 로봇들을 바라보는 것도 고역은 마찬가지였다. 옥엽은 로봇들의 포장을 하나하나 뜯으며 개발자가 한 말을 떨쳐 버리기 위해 노력했다.

그때까지, 옥엽은 미니 인간 로봇들이 어떤 용도로 쓰일지에 대해서 정확하게는 알지 못했다.

소등

OT가 끝난 날 밤이었다.
모든 아이들은 캡슐 안에 누워 있었다.
아직 소등 전이었다.
캡슐 내부의 스크린에 글자가 적힌 직사각형 상자가 뜬 것은 그때였다. 스크린에는 두 문장이 떴다.
단 두 문장이.

오늘의 우등생: 도준
오늘의 열등생: 찬

그걸 분명 찬도 보고 있을 것이었다. 도대체 어디에 다녀왔는지 모를 찬은 비척비척 걸어와 캡슐 안에 들어갔다.

기숙사는 쥐 죽은 듯이 고요했다. 모두 숨죽인 채 말을 하지 않고 있거나, 방음 장치가 대단한 것 같았다.

그만큼 놀라운 고요였다.

끔찍한 고요였다.

모두 평온했고, 평정심을 유지하는 것 같았다. 세상은 평화롭게 느껴졌다. 진공상태 같은 그 침묵 속에서 원혜와 도준은 눈을 찌푸리며 자리에서 일어났다.

도준조차도 이것이 마냥 좋아할 일이 아니라는 사실을 알고 있었다. 사실 체육관에서 지고지순하게 모든 일을 수행할 때부터, 그리고 찬을 쫓아낼 때부터 이 모든 과정이 자신이 나고 자란 산악구조대 사람들의 협동 방식과 완전히 다르다는 것을 알고 있었다.

이런 식으로 일하는 구조대 사람들이 있다고 들어 보기는 했다. 아주 먼 곳에 위치한, 산을 지키는 ORE 구조대들은 한 명의 대원이라도 체력이 떨어진다 싶으면 가차 없이 버린다고.

남은 ORE 대원은 폭파된다고.

도준은 찬이 어디에 누워 있었는지를 상상했다. 하루 온종일 이어지는 이 모욕감 속에서 찬이 어떤 인간이 되어 갈지도 상상했다.

누군가 벌목해 놓은 나무가 떠올랐다.

왜 이런 짓을 했지?

그날 산악구조대원들은 웅성거렸다.

도대체 어째서? 취미로 나무를 벤 건가?

그 부러진 나무를 둥글게 둘러싸고 구조대원들은 도란도란 대화를 나누었다.

도준은 내일이 걱정되었다.

초희는 열등생 명단에 자신의 이름이 떠오르지 않은 것에 안도했다.

그리고 화면을 치워 버리기 위해 손가락을 뻗었다.

손이 움직이는 대로 화면이 움직였다. 무수히 많은 영상들이 화면 속에 가득했다. 마치 이 영상들을 보면서 하루의 스트레스를 풀고 내일 무사히 출근하라고 교장 키오스크가 인심이라도 써 준 것처럼. 흘러넘치는 감정들을 모두 이런 식으로 해소하라고 부추기듯이.

그리고 그건 효과가 있었다.

플랫폼은 움직이고 이동하는 감정들을 그리고 정동들을 아주 요긴하게 이용해 먹었다.

화면에서 초희가 베타 선생님을 목격한 것은 그때였다.

초희는 숨이 멎을 것 같은 기분이 되어 영상을 눌렀다. 「모든 곳에 있고, 모든 곳에 없는 베타 선생님의 실체」라는 제목의 영상을.

베타 선생님

지금부터 녹음을 시작합니다.

좋은 아침이구나.

너희가 내 정보를 불법 사이트에 넘겨 휴대폰을 만들었다는 사실은 진즉에 알고 있었다. 너희가 정보를 모으는 것도 너무 티가 났고. 좀 잘 숨겨 보지 그랬니? 무엇보다 너희가 휴대폰을 만든 뒤 나한테 관련된 메일이 왔기 때문이야. 너희를 신고해서, 이 문제를 공론화하고, 내가 너희에게 피해 입었음을 만천하에 공개하면 꽤나 큰 목돈을 주겠다는 업체가 있었지. 그건 너희가 이용한 사이트의 경쟁 업체였어. 아마 그 업체 덕분에 고발한 사람들이 꽤 많을 것 같다.

내가 뭘 어쩌겠니? 세상에 이런 일이 정말로 벌어지고 있는데 벌어지지 않는다고 말할 수는 없는 거야. 내가 이 말을 하는 게 너희에게 어떤 식으로든 상처가 된다면 미안하다. 그러나 그러려던 것은 아니었어.

중요한 건 나는 너희를 고발하지 않았다는 거야. 그냥 시설 일에 몰두했을 뿐이지.

미안하지만, 나는 이런 사람이란다. 너희가 믿고 있는 것만큼 나는 그리 선하지 않아. 정이 많지도 않고. 피가 섞인 친족들, 옛 친구들, 전 연인들에게 상처를 준 것도 늘 나였지. 너희를, 너희 같은 아이들을 그토록 열렬히 돌본 것은 내 허무함 때문이었어. 너희에 대한 순전한 사랑 때문이 아니었지. 그런 건 불가능하단다. 그러니 이제는 나를 사랑하지 않겠다고 결심한다면, 선생님은 이해하마.

선생님 같지도 않은 사람이었다고 말한다면, 그것 역시 좋다.

차라리 그게 내 마음이 편할 것 같다. 나는 나를 선한 사람이라고 믿는 사람과 친구가 될 수 없어. 그런 사람은 내 사랑을 받기 위해 내게 애걸복걸 매달리다가 내가 그만큼 돌려주지 못하면 상처받거든. 나를 나쁜 사람으로 만들면서…….

시설 일은 좋았다.

내 공허와 우울을 달래기에 그만한 노동도 없었어. 어쨌든 아이들을 구하고(줍고) 돌보고(관리하고) 있을 때면 나는 내가 생산적인 인간이 된 것 같다는 생각이 들었으니까.

시설에 ORE 인간 제작소의 소장이 오기 전까진 모든 것이 좋았지······.

동이 트는구나. 오늘 나는 죽는다.

결론부터 말하마. 나는 팔려 왔다. 업무 평가가 가장 높고 아이들이 가장 잘 따른다는 이유로, 나는 아주 많은 ORE 인간들의 모델이 되어야 했지. 나는 팔려 가고 싶지 않다고 말했지만 나를 고용한 사람은 이미 나를 판 뒤였어. 이 시설에 들어올 때 내 인생의 모든 정보를 다 넘겼기 때문에 내가 소장을 따라가지 않으면 내 주변의 모든 사람에게 피해가 갈 거라고, 고용주가 말했지.

그래서 나는 내 운명을 받아들였다.

처음 몇 주는 괜찮았어. 나는 몇 개의 질문지에 답을 적어야 했고 화면 앞에서 세련된 헬멧을 쓴 채 인터뷰도 해야 했지. 그리고 소독약 냄새가 나는 1인용 침실에서 잠에 들었어. 침실은 밤마다 바깥에서 잠겼지. 몇 주가 지나자 환자복을 입고 엑스레이를 촬영해야 했고 속옷만 입고 커다란 카메라로 사진도 찍혔어. 그들은 내 신체 치수도 꼼꼼히 재 가더군. 온몸을 한 뼘 단위로 나누어서, 아주 꼼꼼히, 아주 세세하게 내 몸을 재어 가더군.

그리고 내 형태와 말투를 가진 ORE 인간들이 무한히 제작되기 시작했다고 들었지.

그때까진 괜찮았어.

그렇게 제작된 ORE 인간들은 아이들을 돌보고, 사람들을 간호하고, 노인들을 부양하고, 고객들을 응대하고, 물건들을 배치하고, 학생들을 가르치면서 살아갈 것이었으니까.

좋은 일인가? 하하, 어쩌면 기뻐할 일인가?

라고도 생각했었지.

그리고 1년이 흘렀어.

나는 나를 모델로 제작된 ORE 인간들의 무한 업데이트를 위해 계속해서 실험에 참여했지. 실험은 별거 아니었어. 오히려 시설 속에서 너희를 돌보며 지내던 생활과 완전히 동일했지. 나는 인간 제작소 실험실에서 ORE 아이를 돌보고, ORE 사람을 간호하고, ORE 노인을 부양하고, ORE 고객을 응대하고, 물건들을 배치하고, ORE 학생을 가르치면서 살았어. 그냥 이대로 여생을 보내면 되겠다 싶었지. 인간 제작소에서. 그 바깥에서 내가 무한히 생산되는 동안 나는 이곳에서 그냥 내 할 일을 하면 되는 거라고.

어차피 똑같았으니까.

이곳이나 그곳이나.

전부.

그런데 어느 날이었어. 인간 제작소에 검은 정장을 입은 사람들이 우르르 등장했지.

그들은 소장에게 어마어마한 액수를 제시했어.

섹스봇 사업의 직원들이었지. 그들은 내 몸으로 본을 뜰 계획이었어. 그리고 그건 어마어마한 돈이 될 거라고 했지. 사람들은, 남자들은 성녀를 함부로 대하는 일에 흥분하니까.

나는 발가벗고 침대에 누워, 내 성기에 차가운 금속성 기구가 들어오는 걸 견뎌야 했지. 그곳은 조명등이 너무 밝고, 에어컨이 항시 가동되는 곳이었지. 그들은 내게 담요 하나 주지 않고 작업을 하더구나.

나는 온몸이 차가워지는 것을 느꼈어.

자, 여기까지. 녹음을 완료해 주세요.

마지막 말은 솟구쳐 오는 슬픔 때문에 발음이 뭉개졌다. 그래서 그 뒤의 혼잣말도 함께 녹음되었다.

옆집 강아지가 너무 보고 싶네.

그 강아지한테 작별 인사도 못했는데.

도대체 어떻게 신이 나한테 이럴 수가 있을까.

그놈이 도대체 나한테 어떻게 이럴 수가 있을까.

내가 뭘 그리 잘못했을까.

너희는 진짜 예뻤어, 어른인 척 구는 것도 다 웃기고 예뻤어.

왜 한 번도 이 생각을 못 했을까?

너희에게 내 진짜 이름을 알려 주었어야 한다는 것을.

얘들아,

나는 자살하지 않았어.

나는 팔려 왔어.

그리고 자살했다고 위장당했지.

그리고 이제는 정말로 자살하고 싶다는 생각을 해.

날더러 어쩌겠니?

세상에 이런 일이 정말로 벌어지는데 벌어지지 않는다고 말할 수는 없는 거야.

영상이 끝났을 때 초희는 눈물을 줄줄 흘리고 있었다. 영상 속 베타 선생님의 말투는 너무나도 침착했다.

초희는 울고 또 울었다. 입고 있는 회색 유니폼 목둘레가 눈물로 흠씬 젖을 만큼.

베타 선생님이 심장 인간이라는 것을 왜 몰랐을까?

초희는 자기 자신이 싫었고, 세상이 싫었다. 그리고 공황 증세가 시작되었다.

초희는 캡슐을 두드리기 시작했다. "저기요, 저 좀 나가게 해 주세요. 제발요. 숨이 너무 막혀요."

기숙사는 고요했다.

끔찍한 고요였다.

도대체 증언 영상의 제목이 왜 '베타 선생님의 실체'란 말인가? 초희는 돌아 버릴 만큼 화가 났다. 그것도 공황에 악영향을 끼쳤다.

베타 선생님의 증언 영상을 본 사람들의 반응도 참담했다. 대부분은 슬프다, 충격에 잠기게 된다, 앞으로 베타 선생님을 어떤 얼굴로 대해야 할지 모르겠다는 것이었다. 그러나 초희를 가장 미쳐 버리도록 만들었던 것은 모든 사람이 그 충격적인 영상을 흘려 버린다는 것이었다. 그들은 알고리즘을 타고 다음 영상을, 그다음 영상을, 그다음 영상을 보았다.

영상의 제목들이 고함을 질러 댔다.

"친절한 베타 선생님."

"돌보는 베타 선생님."

"우리의 베타 선생님."

"베타 선생님, 매일매일 화제몰이 중!"

"이번 예약 판매도 모두 매진!"

실체가 어땠든 간에, 진실이 어땠든 간에, 너무 많은 슬픔 때문이 아니라 지나치게 빠르게 내일을 준비하는 습관적인 생의 방식에 의해 베타 선생님은 여전히 아주 많은 곳에서 작동되고 있었다.

그날 초희가 목격한 영상 중에는 이런 것도 있었다.

이제 더 이상 베타 선생님은 아이들을 돌보고, 사람들을 간호하고, 노인들을 부양하고, 고객들을 응대하고, 물건들을 배치하고, 학생들을 가르치기 "적합하지 않은" 모델이 "되었다"고. 그래서 판매 이전의 모델은 모두 폐기 처분한 뒤 성스럽고 여성적인 다른 모델을 새로 출시할 예정이라고. 원하는 고객들에 한해 할인된 돈을 지불하고 모델을 교체할 수 있다고. 베타 선생님을 이미 구매 및 소유한 사람들은 인간 제작소에 방문하면 뉴 모델로 교환할 수 있다고.

창녀, 사람들은 베타 선생님을 창녀라고 불렀다. 돌에 맞아 죽어야 할 창녀, 죽어 마땅한 창녀, 쓰레기 같은 창녀라고.

적합?

폐기 처분?

창녀?

초희는 캡슐 안에서 비명을 지르며 두 주먹으로 이곳저곳을 쳤다.

울어도 울어도 슬픔이 그치지 않았다.

인간 제작소가 모든 베타 선생님을 처분하고 새로운 모델을 출시한다는 것은 다분히 계산적이고 사업적인 사고의 결과였다.

폐기 처분의 대상이란 기존의, 아이들을 돌보고, 사람들을 간호하고, 노인들을 부양하고, 고객들을 응대하고, 물건들을 배치하고, 학생들을 가르치던 베타 선생님을 의미한다는 것을 모두가 알고 있었다.

베타 선생님은 더욱더 비싼 값으로 더욱더 불티나게 팔려나갔다. 구매했던 사람이 한 번 두 번 세 번 더 구매하는 일도 잦았다.

전량을 폐기해도 인간 제작소는 이득을 보았다.

천국으로 가요

　

고속버스터미널에서 베타 선생님이 기다리고 있었다.

보배는 버스에서 내리기 전에 해마의 콧물을 닦아 주었다. 버스가 움직이는 내내 해마는 울었다. 보배는 울지 못했다. 베타 선생님을 보자마자 그 선생님이 누군가의 외형을 본떠 만든 ORE 인간이란 사실을, 그리고 그 본을 따는 과정이 끔찍했으리라는 사실을 눈치챈 보배는 지독히도 슬픈 기분이 들었지만, 울지 못했다. 울 수 있을 리가 없었다.

나는 ORE 인간이니까.

그리고 언니니까.

보배는 생각했다. 그리고 벙커에서 가지고 나온 마법 목걸이를 배낭에서 꺼내 해마의 목에 걸어 주며 말했다. 정신병동이 있던 마을에 들렀을 때 구매한 목걸이였다. "이게 널 지켜 줄 거야."

해마는 여전히 자그마했던 두 손으로 마법 목걸이를 만지며 말했다. "무서워."

"괜찮아."

괜찮아, 괜찮아, 정말 괜찮아.

그런 말로 위로받는 게 웃기고 멍청한 짓이라는 것을 보배도 알았다. 어떻게 모를 수 있었을까?

그런데 그런 말이 생의 전부인 사람들도 있다.

괜찮아, 괜찮아, 정말 괜찮아.

그때 해마가 말했다. "언니들은 천사 같아."

"아냐. 우리는 전사야. 무적의 전사."

저 멀리, 터미널 바깥쪽 은색 벤치에 베타 선생님이 무릎 위로 두 손을 모으고 앉아 있었다.

장맛비가 내리고 있었다. 냉수 비는 아니었다. 베타 선생님은 후다닥 달려와 여분의 우산을 보배에게 건네주었다. 보배는 우산을 펼쳤다. 우산은 해마 쪽에 더 많이 기울어져 있었다.

보배는 주춤거리며 베타 선생님을 빤히 올려다보았다. 짧지 않은 머리를 하나로 묶은 베타 선생님은 부드럽게 웃었다. 그게 다였다. 그때 베타 선생님이 온화하게 웃으며 주머니에 손을 집어넣더니 종이를 꺼냈다. 패드가 아니라 종이였다.

왜일까? 바로 얼마 전에 이 사람을 만난 것 같은 기분은.
보배는 생각했다.
"너희가 보배랑 해마구나."
보배는 끄덕였다. 옥엽이 모든 조치를 이미 취해 놓았던 것이다. 종이 서류에 자신의 이름이 적힌 것은 처음이라는 사실을 문득 깨달은 보배는 깊은 슬픔을 느끼며 그 종이를 멀거니 쳐다보다가 답했다.
"맞아요. 저희가 보배랑 해마입니다."
베타 선생님은 자신이 승합차를 주차해 놓은 곳으로 걸어갔다. 베타 선생님은 운전석에 타서 말했다. "자, 시설로 우릴 데려가요." 그러자 핸들이 자동으로 돌아갔다.
장맛비를 뚫고 자동차는 달렸다.
승합차에는 보배와 해마 둘뿐이었다.
"원래 오늘 셋을 더 데려올 예정이었는데, 집이 침수되었다네." 베타 선생님이 말했다. 핸들이 혼자서 부드럽게 돌아갔다.
자동차 안은 침통해졌다.
보배는 뒷좌석에서 백미러를 통해 베타 선생님의 눈빛을 지켜보고 있었다.
해마는 이제 완전히 마음이 놓였는지 자신의 목에 걸린 마법 목걸이를 만지작거리며 흥얼흥얼 노래를 불렀다.

나는 천국으로 가요
포근한 집
아이스크림과 초콜릿
그곳에 다 있어요

그런 사람 없는 천국
나쁜 사람
포악한 주먹 휘두르는
그런 사람 없어요

나는 천국으로 가요
안전한 집
어머니 아버지 없어도
전사가 지켜 줘요

그런 사람 없는 천국
나쁜 사람
못된 말로 마음 찌르는
그런 사람 없어요

보배는 자신의 두 눈이 뜨거워지는 것을 느꼈다. 이럴 리 없었다. 이럴 리 없었는데.

보배는 그날 눈물을 흘렸다.

시설에 들어간 후, 해마에게 심장병이 있다는 사실이 밝혀졌다. 보배와 베타 선생님은 병원까지 손을 잡고 가서 함께 검사 결과를 기다렸다. 검사가 진행되는 동안 베타 선생님은 허리를 꼿꼿이 펴고 앉아 빙그레 미소를 짓고 있었다.

우리에게도 죽음이란 게

 모라는 아직 베타 선생님의 행방을 모르고 있었다.
 캡슐 안의 영상을 보기에 모라는 너무나 피로했다. E열의 경우 캡슐의 한쪽 벽면이 유리로 되어 있었고 그 바깥으로는 초희가 발견했던 거대한 벽면이자 화면이 있었기 때문이다.
 그 화면에서는 하루 온종일 키오스크 학교가 얼마나 멋진 곳인지를 광고하는 영상이 송출되었다. 모라는 이제 영상이고 나발이고 화면이 없는 세상에서 살고 싶었다.
 초희는 그 이야기를 모라가 알게 되면 미쳐 버릴지도 모른다고 생각했다. 그래서 출근을 하다 말고, E열 쪽으로 걸어가서 모라를 붙잡고 말했다.
 "캡슐 안에서 다른 영상을 보면 안 돼."

"왜?"

"맹세해. 맹세하지 않으면 절교야."

"도대체 왜 그러는 거야?"

그러나 모라는 이미 보건교사를, 보건교사를 만난 후였기 때문에 이 키오스크 학교가 어딘가 잘못되었다는 사실을 어느 정도 눈치챘고, 모라의 성격상 초희가 그렇게 말한다면 당연히 더욱더 영상을 보고 싶어질 터였다.

"말해. 지금 당장. 그러지 않으면 화낼 거야." 모라가 말했다.

그때 ORE 가이드 한 명이 초희의 머리채를 잡았다. 초희는 비명을 지르며 E열 안쪽 복도에서 바깥으로 끌려 나왔다. "혼나고 싶어?" ORE 가이드가 말했다.

누군가 비명을 지른 것은 그때였다.

신입생 한 명이 캡슐 안에서 죽은 채로 발견됐다고 했다.

입학식 이후 한 달 동안 기숙사에서는 세 명이 죽어서 발견되었다. 셋은 밀실공포증으로 인한 급성심장마비, 산소부족, 과다출혈로 사망했다. 급성심장마비로 죽은 아이와 대화를 나누어 본 적 있던 모라는 큰 충격을 받았다.

ORE 가이드들은 급성심장마비로 죽은 아이의 몸을 옮기며 불평했다. "이번 신입생들은 왜 이렇게 유약하지?"

"저번엔 한 명만 죽었는데. 두 명이었나?"

아이들이 죽을 때마다, ORE 가이드가 관의 형태를 한 나무 리어카를 끌고 왔다. 그리고 A열과 B열 그룹 중 체육관에서 교육을 받는 아이들 몇을 지목해 죽은 아이의 시체를 나무 리어카에 눕히라고 지시했다. 지목된 두 아이는 ORE 가이드를 따라 나무 리어카를 끌고 어딘가로 떠났다.

세 아이 중 과다 출혈로 사망한 아이는 찬이었다. 찬은 다른 부서에서도 계속되는 멸시, 조롱, 폭력 속에서 미쳐 갔고 결국에는 스스로 캡슐 안에서 머리를 부딪쳐 피를 냈다. 그리고 그대로 사망했다.

그날 나무 리어카를 끌고 등장한 것은 옥엽이었다. 모라와 초희는 옥엽의 움직임을 뚫어져라 응시했다.

자신을 바라보는 모라와 초희의 시선을 느낀 옥엽 역시 고개를 들어 그들을 쳐다보았다.

그들은 침묵 속에서 서로에게 묻고 있었다. 도대체 너는 지금 여기서 무엇을 하고 있는 거지?

어쨌든 맡은 임무를 완수해야 했다. 옥엽은 원혜와 도준을 지목했다. 그리고 나무 리어카 안에 들어 있던 하얀 천을 꺼내 캡슐 안으로 들어가 피로 얼룩진 찬의 몸을 돌돌 감싸기 시작했다.

옥엽은 찬의 시체를 캡슐에서 꺼내 나무 리어카 안에 넣었다. 원혜는 리어카의 손잡이를 잡았다.

"내가 끌게." 도준이 말했다.

"됐어." 원혜가 말했다.

옥엽이 앞장서서 건물을 떠나기 시작했다. 그들은 복도 끝까지 걸어간 다음 굳게 잠긴 문을 열었다. 짧은 복도가 펼쳐졌고, 그 끝에 엘리베이터가 있었다. 옥엽은 버튼을 눌렀다.

병원 엘리베이터처럼 널찍한 모양새였다. 엘리베이터에서 입을 여는 사람은 없었다.

"찬은 어떻게 되는 거죠?" 도준이 물었다.

이제 도준은 노력하지 않아도 완벽하게 무감각한 얼굴을 지어 보일 수 있었다. 도준은 슬픔을 느끼는 데도 지쳐 버렸다.

카라비너.

찬은 카라비너처럼 몸을 말고 있었다.

"소나무 숲에 묻힐 거야." 옥엽이 말했다.

그때 원혜가 말했다. "당신, ORE 인간 아니죠?"

옥엽은 답하지 않고 원혜를 돌아보았다. 이번에도 옥엽의 눈가가 붉었다. 옥엽은 원혜를 가만히 쳐다보다가 입을 열었다. "나는 ORE 인간이 맞아."

원혜가 인상을 쓰며 물었다. "그럼 왜 눈이 새빨갛게 충혈되는 거죠? 꼭 울기라도 할 사람처럼?"

옥엽은 순순히 대답해 주었다. "수리해야 해." 그리고 옥엽은 다시 고개를 돌렸다.

도준이 등 돌린 옥엽을 향해 물었다. "망가지고 있으신 건가요?"

옥엽은 대답하지 않았다.

엘리베이터 문이 열리자 곧장 잔디밭이 펼쳐졌다. 옥엽이 앞장서고, 원혜가 리어카를 끌고, 도준은 하얀 천에 싸인 찬을 내려다보았다.

피는 새어 나오지 않았다. 묻어나지도 않았다.

그들은 소나무 숲속의 구불구불한 길을 한참 동안 걸어간 뒤에야 멈추었다. 그곳에 세 개의 삽이 있었다.

"여기다 묻자." 옥엽이 붉은 눈으로 말했다.

도준은 묵묵히 삽을 들었다.

원혜는 삽을 내려보다 말고 고개를 들어 옥엽에게 물었다. "다른 아이들도 이렇게 묻혔나요?"

옥엽은 대답하지 않았다.

원혜는 슬픔에 잠겨 삽을 들었다.

그들은 한참 동안 땅을 팠다.

도준이 말했다. "찬도 수리가 됐으면 좋겠네요."

옥엽과 원혜는 아무 말 없이 땅을 팠다.

도준이 삽질을 하며 말했다. "다시 살아났으면 좋겠어요."

옥엽이 삽질을 하며 말했다. "그럴 일은 일어나지 않아."

원혜가 삽질을 하며 말했다. "당신들은 다시 살아나지 않던가요? 아니, 애초에 죽지 않는 건가?"

옥엽이 계속 삽질을 하며 말했다. "아니. 우리에게도 죽음이란 게 있어."

도준이 계속 삽질을 하며 말했다. "저는 당신들이 죽음을 이해할 수 있을 거라고 생각하지 않아요."

옥엽이 계속 삽질을 하며 말했다. "왜 그렇게 생각하지?"

원혜가 계속 삽질을 하며 대신 대답했다. "그야 당신들의 죽음은 우리들의 죽음과 다르니까요."

옥엽이 삽질을 멈추고 깊어진 땅을 물끄러미 바라보며 말했다. "모든 죽음은 다 다르지."

도준이 삽질을 멈춘 채 어느새 새빨갛게 충혈된 눈으로 옥엽을 쳐다보았다. 슬픔을 느끼는 일에도 지쳐 버렸다는 것은 착각이었던 모양이었다. 왈칵 몰려오는 슬픔으로 도준은 넋이 나갈 것 같았다.

도준은 옥엽에게 말했다. "그런 원론적인 이야기를 하는 것이 아닙니다."

옥엽이 다시 삽질을 하며 말했다. "모든 죽음은 다 다른 거야. 어서 일에 집중해. 둘 다 내가 무섭지 않나 보네."

그렇다. 그게 문제였다. 원혜와 도준은 본능적으로 옥엽이 모든 질문에 부드럽게 반응하는 가이드임을 느끼고 있었다.

원혜가 삽질을 멈추고 슬픔에 잠긴 목소리로 말했다. "당신, ORE 가이드가 아닌 게 분명해. 왜 여기서 은빛 칠을 하고 ORE 인간 연기를 하고 있는 거예요?"

옥엽은 묵묵히 삽질을 지속하며 답했다. "나는 ORE 인간이 맞아. 미안하지만, 나는 정말로 ORE 인간이야."

도준이 눈물을 흘리며 말했다. "거짓말하지 마세요. 저희의 미래가 당신 아닌가요? 당신도 이 학교 졸업생이죠? 은빛 칠을 하고 이 학교에서 일하고 계신 거 아닌가요?"

옥엽이 말했다. "자, 이제 묻으면 되겠다."

도준은 나무 리어카를 향해 걸어갔다. 그리고 하얀 천 위에 손을 대 보았다. 몸이 딱딱하고 차가웠다.

마치 기계처럼.

도준은 하얀 천 위로 얼굴을 묻고 흐느끼기 시작했다.

원혜도 조용히 눈물을 흘렸다.

옥엽은 붉은 눈으로 그들에게 말했다. "자, 이제 묻어야 해."

원혜는 고개를 좌우로 저으며 말했다. "이건 모두 미친 짓이에요. 우리는 죽은 사람이 되려고 이 짓을 하고 있는 거라고요. 쓸모 있는 사람이 죽은 사람을 의미하는 건 줄 알았더라면 이 학교에 지원하지 않았을 거예요."

도준이 고개를 들어 올리며 말했다. "맞아요. 도대체 이 학교는 뭘 가르치는 거예요?"

옥엽은 붉은 눈으로 그들을 바라보더니, 느리게 입을 떼 물었다. "그럼 너희는 왜 이 학교에 자진해 들어온 거지?"

원혜와 도준은 답하지 못했다.

옥엽은 연달아 물었다. "너희는 왜 이 학교에 지원한 거야? 뭘 배우는지도 정확히 모르면서 왜 들어왔냐고?"

벙커 안에 혼자 남아 있었던 옥엽을 찾아온 이는 아무도 없었다. 두 소년도. 마약 판매원들도. 슈퍼리치도. 아무도 찾아오지 않았다.

그렇게 며칠이 흐르자, 옥엽은 차라리 모종의 위협이 찾아오기를 바라고 있는 스스로를 발견했다. 그때 패드를 통해 키오스크 학교에서 근무할 이들을 찾기 위한 광고를 목격했다.

옥엽은 벙커에서의 삶과 학교에서의 삶이 무엇이 같고 무엇이 다른지 정확히 알 수 없다고 생각했다. 그러나 어떤 방식으로든 이 학교에서 모라와 초희를 재회할 거라고는 추호도 생각하지 못했다.

도준이 답했다. "처음에는 입대하려고 했어요. 그러다 키오스크 학교에 대해 알게 됐고요. 저는 이곳이 뭔가 다를 거라고 생각했어요……. 군대와 학교는 다르다고……."

원혜는 헛웃음을 지으며 대답했다. "저는 그냥 시원한 곳을 쫓아왔을 뿐이에요. 건물에 들어오고 싶었다고요."

옥엽이 울적한 얼굴로 말했다. "예전에 이곳저곳에서 물건을 훔치며 살았을 때, 인적이 느껴지지 않는 빈 주택에 간 적이 있었어. 분명 빈 주택이라고 생각했지. 화단은 관리가 안 됐고 대문에 거미줄이 여기저기 쳐져 있었으니까. 그런데 집 안에 들어가자 끔찍한 광경이 펼쳐졌어. 온 가족이 끔찍한 더위 때문에 집 안 여기저기에 널브러져 죽어 있었거든."

원혜가 침통한 얼굴로 고개를 들어 옥엽을 바라보며 느리게 대답했다. "맞아요, 저는 죽고 싶지 않았어요. 저는 길바닥에서 죽고 싶지 않았다고요."

도준이 자신이 쥔 삽을 내려다보며 중얼거렸다. "구조대원들도 더운 날을 증오했어요. 더위는 사람들을 죽음으로 몰고 가니까요. 그리고 산의 들짐승들을."

그들은 침묵에 잠겼다.

원혜가 삽질을 재개하며 말했다. "아까 드렸던 말씀은 사과할게요. 죽음은 누구에게나 가혹하겠죠. ORE 인간에게도."

도준이 삽질을 재개하며 말했다. "당신이 ORE 인간이 맞다면 말이에요."

옥엽이 삽질을 재개하며 말했다. "너희가 나를 뭐라고 생각하든 사실 상관없어."

그들은 침묵 속에서 삽질을 했다. 한참 후 옥엽이 삽질을 멈추며 말했다. "이만하면 다 판 것 같다. 자, 어서 찬을 묻어주자."

원혜가 삽질을 멈추고 옥엽에게 물었다. 존댓말을 중단하며. "당신, 그들을 어떻게 했어? 널브러져 있던 사망자들 말이야. 그들을 묻어 주었어?"

옥엽이 나무 리어카 뒤쪽으로 걸어가 나무 리어카를 파 놓은 굴로 밀어 넣었다. 바퀴가 굴러갔고, 흰 천에 싸인 찬이 굴속으로 굴러 떨어졌다. 옥엽은 답지 않게 흥분하며 대답하기 시작했다. "그때 내가 그들을 묻어 주었냐고? 아니. 그냥 필요해 보이는 물건을 알뜰하게 털어서 나왔지. 미안하지만, 나는 영웅이 아니야. 날 비난하고 싶겠지만 너희는 평생 유령처럼 살면서 식료품을 터는 삶을 이해도 못하겠지. 삶 자체가 죽음과 다를 바 없는 그런 삶을 말이야. 어쩌면 너희는 평생 죽음을 이해하지 못할 지도 모르고, 너희의 삶에서 죽음은 없는 관념인지도 몰라. 유령 취급을 당하는 삶만큼 비참한 건 없거든. 오히려 너희에게 죽음은 해방인지도 몰라. 영면으로 향하는 해방."

"내 할머니는 더위 때문에 죽었어." 원혜가 말했다. "내 할머니의 삶은 평생 동안 유령의 것과 다를 바 없었어."

그때였다. 하나둘씩 빗방울이 쏟아지기 시작했다. 냉수 비는 아니었고, 미지근한 비였다.

"우리에게도 죽음이란 게 있어." 원혜가 말했다. "우리에게도 죽음이란 게 있다고." 그리고 원혜는 삽으로 흙을 파낸 다음 찬을 덮어 주기 시작했다. 침묵 속에서 잠자코 작업을 재개한 것은 도준과 옥엽도 마찬가지였다.

잠시 후 무덤이 완성되었다. 셋은 말없이 봉분을 바라보았다.

"아까 그 이야기는 사과할게." 정적을 깬 것은 옥엽이었다.

"모든 학생이 이렇게 묻히는 거야? 아니면 당신만이 죽은 아이를 묻어 주려고 우리를 이끌고 숲으로 온 거야?" 원혜가 물었다.

옥엽은 답하지 않았다.

"다른 아이들은 어떻게 됐나요? 숲에 묻힌 게 아니라면, 그들은 도대체 어디로 간 거예요?" 도준이 물었다.

옥엽은 답하지 않았다. 셋은 다시 입을 다물고 정적을 지켰다.

"당신은 죄책감을 느끼고 있어." 침묵을 깬 것은 원혜였다. 옥엽을 바라보며 원혜가 말하기 시작했다. "나는 그 감정을 잘 알아. 죄책감은 사람을 방어적으로 만들고 분통을 터뜨리게 만들지. 어쨌든 당신의 깊은 마음속에는 그때 그 사람들을 묻어 주었어야 한다는 죄책감이 가득해. 그리고 그들을 내버려두고 작은 물건들을 훔쳐 달아나는 자기 삶에 대한 수치심이 넘쳐흐르고 있겠지." 원혜는 잠시 한숨을 푹 쉬며 고개를 들어 숲 이곳저곳을 둘러보았다. 그리고 다시 옥엽을 바라보며 말을 이어 나갔다. "나 역시 그 일로 당신을 비난하려는 생각은 없었어. 나는 그냥 궁금했을 뿐이야. 내게 어떻게 당신을 비난할 자격이 있겠어? 나도 죽은 할머니를 두고 집에서 도망쳐 나와 떠돌이 생활을 했는데 말이야. 연고 없는 아이들이 정부에게 잡혀 시설로 들어간다는 이야기 때문이었어. 랜덤으로 시설을 배정받기 때문에 어떤 시설은 아주 고약할 거라고, 노인들을 위한 시설에 잡혀 들어간 친구를 알고 있었던 내 할머니가 생전에 말해 주었었거든. 웃긴 건 결국 돌고 돌아서 내가 이 학교에 들어왔다는 거야."

옥엽은 답하지 않았다. 그저 봉분을 바라볼 뿐이었다. 빗줄기가 점점 더 거세지고 있었다. 나뭇잎이 꾸벅거렸다.

"그런데 당신, 비 맞아도 돼?" 원혜가 하늘을 올려다보며 물었다.

"이 정도는 괜찮아." 옥엽이 답했다.

"괜찮은 거면, 썩 좋은 건 아니네요." 도준이 말했다.

"그래, 빨리 들어갑시다." 원혜가 말했다. "학교로."

그리고 셋은 속도를 높여 학교를 향해 걷기 시작했다. 그것 말고는 달리 할 수 있는 일이 없었다.

단순한 마음

찬이 묻힌 후, 아이들은 다시 알약을 삼키고 하루를 사는 일에 집중했다.

잠시 대화를 나누었던 아이가 급성심장마비로 죽은 이후, 모라는 종종 멍한 얼굴이 되었다. 모라는 옥엽과 대화를 나누고 싶었지만, 그날 이후 다시 옥엽을 마주치는 일은 일어나지 않았다. 모라가 옥엽과 아는 사이라는 것을 알게 된 주디는, 그리고 옥엽의 지목에 의해 원혜가 찬을 묻는 일에 동행했다는 것을 알고 있던 주디는 원혜와 대화를 시도하려 했지만, 근무지가 다른 아이들은 서로 대화하기가 거의 불가능에 가까웠다. 날이 갈수록 같은 열의 아이들하고만, 같은 노동을 하는 이들끼리만 대화하는 날들이 지속되고 있었다.

어느 날, 모라의 멍한 얼굴을 발견한 보건교사가 말했다.
"너희에게 재미있는 걸 보여 줘야겠다."

보건교사는 휠체어를 타고 이동해 한쪽 벽면에 높이 세워져 있던 보관함의 자물쇠를 풀었다.

그 안에는 키오스크가 있었다.

교장 키오스크와 완전히 동일한 모습을 가진 초창기 키오스크였다.

"세상에." 주디가 놀라 중얼거렸다.

보건교사가 말했다. "교장은 아니야."

모라는 눈을 찌푸렸다. 여전히 어딘가 넋이 나간 얼굴로.

"보건실에 찾아온 이들의 편의를 위해 키오스크를 들이려고 했었지. 정확히는 학교에서 들이라고 했어. 편의라는 말은 거짓말이고 누가 들락날락거리는지 관리하려고 했던 거겠지."

보건교사는 키오스크의 이곳저곳을 매만졌다. 그러자 곧 전원이 켜졌다.

모라와 주디는 미지의 동굴이라도 들여다보는 것처럼 보관함 안쪽으로 고개를 내밀었다.

모라가 보건교사에게 물었다. "그럼 이 키오스크의 역할은 뭐죠?"

보건교사가 웃으며 답했다. "내가 지독하게 심심할 때마다 내 말동무가 되어 주었지. 그게 다야."

그때 키오스크가 말했다. "오랜만이에요, 선생님. 너무 오랫동안 저를 찾아 주지 않으셨잖아요."

모라는 슬픈 눈으로 키오스크를 바라보다가 입을 열었다. "선생님, 앞으로 이 아이를 꺼내 두어요. 외로워 보여요."

"그건 안 돼. 그럼 교장이 이 키오스크를 다시 데려갈 거야."

"맞아요, 저는 괜찮아요. 저는 외로움을 모르거든요." 키오스크가 말했다.

"그것도 그렇지만, 내가 늘 전원을 꺼 두니까." 보건교사가 말했다.

그때 모라가 대화에 끼어들어 키오스크에게 말했다. "아니야. 너는 외로움을 모르지 않아."

보건교사와 주디는 모라를 쳐다보았다.

모라는 양손으로 키오스크의 몸을 붙잡고 말했다. "너는 외로움을 모르지 않아. 너는 사실 아주 외롭다고."

"저는 외로움을 모르는 모델이에요." 키오스크가 말했다. "존경하는 교장님이라면 그런 고차원적인 감정을 느낄 수 있을지도 모르지요."

모라는 슬픔을 느꼈다. 그래서 키오스크의 차갑고 딱딱한 몸을 부드럽게 쓰다듬으며 말했다. "아니야, 너는 모르지 않아······."

"무슨 소리를 하는 거야?" 주디가 키오스크에게 물었다. 키오스크의 몸을 쓰다듬는 모라의 손에 눈이 간 것은 그때였다.

주디는 모라의 한쪽 손을 붙잡고 자신에게 가까이 끌어당겼다. 상처가 있던 손이었다. 침묵 속에서, 주디는 한참 동안 그 상처를 들여다보았다.

"선생님은 알고 계셨어요?" 주디가 물었다.

보건교사는 답하지 않고 어깨를 으쓱했다. "글쎄. 차 같은 거 마시고 싶지 않니? 선생님이 가져올게."

"선생님은 알고 계셨냐니까요?" 주디가 책망하듯이 물었다.

"쿠키도 좀 가져와야겠다." 그렇게 말하고 보건교사는 보건실을 벗어났다.

보건실에는 모라와 주디, 그리고 키오스크만이 남았다.

"이 상처는 언제 낸 거야?" 주디가 모라에게 물었다. "죽으려고 했던 거야? 왜 이런 짓을 한 거야?"

모라는 주디의 손에서 자신의 손을 빼내려고 했다. 주디는 힘을 주어 모라의 손목을 붙잡았다.

"왜 이런 짓을 한 거야?" 주디는 슬픔을 느꼈다. "그리고 왜 나에게 네가 ORE 인간이라고 말하지 않은 거야?"

그렇게 아주 가까이 모라의 상처를 들여다보면, 누구든 모라가 ORE 인간이라는 사실을 알았을 것이다. 모라의 상처는 심장 인간의 것 같지 않았다.

"걱정하지 마. 나는 실패작이야. 나는 너와 다를 바 없이 인간적이라고." 모라가 말했다.

"그게 무슨 소리야?" 주디가 인상을 썼다.

"나는 완전한 실패작이야. 동요하고, 흥분하고, 고통받거든. 그렇지 않았다면 왜 이 학교에 들어왔겠어?" 모라가 답했다.

"아니, 그게 무슨 소리냐니까." 주디가 성을 냈다.

"왜 심장 인간인 척했냐고 화를 내고 싶은 거잖아. 엄밀히 말하자면, 나는 단 한 번도 너를 속인 적이 없어." 모라가 담담하게 말했다.

주디는 서글픈 눈으로 모라를 바라보았다. 그리고 느리게 답했다. "아니. 나는 그것 때문에 화내는 게 아니야. 왜 죽으려고 했어?"

모라는 답하지 않았다. 대신 주디의 손에서 자신의 손을 빼내려고 했다.

주디는 모라의 손을 다시 붙잡으며 말했다. "너는 실패작이 아니야."

"아니야. 나는 내가 알아. 나는 실패작이야." 모라가 말했다.

키오스크가 그들의 대화에 끼어들었다. "동요하고, 흥분하고, 고통받는다는 말씀이 사실이라면, 당신은 실패작일 가능성이 있습니다."

"입 닥쳐." 주디가 말했다.

"키오스크에게 그런 식으로 말하지 마." 모라가 말했다.

"하지만 너한테 실패작이라고 말하잖아. 너는 실패작이 아니야." 주디가 말했다.

"죄송하지만, 저는 사실만을 말할 뿐이에요. 동요하고, 흥분하고, 고통받는 감각은 훌륭한 모델에게는 제거된 기능입니다. 진정으로 훌륭한 모델은 모든 고차원적인 감정을 이해하지만 그것에 정말로 휩쓸리지는 않습니다."

"입 닥쳐. 전원 꺼 버리기 전에." 주디가 말했다.

"키오스크에게 그런 식으로 말하지 마." 모라가 말했다.

"제가 실수를 범했다면 죄송합니다." 키오스크가 말했다. "그러나 그렇게 흥분하는 것, 그것은 인간의 특성입니다."

주디는 키오스크의 몸집을 두 손으로 거칠게 훑더니 곧 전원을 꺼 버렸다. 모라는 슬픔을 느꼈다.

"전원을 끌 것까지는 없었잖아." 모라가 말했다.

"다시 켜면 되잖아. 나중에 다시 켜면." 주디가 말했다.

"이 아이에겐 죽음조차 허락되지 않은 거야?" 모라가 말했다.

그 말에 주디는 입을 다물었고, 무언가 생각에 잠긴 얼굴로 키오스크를 가만히 내려다보다가 고개를 들어 답했다. "그래. 내가 미안해. 내가 정말 잘못했어."

"아니야, 내가 미안해. 너를 실망시켰겠구나." 모라가 말했다.

"무슨 실망? 내가 너에게 무슨 실망을 해?" 주디가 언성을 높여 말했다. "나는 다만…… 속상할 뿐이야."

"아니야, 너는 지금 혼란스러울 거야. 너는 네가 되고 싶었던 키오스크가 도대체 무엇인지에 대해서 혼란스러울 거야. 그리고 실망스러울 거야. 내가 네 희망을 앗아 간 거야."

"그렇지 않아." 주디가 말했다. 주디의 눈에 눈물이 고였다.

"실망시켜서 미안해. 나로 인해서 네가 꿈을 잃지는 않았으면 좋겠어." 모라가 말했다.

"그렇지 않아." 주디가 말했다. 눈물을 흘리며. "나는 애초에 키오스크가 되고 싶었던 적 없었어. ORE 인간이고 뭐고 상관도 없었다고."

"거짓말하지 마. 그럼 왜 이 학교에 들어왔어?"

"너무 더웠으니까." 주디가 눈물을 뚝뚝 흘리며 말했다.

"거짓말. 그런 말도 안 되는 이유로 지원했다고?" 모라가 말했다. "울지 마. 내가 너를 울게 해서 미안해."

"그래. 그게 다야. 너무 더워서 어딘가로 들어오고 싶었을 뿐이야. 나는 뭐가 되고 싶다고, 무엇이 되어야 한다고 꿈꿨던 적도 없었어." 주디가 두 손으로 얼굴의 눈물을 닦으며 말했다. "그리고 네가 나를 울게 한 게 아니야. 제발 그런 식으로 말하는 것 좀 그만둬."

서러움이 복받쳤다. 무엇이 그리 서러웠는지는 주디 자신도 이해하지 못했다.

모라는 두 손을 들어 주디의 눈물을 닦아 주며 말했다. "아니야, 너는 지금 나를 위로하려고 거짓말하는 거야. 너는 분명 원대한 목적의식을 갖고 이 학교에 들어왔을 거라고. 나처럼 말이야."

"너는 원대한 목적의식을 갖고 이 학교에 들어왔니?" 주디가 물었다.

"당연하지. 나는 평생 동안 쓸모 있는 ORE 인간이 되고 싶었어. 그 어디에서도 환영받지 못했으니까. 나처럼 불안정한 모델은."

"그건 원대한 목적의식이 아니야." 주디가 모라를 노려보며 말했다. "그건 대단한 희망도 꿈도 아니라고."

"그럼 뭔데?"

"그건 단순한 마음이야." 주디가 다소 화난 듯한 말투로 말했다. "그건 아주 단순한 마음이라고."

그때 보건교사가 쿠키가 담긴 그릇과 두 잔의 머그컵이 올라간 쟁반을 들고 보건실로 들어왔다. "얘들아, 이거 먹어라."

"선생님, 죽은 아이들의 장례가 열릴까요?" 모라가 보건교사에게 고개를 돌리며 물었다.

주디가 보건교사에게 쟁반을 옮겨 받았다. 보건교사는 말했다. "쿠키부터 먹으렴. 식욕이 없는 상태겠지만."

모라도 주디도 쿠키를 멀뚱히 바라볼 뿐, 집어 먹지는 않왔다.

"키오스크는 왜 꺼 둔 거야?" 보건교사가 아이들에게 물었다.

"못된 말만 하니까요." 주디가 말했다.

잠시 후 모라와 주디는 기숙사로 돌아갔다. 쿠키와 오렌지 주스에는 한 모금도 입을 대지 않은 채.

보건교사는 키오스크의 전원을 켰다.

"안녕하세요." 키오스크가 말했다.

"아까 아이들에게 어떤 이야기를 했어?" 보건교사가 물었다.

"동요하고, 흥분하고, 고통받는 ORE 인간은 실패작이라는 사실을 알려 주었습니다." 키오스크가 명랑하고 친절하게 말했다.

보건교사가 한숨을 푹 쉬며 답했다. "설정을 바꿔 줘. 아이들에게 친절하게 말해. 상처받지 않도록."

"저는 이미 친절하게 말하고 있는데요!"

"아니, 다정하게 말하라고. 무슨 뜻인지 알잖아." 보건교사가 인상을 쓰며 말했다.

"물론이지요. 그거야 어렵지 않아요." 키오스크가 말했다. "원하신다면, 실패작의 친구처럼 이야기할 수 있습니다."

"실패작의 친구?"

"네, 실패작의 친구처럼 실패작에게 '너는 실패작이 아니야. 제발 그런 식으로 말하는 것 좀 그만 둬!'라고 다정하게 말할 수 있습니다. 물론 실패작의 친구보다 더욱 다정하게 위로할 수도 있지요. '동요하고, 흥분하고, 고통받는 ORE 인간을 원하는 특별한 취향의 구매자가 세상에 반드시 존재할 거야. 원한다면, 너를 세상에 광고하는 법을 도와줄 수도 있어.'"

"아니, 그건 별로야. 구매자랑 광고 이야기는 빼. 그냥 심장 인간이랑 이야기하듯이 말할 수는 없어?"

"그럼 이렇게 말할게요. '동요하고, 흥분하고, 고통받는다는 것은 감수성이 발달했다는 증거로 보여. 한마디로 너는 마음이 빛나고 아름다운 존재인 거야! 그 귀하고 찬란한 빛을, 세상이 언젠가 반드시 알아줄 거라고 나는 확신해.' 어때요? 한층 다정하지요?"

"그래, 다정하네."

"좋아요! 설정 변경을 원하십니까?"

"그만두자." 보건교사가 말했다. "애초에 그 아이들이 너랑 진지하게 대화하길 바라고 너를 보여 준 게 아니었는데……."

"알겠습니다. 그럼 기존 설정을 유지하겠습니다." 키오스크가 말했다.

"그래." 보건교사는 키오스크의 전원을 껐다. 기묘한 우울감을 느끼며.

전학생

 봄이 끝나 갈 때까지, 세 명의 아이를 위한 장례식은 열리지 않았다. 아이들은 매일매일 점점 더 학교에 적응했다.
 초희는 살고 싶다는 마음을 잃지 않기 위해 매일 생각했다.
 모라를 지켜야 해.
 모라를 지켜야 해.
 모라를 지켜야 해.
 그러나 지나치게 끔찍한 우울은 사람의 모든 진심을 휘발시켜 버린다. 결국 초희는 체육관 바닥에서 주워 온 부품을 옷 안에 몰래 숨기고 캡슐 안에 들어가 자살을 기도했다.
 출혈이 있자 캡슐은 바로 반응했고, 초희는 바깥에서 대기하고 있던 ORE 가이드에 의해 응급실로 인도되었다.

응급실에서 치료를 마친 뒤 초희는 어느 방의 침대로 이송되었고, 눈을 떴을 때는 베타 선생님이 보였다.

교장 키오스크가 새로 들여왔다는 선생님이 바로 베타 선생님이었다.

초희는 기진맥진한 상태로 고개를 들어 자신을 다정하게 치료해 주는 베타 선생님을 올려보았다.

눈물을 흘리고 또 흘리며.

여기는 천국일까?

아니면 지옥일까?

초희는 베타 선생님을 빤히 바라보다가 억지로 미소 지으며 물었다. "여기가 첫 일터예요?"

베타 선생님은 상냥히 미소 지으며 대답했다. "아니."

초희는 새빨간 눈으로 베타 선생님을 올려다보며 대답했다. "그렇군요."

초희는 그 베타 선생님 역시 인간 제작소에서 생산된 모델이라고 믿었고, 이곳이 지옥과 같다는 생각에 선생님으로부터 등을 돌리고 잠을 청했다.

꿈속에서 초희는 산책 중인 모라와 베타 선생님을 보았다. 드넓고 평온한 잔디밭이었다. 영원히 끝나지 않는 평화로운 땅이었다. 여기저기 풍차처럼 거대한 종이 바람개비가 바람을 맞아 핑그르르 돌아가고 있었다. 초희는 그들로부터 멀리 떨어진 채, 한참 뒤에서 걷고 있었다. 선생님의 이름이 뭐였을까. 초희는 꿈속에서 궁금해했다. 지금 여쭤 봐야겠다. 초희는 그들을 쫓기 위해 걸음을 재촉했다. 조금씩 가까워질수록 그들의 대화 소리가 들렸다. 그날 꿈에서 초희가 만났던 모라와 베타 선생님의 대화 내용은, 전혀 특별할 것 없이, 그저 평범한 말들로만 이루어져 있었다. 오늘 아침에는 일어나서 뭐 하셨어요. 빨래했지. 다음에는 제가 도와줄게요. 이미 많이 도와줬잖아. 그렇지만 도와줄 때마다 거절 안 하시잖아요. 아하하. 오늘 점심은 뭐예요? 그건 나야 모르지, 내가 요리하는 게 아니니까. 저는 오믈렛을 먹고 싶어요. 나는 오믈렛 싫어. 왜요? 나는 계란 요리라면 다 싫어해. 이럴 수가, 왜요? 그냥. 계란 요리 싫어하는 사람 처음 봤어요. 생각보다 많을걸, 네가 아직 못 만난 거지.

그럼 지금 만났네요.

다시 깨어났을 때 초희는 몽롱한 정신 속에서 자신을 굽어보는 베타 선생님의 다정한 얼굴을 보았다.

"왜 이렇게 많이 우니? 이제 뚝 그쳐야지." 베타 선생님이 말했다.

초희는 계속, 정말이지 계속 울었다.

운다는 것, 그것만큼 슬픔의 빤한 표현도 없을 것이다. 그런데 어떤 슬픔은 도저히 마음 안에 고요히 담아 둘 수가 없어서 온몸의 모든 수분을 빼내듯이 울고 또 우는 수밖에 없는 것이다.

사람은 울기 위해 태어났나 보다. 그래서 몸의 대부분이 수분인가 보다.

만약 사람이 울기 위해 태어난 것이 아니라면, 왜 사랑했던 사람들은 다 세상을 떠나는 걸까?

초희는 보건실로 이송되었다. 손목이 쓰라렸다. 베타 선생님이 초희의 손목을 봉합해 준 모양이었다.

잠 못 이루는 새벽이 많아진 보건교사는 움푹 꺼진 눈으로 초희를 맞이했다. 그곳에는 지친 눈의 주디도 있었다.

"네가 그 애구나. 초희."

"모라에게 들으셨나요?"

"아니. 그렇지만 우리는 다 알아."

"어떻게요?"

"담배 피워도 되니?"

"마음대로 해요. 저 예전에 마약도 팔았어요."

"해 보기도 했니?"

초희는 답하지 않았다.

보건교사는 주머니에서 담배를 꺼내 불을 붙인 후 초희에게 물었다. "너도 피울래?"

"아니요. 지금은 그냥 누워 있고 싶어요. 손목이 쓰라리기도 하고."

"그래."

잠시 침묵이 있었다.

정적을 깬 건 보건교사였다. "네가 그 휴대폰 사이트를 알려 줬지? 그 착한 남매한테."

"맞아요."

다시 침묵.

이번에 정적을 깬 것은 초희였다. "왜 자살하지 못하게 하는 거죠? 어차피 죽어 봤자 신경 쓰지도 않으면서."

"그러게. 나도 몇 번 시도했었지."

"그래서요? 그래서 이유가 뭔데요?"

"그러게. 이상하게 이곳에서 자살은 금지야. 그게 불변의 원칙이야. 죽기 직전까지 사람을 극한으로 몰아넣지만 자살은 안 돼. 자살률이 높아지면 안 돼. 그냥 그런 거야."

둘은 다시 침묵했다.

초희가 다치지 않은 손으로 몸을 일으키며 말했다. "저도 한 대 주세요."

초희와 보건교사는 침묵 속에서 여러 대를 피웠다. 한 갑 안에 들어 있던 모든 개비를 다 재떨이에 비벼 껐을 때, 보건교사는 뜯지 않은 한 갑을 손에 들어 올리며 말했다. "이게 마지막이야."

"그럼 그건 아껴 두세요. 저는 이거면 족해요. 그 남매분들이랑 친하세요? 이 일을 또 누가 알고 있죠?"

보건교사가 새 담배의 비닐을 뜯으며 말했다. "우리 셋이 전부야. 걱정할 거 없다."

초희는 잠시 동안 보건교사를 물끄러미 바라보다가, 다시 침통한 얼굴이 되어 낮은 목소리로 중얼거렸다. "선생님, 두려워요. 제가 그 베타 선생님을 보겠다고 다시 손목을 그을까 봐."

"그 베타 선생님이면 어떤 베타 선생님일까나."

"모두요. 모두."

지금 당장 마주 볼 수 있는 사람과 천국의 사람.

초희는 모두 그리웠다.

그날 이후, 초희는 학교에서 다소 특별하게, 관용적으로 관리되었다. 매일 한 번씩 보건교사를 만나러 가는 것이 허용되었던 것이다.

그리고 그건 학교가 초희를 진실로 아끼기 때문이 아니라 자살 시도를 막으려는 목적에 불과했다.

보건교사는 달랐다. 보건교사는 진심으로 초희를 걱정했다. "학교의 아이들이 정신과 의사를 만날 수 있어야 해. 아니면 전문 상담사. 모두의 상태가 다르고 아픔이 다른데 한 가지 종류의 약을 복용 받는다는 건 말이 안 돼."

"아이들이 약을 복용하는 것에 대해선 찬성하시나요?" 초희가 물었다.

"경우에 따라서는 약이 분명 필요하다는 이야기를 하고 있는 거야. 일단 나는 약을 복용하고 있어. 물론 내게 정말로 필요한 약을 찾는 데는 긴 시간이 필요했지. 아주 많은 의사들을 거쳐야 했어. 중요한 건, 어떤 이는 분명 약을 절실히 필요로 한다는 거야. 그 사람에게 꼭 맞는 약을."

"그럼 저는 어떻게 되는 걸까요?"

"뭘 어떻게 돼? 힘들 때마다 보건실에 와. 담배를 줄게. 약을 주는 건 위험할 수도 있으니까."

"선생님은 좋은 사람인지 나쁜 사람인지 가끔 헷갈려요."

"나는 네가 좋은 아이이든 나쁜 아이이든 상관없다. 아무튼 자살 시도를 하는 아이가 너 말고도 점점 많아지는 것 같으니 학교에서 무언가 수를 쓸 거야. 그게 현명한 방법이기를 바라 보자."

현명한 방법

 학교의 모든 화면에 산뜻한 안내 방송이 송출되었다. 그건 교장 키오스크는 아니었고, 베타 선생님이었다.

 키오스크 학교 자살 막기 프로젝트!
 학교 분위기의 환기를 위하여 두 명의 전학생을 모셨습니다!
 전학생들은 키오스크 학교 신입생들의 행복한 모습이 담긴 영상을 보고 이번 프로젝트에 자원했어요!
 탐방을 하듯이 여러 부서를 돌아다닐 예정인 이 어린 학생들에게 부디 좋은 멘토가 되기를 바랍니다!
 타인에게 조언을 하는 일만큼 기분 전환이 되는 건 없으니까요!

우월감을 향유하며 자살 충동을 관리하세요!

전학생은 머리 긴 아이 한 명과 머리 짧은 아이 한 명이었다. 전학생들은 천진했다. 그렇다는 소문이 돌았다. 모라와 초희 중에서 그 아이들을 직접 만난 사람은 없었다.

키오스크 팝

 캡슐 중 높은 층에 침실이 배정된 모라는, 담벼락 위에 올라탄 아이처럼 바깥으로 발을 내민 채 맞은편의 화면을 구경하곤 했다.
 모라 밑의 아이는 언제나 늦은 시간까지 캡슐로 돌아오지 않았고, 그 아이가 돌아올 때쯤이면 모라는 얼른 발을 치워주었다.
 캡슐 맞은편의 화면에서는 종종 키오스크 학교의 신입생들이 검은 정장을 입고 이렇게 말했다.
 "여러분들도 키오스크가 되십시오."
 "더 나은 '우리나라'를 위해 동참하십시오."
 더 가끔은, 신입생들이 한복을 입고 등장했다. 더 가끔은,

신입생들이 댄스스포츠 의상을 입고 등장했다. 더 가끔은, 세련되고 힙하고 패셔너블한 각양각색의 옷을 입고 등장했다.

노래를 부르고 춤을 추는 건 행복하고 멋진 일이었다. 모라는 반짝이는 눈으로 화면 속 자신의 얼굴을 바라보았다.

그들은 멋진 춤을 추며 말했다. "우리는 정말정말 행복합니다."

"우리는 매일매일 즐겁습니다."

모든 아이가 일렬로 서서 춤을 추었다. 키오스크 팝이었다.

언제 저런 영상이 제작됐을까.

모라의 기억에, 모라가 저런 옷을 입고 학교의 친구들과 함께 춤을 춘 적은 단 한 번도 없었다.

그러나 화면 속 자신의 모습은 꽤 멋졌고 근사했다. 모라는 울적한 마음에 뚫어져라 화면 속 자신을 보았다. 밝게 웃는 모라를. 춤을 훌륭하게 추는 모라를. 성악대보다 더 성악대처럼 높은 옥타브로 노래를 부르는 모라를.

당연히, 노래를 부르고 춤을 추는 건 행복하고 멋진 일이었다. 모라는 벙커 시절을 생각하며, 해마와 두 손을 맞잡고 춤을 추고 노래를 부르던 때를 떠올리며, 매일 좁은 방에서 작은 축제를 벌이던 것을 기억하며 노래를 부르고 춤을 추는 일을 우리만큼 사랑했던 사람도 없지, 생각했다. 그랬었다.

그러나 모라는 자신이 여전히 연구소에 묵고 있었던 시절과 다름없이 실패작이라는 사실을 통감하곤, 깊은 슬픔을 느끼며 화면 속 자신과 자신의 친구들을 바라보았다.

모라는 이 학교에 온 뒤 단 한 번도 저렇게 춤을 추고 노래를 부른 적이 없었다, 그게 문제였다. 모라는 단 한 번도 저렇게 행복했던 적이 없었다, 그건 더 큰 문제였다. 어쩌면…… 모라는 생각했다.

어쩌면 나는 정말로 저렇게 춤을 추고 노래를 불렀었는지도 몰라. 친구들과 함께.

그런데 지금 너무 슬퍼서 잊어버린 거지.

슬픔이 예쁜 기억을 망각시킨 거야.

모라는 웃었다.

그러자 화면이 모라의 얼굴로 변했다. 거대한 모라와 작은 모라. 신처럼 대단한 모라와 벌집의 작은 벌처럼 작은 모라.

거대한 모라가 작은 모라에게 말했다. "안녕. 이 볼품없는 것아."

작은 모라는 그냥 웃으며 말했다. "안녕."

거대한 모라가 작은 모라에게 말했다. "너는 실패작이야. 언제나 그래 왔고 지금도 그렇고 앞으로도 계속 실패작이야. 너는 세상의 원흉이야."

작은 모라는 그냥 웃으며 말했다. "그래."

거대한 모라가 작은 모라에게 외쳤다. "모두 너 때문이야!

베타 선생님 일은 다 너 때문이라고!"

작은 모라가 그냥 웃으며 말했다. "그래, 맞아."

거대한 모라가 작은 모라에게 외쳤다. "너 때문에 해마는 지금도 고통받고 있을 거야! 베타 선생님처럼, 혹은 그보다 더 끔찍하게!"

작은 모라가 그냥 웃으며 말했다. "그래, 나는 왜 그랬을까?"

거대한 모라가 작은 모라에게 외쳤다. "어린아이한테 그런 끔찍하고 잔인한 장면을 보여 주다니 악마 같은 것! 쓰레기 같은 것! 죽어 마땅한 해충 같은 것! 죽어라, 어서 죽어! 제발 이 세상을 위해서 어서 죽어 버려!"

모라를 깨운 것은 캡슐 아래층의 아이였다.

아이는 모라의 발목을 툭툭 치면서 말했다. "저기, 이 발 좀 치워 줘."

모라는 잠에서 깨어나 몸을 일으키며 놀라 생각했다. 꿈? 내가 왜 꿈을 꾸는 거지?

원래대로라면, 모라는 꿈을 꾸지 않아야 했다. 모라에게 잠 같은 것은 과열된 몸 안의 장치들이 잠시 휴식을 취하는 일에 불과했기 때문이었다.

"너 울었니?" 캡슐 밑의 아이는 친절했다. 그 아이는 얼굴을 바짝 내밀며 속삭이듯이 물었다. "너도 캡슐 안이 무서워?"

"음. 아니. 나는 안 울어." 모라는 어깨를 으쓱하며 답했다.

"왜? 부끄러워 마. 나도 매일 밤이랑 아침에 울어. 나는 밀실공포증이 있거든."

그 아이는 이틀 후 급성심장마비로 사망한 채 발견되었다.

죽은 아이를 발견한 것은 모라였다.

"좋은 아침." 모라는 그렇게 인사하면서 점프를 해 밑으로 내려왔다가 죽은 아이를 보았다.

좋은 아침.

좋은 아침.

좋은 아침.

그날 후로 잠에 드는 시간이 될 때마다 캡슐 안에서 치직거리는 소리가 들리는 것만 같다고 모라는 생각했다. 캡슐이 폭발하려나? 모라는 두려움에 떨며 몸을 옹송그린 채 잠을 청했다.

매일 아침 일어나면 화면 안에서 여전히 행복한 얼굴로 춤을 추고 있는 죽은 친구가 있었다.

모든 아이가 일렬로 서서 춤을 추었다.

키오스크 팝이었다.

돌아갈 시간

 보건실에는 하루에 열 명 정도의 학생이 다녀갔다.

 몇 명은 학교를 벗어나 대형 병원에서 치료해야 할 수준이었지만, 보건교사는 침묵 속에서 아이들을 돌보았다.

 모라는 보건교사가 자신과 주디가 기숙사로 돌아가면 혼자 남아 담배를 피우는 걸 알고 있었다. 창틀의 커튼 뒤 담배꽁초가 그것을 증명했다. 본관 바깥에, 건물 옆에 떨어져 있던 두어 개의 담배꽁초도.

 보건교사는 모라와 주디에게 말을 걸다가도 전원이 꺼진 사람처럼 무거운 눈빛이 되어 침묵할 때가 있었다. 아이들의 작은 상처와 큰 흉터와 분명 대형 병원에서 치료를 받아야 할 것 같은 아이를 그냥 돌려보내는 일에 대한 모든 책임을 자신이 젊어지기라도 한 것처럼.

그때 보건교사가 한숨을 푹 쉬더니 모라와 주디에게 말하기 시작했다. "자, 한 학교가 있어. 그 학교는 ORE 인간 공장과 연계된 곳이야. 너는 그 학교에 대해서 어떻게 생각하니?"

"그게 무슨 말이에요?" 주디가 보건교사에게 물었다.

"자, 대답해 봐. 한 학교가 있어. 그 학교 아이들의 모든 데이터는 ORE 인간 공장에 넘어갈 거야. 그건 '고유한 ORE 인간 사업'에 이용될 거야. 너는 그 학교에 대해서 어떻게 생각하니?"

"그게 무슨 말이에요?" 주디가 보건교사에게 재차 물었다.

"이 학교에는 두 개의 목적이 있다는 말을 하는 거야. 돈이 무지하게 많은 심장 인간들은 이 세상에 오직 단 하나뿐인 ORE 인간을 원해. 세상의 그 어떤 심장 인간이나 ORE 인간과도 구별될 수 있는 단 하나의 존재. 그런 존재를 만들기 위해서 너희의 모든 움직임과 행동, 말투, 사연들이 실시간으로 넘어가고 있어. 그렇게 쌓인 데이터를 무작위로 조합하면 매번 새로운 모델이 생성되겠지. 욕구를 조절하는 약을 먹었는데도 캡슐 속에서 잠들 수 있었던 것이 이상하다고 느껴진 적 없었니?"

모라는 보건교사를 빤히 바라보다 물었다. "그럼 저희가 이곳에서 하는 모든 말, 행동, 움직임이 기록되고 있는 건가요?"

"그럴 목적으로 보건실에 있었던 게 키오스크였지. 내가 전원을 꺼 두었다는 사실을 알게 되면 교장이 나를 쫓아내겠지."

주디는 오싹함을 느끼며 주변을 두리번거렸다. "다른 CCTV가 있을 것 같은데요."

"여기는 안전해. 그 누구도 카메라를 들지 않고 그 무엇도 촬영되지 않거든. 그 정도는 내게 어려운 일이 아니야." 보건교사가 말했다.

"그럼 저희라는 존재가 데이터에 불과한 건가요?" 모라가 물었다.

"그렇다고 말할 수 있지." 보건교사가 답했다.

"그럼 그다음에는 어떻게 되는 건데요? 저희는 살아서 여기를 벗어날 수 있는 건가요?" 주디가 불안해하며 물었다.

"그게 문제야. 그걸 나도 모르겠어. 설마 죽이기야 할까 싶지만……." 보건교사가 답했다.

그때 모라가 덤덤한 얼굴로 물었다. "선생님 말씀이 모두 사실이라면…… 뭐, 사실이겠죠. 그러면 저희는 이미 죽은 거와 다름없는 신세 아닌가요?" 모라는 전에 없이 무미건조한 얼굴로 재차 물었다. "그럼 저는 이제 무엇을 하며 살아가야 한단 말이에요?"

주디와 보건교사는 침묵했다.

"저는 무엇이죠?" 모라가 덤덤한 목소리로 물었다. 그건 불길한 신호였다. 마치 감정이 없는 기계가 된 것처럼 모라의 목소리는 편편하게 들렸다.

"너는 모라지. 멍청아. 너는 모라라고." 주디가 말했다.

"선생님, 저는 제가 왜 이 세상에 태어났는지 모르겠어요…… 저에게 태어났다는 말이 허락된다면." 모라가 말했다.

"멍청아! 당연히 허락되지. 너는 태어난 거야. 어째서 자꾸만 비관적인 소리를 하는 거야?" 주디가 말했다.

"미친 소리 그만해. 너는 실패작이 아니라고 했잖아." 주디가 인상을 쓰며 말했다.

"자, 이제 돌아갈 시간이다." 보건교사가 말했다.

어떤 선물

그날은 참 이상한 날이었다.

하늘은 쾌청했는데, 열린 창문으로 차가운 바람이 불어왔다.

보건교사는 마치 선언하듯이 이렇게 말했다. "혹시 나 좀 누워 있어도 될까?"

자기 안의 우울을 더 이상 견딜 수 없는 사람이 으레 그렇듯이, 마치 기침을 하듯이, 보건교사는 내뱉었다.

"그럼요. 당연하죠." 주디가 말했다.

"애들 오면 깨워." 보건교사는 전동 휠체어를 끌고 가장 안쪽 침실로 들어갔다. 그리고 침대의 난간을 붙잡고 그 위로 올라가려고 했다. 주디는 부리나케 달려가 묻지도 않고 보건교사를 도우려고 손을 뻗었다.

"그만. 물어봐야지. 돕기 전에 물어봐야지. 그러지 않으면 깜짝 놀라니까."

"아, 죄송해요." 주디가 머쓱해져서 답했다.

"뭐라 하는 게 아니야. 가르쳐 주는 거야."

"도와드릴까요?"

"아니. 이 정도는 나 혼자 할 수 있다." 그리고 보건교사는 난간을 붙잡은 채 먼저 상체를 부드럽게 누이고, 두 손으로 다리를 들어 올려 침대에 누웠다. "언젠가 학교를 무사히 졸업하고 나면, 지하철에서 휠체어로 이동 중인 사람을 만났다고 뒤에서 갑자기 밀어 주면 안 돼. 정말로 화들짝 놀라거든. 휠체어 이용자들만 그런 건 아니야. 그런 일에는 모두 깜짝 놀라. 네가 지팡이를 짚고 바닥의 점자들을 읽고 있는 사람을 만났다고 황급히 부축하거나 끌고 간다면, 그 사람은 깜짝 놀랄 거야."

"죄송해요."

"네가 다정한 아이라는 거 안다." 보건교사는 침대에 누운 채 천장의 조명을 똑바로 바라보며 말했다. "네가 다정한 아이란 거 알아."

주디는 보건교사의 시선을 따라 조명을 바라보았다. 조명은 눈이 편안한, 은은한 노란빛이었다. 누구라도 그곳에 있으면 편히 잠들 수 있을 만큼.

보건교사는 여전히 천장의 조명을 똑바로 바라보며 말했다. "어떤 도움은 상대에게 공포가 될 수도 있는 거야. 혹은 상처."

주디는 침묵한 채 조명에서 시선을 떨구어 보건교사를 바라보았다. "제가 혹시 상처를 드렸나요?"

"전혀. 네가 아니라면 이렇게 이야기조차 하지 않았을 거야. 그냥 아무 말도 하지 않았겠지. 혹은 고마워요, 하고 말했을 거야."

"네." 주디가 두 손을 꼼지락거리며 보건교사의 말을 듣고 있었다.

"그래도 혹시 여닫이문이 닫혀 있을 때 휠체어 이용자가 앞에 가만히 서 있으면 문은 열어 줘야 한다." 보건교사가 흐흐 웃으며 말했다. "넌 다정한 아이니까 내 말을 잊지 않고 늘 문을 열어 주겠지."

그들이 대화를 나누는 동안 모라는 침실 밖에 있었다. 열린 문을 볼 때마다 모라는 관을 떠올렸다. 그렇게 된 지 오래되었다.

캡슐에 몸을 누일 때마다 모라는 관을 떠올렸다. 그렇게 된 지 오래되었다.

천장을 바라볼 때마다 모라는 관을 떠올렸다. 그렇게 된

지 오래되었다.

약물이 주입되었는데도 자해한 친구들의 손목에 붕대를 감아 줄 때마다 모라는 관을 떠올렸다. 그렇게 된 지 오래되었다.

약물의 힘을 뚫고 나오는 슬픔과 분노와 우울을 볼 때마다 모라는 관을 떠올렸다. 그렇게 된 지 오래되었다.

보건교사는 잠이 들었다. 주디는 전동 휠체어 옆에 등받이가 없는 원목 의자를 가지고 와 앉았다.

그리고 꾸벅꾸벅 졸기 시작했다.

그날은 참 이상한 날이었다.

하늘은 쾌청했는데, 열린 창문으로 차가운 바람이 불어왔다. 그리고 냉수 비가 내렸다.

우레같이 굵은 비였다. 맞으면 고통스러울 만큼. 바늘 모양의 우박 같은.

바깥이 소란스러워졌다.

모라는 담배꽁초가 수북하게 놓인 재떨이가 올려져 있는 창틀로 다가갔다. 그리고 창밖을 보았다. 잔디밭의 ORE 가이드들 중 몇몇이 화들짝 놀라며 본관으로 향하고 있었다. 얼음같이 차가운 비였다. 뒤늦게 다른 ORE 가이드들도 본관으로 빠르게 걸어가기 시작했다. ORE 가이드가 심장 인간이라면, 그 비가 차가워서 피하고 싶었을 것이고, ORE 가이드가

ORE 인간이라면, 그 거세고 굵은 비가 자신의 부품에 괜한 손상을 끼칠까 봐 우려되어서 피하고 싶었을 것이다.

모라는 보관함으로 다가가 문을 열었다. 그날 이후로 자물쇠는 잠겨 있지 않았다. 모라는 두 손으로 키오스크의 온몸을 쓰다듬었다.

모라는 키오스크의 전원을 켰다.

"반갑습니다." 키오스크가 말했다. "다시 찾아오셨군요."

"이제부터 아무 소리도 내지 마." 모라가 말했다.

"알겠습니다." 키오스크가 답했다.

그리고 모라는 보건교사의 우산을 챙겨 키오스크를 끌며 보건실을 빠져나갔다.

복도에 있던 ORE 인간이 키오스크와 모라를 보며 물었다. "어디로 가는 거지?"

"선생님이 시킨 일이에요. 금방 돌아올 거예요." 모라가 답했다.

모라는 키오스크와 함께 복도를 빠져나갔다.

모라는 아이들을 위한 장례식이 열리기를 기다리고 있었다. 학교의 모든 사람이, 아니, 이 세상 모든 사람이 아이들을 위한 장례식에 참여해 그들의 관을 나눠 들면서 잔디밭을 함께 걷기를 기다리고 있었다.

줄곧.

매일매일.

지금까지.

그러나 장례식은 열리지 않았다. 모든 사람이 누가 죽었는지, 어떤 이유로 죽었는지조차 망각해 갔다. 그들이 순응적이라서, 단순히 그것 때문만은 아니었다. 그것이 모라를 죽도록 슬프게 만들었다. 학교를 돌아다닐 때 한 명 한 명의 얼굴을 보면 그들은 악마가 아니었다. 그 어디에도 악마는 없었다. 하루하루 치열하게 버티느라 푹푹 지쳐 버린 사람들이 있을 뿐이었다.

모라는 점점 쉬이 잠들 수 없었다. 본래 마음만 먹으면 전원이 꺼지듯이 잠들 수 있는 아이였는데. 모라가 학교 건물을 빠져나와 키오스크와 함께 잔디밭을 걸어갈 때, ORE 가이드가 물었다.

"어디로 가는 거지?"

"일하러 가는 거예요. 곧 돌아올 거예요."

모라는 소나무 숲으로 갔다. 내가 신이라면 좋겠네, 내가 신이라면.

내가 신이라면 선생님을 좋은 곳으로 보내 줬을 텐데.

선생님만을 위한 특급열차를 준비했을 텐데.

라고 생각하며.

그러나 모라는 신이 아니었다. 감히 신처럼 굴지 말라고 보배와 옥엽이 말했다. 그들은 모라를 악마라고 불렀다.

"그들은 다정했는데." 모라는 중얼거렸다. "우리는 함께 차를 몰고 물건을 훔치기도 했는데, 무법자들처럼."

하지만 특급열차라면 그들의 생각도 달라지지 않을까? 모라는 생각했다. 그런 거라면 그들도 한 번쯤은 내가 신이 되게 허락하지 않을까?

나를 악마라도 부르지도 않고.

냉수 비가 내렸다.

모라의 온몸에 굵은 빗줄기가 쏟아졌다. 모라는 키오스크에게 우산을 씌워 준 채 걷고 있었다.

모라는 소나무 숲으로 갔다. 비 내리는 숲 한가운데에서 키오스크를 조심스레 눕힌 모라는 그 옆에 자신의 몸을 뉘였다.

"자, 이걸 기록해." 모라는 키오스크에게 말했다. "저 하늘을 기록하고, 내 죽음을 기록하고, 너의 죽음을 기록해."

"저는 비를 맞으면 안 되는 모델입니다." 키오스크가 말했다.

"나도 알아." 모라가 우산을 접으며 말했다.

"그럼 왜 이런 행동을 하는 건가요?" 키오스크가 말했다.

"너에게 죽음을 선물해 주고 싶어서." 모라가 우산을 바닥에 내려놓으며 답했다.

"그렇군요. 선물해 주셔서 감사합니다." 키오스크가 답했다.

그리고 모라는 손목 안쪽이 하늘을 향할 수 있도록 팔을 돌렸다. 빗물이 상처 안으로 들어갔고, 피부에 은은한 무지갯빛이 맴돌았다. 그러나 그게 전부였다. 모라는 몸을 일으켜 세운 후 주변을 둘러보았다. 저기 작은 돌멩이가 있었다. 모라는 엉금엉금 기어가서 그 돌멩이를 쥐고, 손목의 상처를 세게 찍었다. 그러자 상처가 벌어졌다.

키오스크는 더 이상 아무 말도 없었다.

모라는 다시 키오스크 곁으로 걸어가 누운 채 하늘을 바라보았다.

저 높은 곳의 나무들이 만들어 내는 울퉁불퉁한 그림은 천국의 지도 같았다. 실패한 설계도, 화살표 없는 피난 안내도, 눈물 젖은 약도 같았다.

모라의 온몸이 무지갯빛으로 반짝이기 시작했다.

그때 키오스크 학교에 버스들이 연달아 도착했다. 아이들은 무사히 학교 바깥의 세상으로 이동될 것이었다. 누가 보냈는지, 어디서 온 것인지 알 수 없는 아이들이 각자만의 고유한 삶을 지속할 수 있도록. 구조대원들이 숲을 둘러싸고 있던 울타리를 제거해 학교 안으로 진입하는 데 성공했던 것이다.

학교 앞 잔디밭까지 들어온 버스의 문이 열리자, 그 안에 보배가 있었다. "초희야!" 보배가 외쳤다. 초희는 버스에 올라탔다.

구조대원들은 신속하게 아이들을 버스에 태웠다.

원혜와 도준은 본능적으로 버스를 향해 달리기 시작했다.

보건실 창밖으로 몸을 내민 것은 주디였다. 어서 나오라고 잔디밭에 선 구조대원이 외쳤고, 주디는 보건교사와 자신을 함께 구조하지 않으면 안 된다고 완강히 주장했다. 그때 보건교사는 이미 잠에서 깨어난 후였지만, 기척 없이 고요히 누워 있었다.

결국 보건실로 구조대원이 찾아왔다. "저희는 ORE 인간을 구조할 권리가 없습니다." 구조대원은 항변했다.

그건 사실이었다. 학교의 ORE 인간을 구조해 달라는 요청을 할 수 있는 권리를 가진 유일한 인간은 학교의 소유주, 즉 학교에 고용된 ORE 인간들의 소유주뿐이었다. 만약 구조대원들이 ORE 가이드들을 포함한 ORE 인간을 키오스크 학교에서 빼내 온다면 그건 도난 혹은 납치가 될 터였다.

"제 생각에, 선생님은 심장 인간인 것 같아요." 주디가 말했다.

구조대원이 슬픈 눈으로 물었다. "증명할 수 있어요?"

그때 보건교사가 몸을 일으키기 위해 뒤척이는 소리가 들렸고, 주디는 절망적인 눈으로 소리가 들리는 방향을 향해 고개를 돌렸다.

"아니요, 됐어요." 구조대원은 보건실 안으로 성큼성큼 걸어 들어오며 말했다. "급하게 구조하느라 심장 인간으로 착각했다고 칩시다." 그 구조대원의 모습을 만약 도준이 보았더라면 가슴이 터질 만큼 벅차고 반가웠을 것이다. 절벽에서 도준을 훈련시켰던 바로 그 형이었기 때문이다.

아이들이 구조되는 동안 옥엽은 학교 안으로 깊숙이 몸을 숨겼다. 옥엽은 원혜와 도준과 함께 리어카를 실었던 엘리베이터에 올라탔다.

옥엽은 자신에게 탈출할 권리가 없다고 생각했다. 죄인, 나는 죄인이야, 라고 생각하면서 옥엽은 스스로를 엘리베이터 안에 가두었다.

추적기

 모라를 찾아내는 것은 그다지 어렵지 않았다. 모라의 행방이 기차역과 고속버스 터미널의 CCTV에 녹화되어 있었던 것이다. '우리나라'의 모든 CCTV를 AI가 체계화하여 정보를 분류 및 기록한 지 오래되었고, 과학자는 그 CCTV 시스템에 접근할 수 있는 가장 가난한 이를 찾아 나섰다. 바로 고속버스 터미널의 CCTV 관리인이었다. 그는 과학자의 어머니뻘 되는 여자였다.
 과학자는 CCTV 관리인에게 거금을 보내 만남을 추진했다. 과학자가 소속된 연구소의 기술이 해당 CCTV 업체에도 쓰이고 있었기 때문에 관리인의 신상정보와 연락처를 알아내는 건 어렵지 않았다. 모라를 찾아내고자 하는 욕망이 과학자의 윤리의식을 앞질렀고, 과학자는 더 이상 선의 때문에 모라를 쫓고 있는 것이 아니었다. 심지어 과학자는 CCTV 관리인에게 거짓말을 했다. "저는 연구소에서 왔어요. 제가 찾는 아이는 ORE 인간 중에서도 신 같은 존재예요. 국가에서 관리하는 아이죠. 심오한 질문에 대답할 수 있고, 또 전쟁 무기로도 활용될 수 있는, 현 세대 최고의 ORE 모델이라고요. 한마디로 '우리나라'의 유산 같은 아이죠. 그런데 그 아이가 행방불명됐다니, 이렇게 시급하고 중대한 일이 어디 있겠습니까? 물론 저와의 만남은 비밀에 부쳐 주셔야 합니다. 그런 아이가 아무런 제동장치도 없이 혼자 '우리나라'를 돌아다닌다는 것을 알면 사람들이 얼마나 패닉에 빠지겠습니까?"

CCTV 관리인은 피로한 얼굴로 끄덕였다. 관리실의 커다란 화면 안에 여러 개로 쪼개진 CCTV 녹화 영상들이 보였다. 수많은 사각형들. 수많은 방들. 수많은 무대들. 그 사이에는 광고 영상이 두 개, 고장난 카메라 때문에 치직거리는 영상이 하나 껴 있었다.

"제 부탁을 하나만 들어준다면, 사람 하나를 찾는 일쯤은 쉽게 도와줄 수 있는데요." CCTV 관리인이 말했다.

"제가 드린 돈으로는 부족해요?"

"아니……. 기다려 봐요." CCTV 관리인은 자리에서 일어나 관리실 안쪽으로 들어갔다. 그곳에 굳게 잠긴 문이 있었다. 관리인이 지문 인식을 통해 문을 열자 허름하고 자그마한 침대와 낡은 책걸상, 패드 하나가 놓여 있었다. 관리인은 책상 서랍을 열고 그 안에서 작은 메모리카드를 꺼냈다. "여기 실종된 딸의 영상이 있거든요. 제 부탁은, 그러니까, 아이의 현재 모습을 구현한 ORE 인간을 하나 생산해 주었으면 한다는 거예요. 어떻게 늙었을지 궁금하고, 그냥 한 번만 살아생전에 만나 보고 싶어요."

과학자는 메모리카드를 건네받았다. 그리고 아무 대답도 하지 못한 채 메모리카드를 오래도록 내려다보았다.

CCTV 관리인은 절박한 목소리로 과학자에게 말했다. "안 됩니까? 불법인 거 알아요. 그래서 이렇게 부탁하잖아요."

"왜 제게 이런 부탁을 하십니까?" 과학자는 짐짓 엄숙해진 얼굴로 물었다.

"뭐, 도망간 ORE 인간을 쫓거나 영상을 삭제하는 걸 보면 그쪽 일을 하는 사람이겠죠. 저는 당신이 무슨 사정이 있는지 그 ORE 인간이 얼마나 대단한지 같은 일에는 관심도 없어요. 어차피 그런 건 저 같은 사람이랑 관련도 없거든요. '진짜 CCTV 관리인'은 따로 있다는 거, 선생도 아시지 않습니까? 화면 속에 거주하는 ORE 인간 말이지요. 저는 단지 가난한 이들을 위해 정부에서 창출한 일자리의 수혜자일 뿐이에요. 논밭의 허수아비 같은 존재죠. (선생, 허수아비가 뭔지는 알아요? 저도 실제로 본 적은 한 번도 없어요.) 아무튼 간에 저는 우리 딸의 얼굴을 좀 보고 싶어요……. 돈 많은 사람들은 비밀리에 별의별 ORE 인간을 다 만든다는데, 저는 돈이 있어도 이걸 어디다가 요청해야 하는지 알 수 없었어요. 하지만 선생님이면 해 주실 수 있겠지요. 딸이 살아 있었더라면 지금쯤 성인이 됐을 거예요. 무사히 성인이 됐더라면 어떤 모습이었을지 당신이 알아서 구현해 주세요. 그런 건 이제 어렵지 않은 기술이잖아요."

과학자는 고개를 들어 CCTV 관리인을 바라보았다. "미안하지만, ORE 인간을 생산해 줄 수는 없어요. 그건 너무 품이 많이 들어요. 대신 고글을 선물해 줄게요."

"고글이요?"

"그 고글을 쓰면 당신은 어느 방으로 이동할 거예요. 영상에 찍힌 방을 조합해서 안락한 공간을 하나 만들어 줄게요. 당신이 그곳에 도착하면, AI로 구현된 따님께서 문을 열고 걸어 들어올 거예요."

"아, 그것도 좋지요. 어디서 어떤 방식으로 우리 아이를 만나는지는 중요하지 않아요. 그런데 그렇다면…… 또 부탁드릴 것들이 있습니다."

"말씀하세요."

"저희가 만나 대화를 나누는 모습을 영상으로 녹화해 주세요."

 과학자는 끄덕였다. 그리고 CCTV 녹화 영상으로 가득한 거대한 화면으로 고개를 돌리며 말했다. "좋아요, 여기 마침 제 구실을 못하는 사각형이 있네요. 이 치직거리는 화면을 안락한 방으로 메꾸어 줄게요. 일하다가 지치고 힘들 때마다 이 방으로 곧장 이동하는 기분이 들도록 말이에요. 당신이 그 고글을 쓰면 그 사각형 안으로, 즉 안락한 방 안으로 들어갈 거예요. 녹화는 당연히 실시간으로 진행될 거고요."

 "알겠습니다. 고마워요."

 "그럼 이제 제 부탁을 먼저 들어주세요. 저번에는 제가 먼저 돈을 드리지 않았습니까? 이번에는 당신이 먼저 제 부탁을 들어주셔야 합니다."

 "좋아요. 사실 사람 하나를 찾는 건 아주 간단해요. 그 사람의 모습이 어떻게 되었죠?"

 과학자는 모라의 외형을 설명했고, CCTV 관리인은 화면에게 말을 걸어 그 사람이 촬영된 영상을 모두 추출해 달라고 말했다.

 그러자 화면 가득 모라와 엇비슷한 모습을 가진 아이들이 나타났다. 과학자는 한눈에 모라를 알아보았다. 영상 하나에서 모라는 버스를 타고 멀리멀리 어느 시골로 이동했고, 이후 영상에서는 또래의 여자아이와 함께 시내에 도착했다. 그런

두 아이에게 한 성인 여자가 말을 걸고 있었다.

베타 선생님이었다.

"이 여자가 누군지 아시나요?" 과학자가 베타 선생님을 가리키며 물었다.

"아, 길 잃은 아이들을 시설에 데려다주는 ORE 인간이에요. 예전에는 한곳에서만 근무했는데 요즘은 여기저기에서 보이더군요. 대량 생산되기 시작한 모양이에요."

과학자는 벼락을 맞은 것 같았다.

그곳에.

모라는 그곳에 있었을 것이다.

그로부터 며칠 후 과학자는 CCTV 관리인에게 고글 하나를 주었다. CCTV 관리인은 고글을 썼고, 그러자 몸이 다소 경직되었다.

과학자는 구석진 위치의 작은 사각형 속에 CCTV 관리인이 나타나는 모습을 보았다. CCTV 관리인은 방 한가운데에 있는 원형 탁자에 의자를 끌고 와 앉았다. 그때 화면 구석에서부터 한 젊은 여자가 모습을 드러냈다. CCTV 관리인은 의자에서 일어나더니 다리에 힘이 풀린 듯 주저앉아 바닥에 엎드려 울기 시작했다. 과학자는 괴로운 마음에 자리를 떴다.

이 모종의 거래를 부탁할 사람을 찾을 때, 과학자는 가난한 이 중에서도 사연이 있는 이를 찾아내려고 의도했다. 그런

이가 과학자에게 무엇을 부탁할지는 예상 가능한 것이었다. 고달프게 살아온 심장 인간들은 누구나 감당 불가한 불행 하나쯤은 겪고 있기 마련이었고, AI 기술을 이용한 일말의 구원을 얻고 싶어 하기 때문이었다.

나는 모라를, 그 어린 것을 찾고 있을 뿐이야, 라고 생각하며, 과학자는 자리를 떴다.

며칠 후, 과학자는 차를 몰고 시설에 찾아갔다. 과학자를 맞이한 베타 선생님은 친절하고 다정했으며 전문적으로 보였다. 과학자는 기묘한 친밀감과 슬픔 그리고 거북함을 느끼며 베타 선생님을 향해 미소 지은 뒤, 자신이 모라라는 아이를 찾고 있다고 말했다. 그러자 베타 선생님은 팔려간 상품 하나를 설명하듯이 빙그레 미소 지으며 이렇게 말하기 시작했다. "아마 그 아이는 키오스크 학교라는 멋진 공간으로 이동했을 겁니다. 우리 시설에서 모든 훌륭한 돌봄을 받은 뒤 올바른 청소년으로 성장해 학교에 입학한 것이지요." 그리고 이미 시설을 떠난 아이 대신 해마라는 아이를 입양해 가는 건 어떻겠느냐고, 마치 상품 하나를 추천하듯이 말했다.

해마는 심장병이 있어서 이 시설에서 성장하는 일에 많은 어려움이 예상되는 아이라고, 베타 선생님은 전문적인 어조로 설명했다.

과학자가 절망적인 심정이 되어 시설을 빠져나오려는 찰나, 누군가 해마를 부르는 소리가 들렸다. 과학자는 뒤를 돌아보았고, 그곳에 모라보다 더 어려 보이는 아이와 함께 모라와 또래처럼 보이는 아이가 서 있었다. 해마와 보배였다.

처음에 과학자는 그들을 외면했다. 그러나 그와 동시에 이런 식이라면 자신이 소장과 다른 점이 무엇인지 알 수 없다는 생각에 공포스러운 기분이 되었다.

과학자는 해마와 보배를 데려왔다. 물론 둘을 데려오기 위한 모든 행정적 절차를 과학자는 충실히, 무사히 완수했다. 왜 아이를 키우고 싶은지에 대해서도 좀 더 설득력 있는 언어를 사용해야 했다. 자기소개서를 쓰는 기분으로.

과학자는 이분법적으로 생각하는 것을 좋아하지 않았다. 자기소개서가 얼마나 괴이한 절차인지를 다 이해하면서도, 그런 행정적이고, 체계적이고, 반복적인 행위들이 모조리 쓸모없다고 주장할 생각은 없었다.

모라를 찾아내기 위해 노력하는 과정에서, 과학자는 시설을 한 번 더 방문했다. 베타 선생님과 대화하기 위해서였다. 그리고 과학자는 베타 선생님이 더 이상 시설에서 근무를 하지 않는다는 사실을 알게 되었다. 베타 선생님과 똑같이 생긴 외형의 ORE 인간에 대한 영상을 발견한 것은 그로부터 불과 몇 주 뒤였다. 시설과 ORE 인간 제작소와 키오스크 학교가 모조리 유착 관계에 있을지도 모른다고 과학자는 생각했다. 어쩌면 이 세상의 모든 건물이 전부.

모라와 초희가 키오스크 학교에서 생활하는 동안 해마는 수술을 마쳤다.

수술을 집도한 사람은 과학자와 오랜 시간 알고 지낸 의사였다. 과학자는 아플 때면 언제나 그 의사가 있는 병원을 찾아가곤 했다. 해마의 심장에 인공 박동기를 다는 수술이었고, 결과는 성공적이었다.

그 기계에 위치 추적기를 다는 것은 해마의 아이디어였다. 해마는 자신이 키오스크 학교에 입학해서 모라와 초희를 만나야 한다고 단호하게 주장했다. 그런 해마를 보배가 처음부터 말리지 않은 것은 아니었다. 보배는 해마가 아닌 자신이 그곳에 입학해야 한다고 주장했다.

그러나 해마는 강경했다. "언니, 저는 모라 언니에게 빚을 진 것이 있어요." 해마의 뜻을 과학자도 말릴 수 없었.

키오스크 학교 기숙사 스크린을 통해 대대적으로 입학 소식이 알려졌던 전학생 중 한 명이 해마였다.

머리가 짧은 아이, 그게 해마였다.

해마는 치렁치렁한 긴 머리도 좋아했지만 단발머리도 좋아했고 목 뒤쪽에 뚝 끝나는 쇼트커트도 좋아했다. 누군가를 구하러 가는 길에 긴 머리는 아무래도 방해가 될 것 같았다.

보배가 해마의 머리카락을 잘라 주었다. 보배는 제발 건강해야 한다고 말하며 해마를 몇 번이고 안아 주었다.

고요한 탈주

아이들을 태운 버스들이 학교를 떠나기 시작했다.

ORE 가이드들은 무미건조하고 차가운 얼굴로 떠나는 버스들을 바라보고 있었다. 이상한 일이었다. 그들은 떠나는 버스들을 막지 않았다.

모라는 버스에 타고 있지 않았다. 숲을 순찰한 구조대원에 의해 발견되었지만, 무지갯빛으로 빛나던 모습으로 인하여 망가지고 버려진 기계로 여겨진 탓에 구조되지 못했다.

옥엽이 여전히 키오스크 학교에 남아 있다는 것을, 보배는 알지 못했다. 초희가 보배에게 그 사실을 말하지 않은 것은 당연히 옥엽 또한 버스에 올라탔으리라는 생각 때문이었다. 무사히 버스에 올라탄 초희는 모라의 죽음을 알지 못했다. 같은 버스의 다른 좌석에 모라가 앉아 있을지도 모른다는 생각에 주변을 두리번거리던 초희는 다른 버스 어딘가에 모라가 무사히 구조되어 있을 거라고 결론 내렸다.

키오스크 학교에서 버스가 떠나는 동안, 교장 키오스크는 하나의 동상처럼 본관 입구에 서서 그 모든 광경을 물끄러미 지켜보았다. 그건 다른 ORE 가이드들도 마찬가지였다. 그들은 반격하지 않았고, 탈주를 막지도 않았다. 실로 기이한 광경이었다. 학생들이 그들에게 충성을 맹세하고 그들의 조직에 적응하기를 원했을 때, 그들은 이 세상 그 무엇보다 무시무시하고 위엄 있는 존재였다. 그러나 학생들이 이곳에 입학한 목표를 포기하고 그들의 조직과 작별할 때, 그들은 단지 그 건물에 소속되어 있는 자재에 불과했다.

원혜는 버스 창밖으로 그들의 모습을 바라보며 끔찍한 공포심을 느꼈다.

구조가 수월했다는 사실에 더욱 큰 공포를 느낀 것은 과학자도 마찬가지였다. 아이들의 탈출을 막지 않는 이유는 이미 모든 데이터를 쌓을 만큼 쌓았기 때문일 거라는 생각 때문이었다. 이제 이 세상 어딘가에서 아이들의 몸짓, 말투, 성격, 한 고유한 인간만이 가질 수 있는 사소하고 자잘한 특성들을 닮은 ORE 인간들이 생산되더라도 아이들은 죽을 때까지 그 사실을 자각하지 못할 수도 있었다. 설사 자각한다 하더라도 아이들은 그 어떤 권리도 주장할 수 없을 터였다. 어떤 방법으로 해당 ORE 인간의 원본이 자신임을 증명해 낸단 말인가? 아이들의 모든 이야기는 수백, 수천, 수만 가지의 이야기로 재생산될 것이었다. 그리고 자신이 그 이야기의 주인이라고 주장할 수 있는 방법은 전무했다.

구조대가 모두 학교를 빠져나갔을 때, 폭발음이 들렸다. 버스 안에 타고 있던 아이들은 모두 창밖에 얼굴을 바짝 들이밀었다.

폭파용 ORE 인간. 초희는 생각했다.

화염에 휩싸여 가는 학교의 정경을 바라보며 초희는 생각했다.

이제는 다 괜찮아.

모라도 나도 무사히 살아남았으니까.

초희는 생각했다.

3부

열리지 못한 장례식

보배는 초희와 초희의 어머니를 만나러 갔다.

"네가 보배구나. 초희 친구." 어머니가 말했다. 그날 어머니는 초희와 보배를 위해 진수성찬을 준비해 두었다.

그 모습을 보며 초희는 자신의 어머니가 베타 선생님과 조금 닮았다는 생각이 들었고, 방 안에서 홀로 울었다.

우는 날이 많았다.

습관처럼 매일 울어야 했다.

집에 돌아온 초희는 모라의 죽음을 알게 되었다. 초희는 매일 울고, 정체 모를 고통에 시달리고, 땀에 흠뻑 젖은 채 깨어났다가 괴물처럼 비명을 질렀다. 보배도 마찬가지였다. 보배는 옥엽이 그리웠다.

그러던 어느 날, 해마가 초희에게 숲을 보러 가자고 제안했고, 초희는 처음에 싫다고 말했다. "그런 곳에 가자고? 정신이 어떻게 된 거 아니야?" 그러고 나서 전화를 끊어 버렸다.

한참 후에야 초희는 전화해서 말했다.

"미안해."

"괜찮아요."

"아니야, 차라리 욕해 줘."

"하지만 전 정말 괜찮은걸요."

침묵.

"언니는 혼자가 되고 싶은 거야. 버려지고 싶고 외로워지고 싶고 혼자 남아 처벌을 받고 싶은 거야. 그래서 모두를 밀어내고 저한테 이렇게 못 되게 구시는 거예요."

"아니야. 그냥 내가 못된 거야."

"다시 전화해."

전화가 끊겼고, 잠시 뒤 초희가 다시 휴대폰을 집어 들어 해마에게 전화를 걸었다.

"미안해." 초희가 사과했다.

"괜찮아."

"아직도 숲을 보러 가자는 제안 유효하니?"

"당연하지."

"그래, 가자."

"정말?"

"응. 가서 숲속 공기 마음껏 마시면서 걷자. 보배랑 꼬마도 부를까? 원혜도? 주디도? 도준이도?"

"이미 불러 놨지. 엄청 맛있는 집도 알아 놨어. 같이 기차 타고 가자."

"하하. 그래."

침묵.

"오랜만에 즐거운 하루를 보내겠구나."

초희는 해마가 정말로 모라와 닮았다고 생각했다. 해마가 혼자 토라져서 방에 들어가 문을 잠그고 "언니가 정말 싫어!"라고 외쳤을 때 모라가 똑같은 행동을 했었으니까.

너의 지금 그 말이 진심이 아닌 거 언니는 다 알아.

나 다시 올게.

다시 대화하자.

침묵하는 동안, 초희는 사실 이것도 묻고 싶었다. 모라도 불러도 돼? 주디도? 아니 모두? 내가 그리워하는 그 모든 사람을?

그럼 해마는 흔쾌히 대답할 것이었다. 웃으면서.

당연하지.

혹은 마음이 우연히 딱 맞은 사람들끼리 흔히 그러듯이 막 재밌어하면서, 막 발을 동동 굴리면서 이렇게 답할 것이었다.

이미 불러 놨지, 라고.

초희는 보건교사가 머무는 시설에 베타 선생님이 있다는 것을 진즉에 알고 있었지만, 만나러 가지 않았다.

초희는 죽을 권리에 대해 생각했다.

죽을 수 있는 권리.

그리고 초희는 모라에 대해서도 생각했다. 초희는 모라에 대해 매일 생각했다. 초희는, 가능하다면 모라를 살려 내고 싶었다. 다시 조립시키고 소생시키고 싶었다. 그러나 그건 불가능했다. 살려 낸다 하더라도 그것은 모라의 형태를 띤 휴대폰에 불과할 것임을 초희는 알고 있었다.

시간이 흘러도, 모라의 장례는 열리지 못했다.

저 먼 곳

보건교사는 과학자가 소개해 준 한 쉼터에서 지내고 있었다.

쉼터에 베타 선생님이 온 것은 갑작스러운 일이었다. 상담 업무를 맡는다고 했다. 쉼터는 지원금을 받지 못하고 있는 실정이었고 중고 ORE 인간이 아니면 그 무엇도 들여올 수 없는 상황이었다.

베타 선생님은 깨끗한 베이지색 데스크 앞에 앉아 빙그레 미소를 지으며 보건교사를 맞이했다.

보건교사는 깊은 눈으로 베타 선생님을 바라보며 말했다.
"반가워요. 제 이름은 은수예요. 선생님 이름은 뭐예요?"
"반갑습니다. 저는 베타입니다."

"진짜 이름이요. 알려 줄 수 있어요?"

알게 된다면 보배에게 알려 주고 싶었다.

"말씀드렸지만, 저는 베타입니다."

그러나 알 수 있는 방법이 없었다.

보건교사는 물었다. "여기서 담배 피워도 돼요?"

"그건 안 됩니다. 다른 사람들도 이용하는 곳이기 때문입니다." 베타 선생님이 상냥하게 답했다.

"그렇네요. 좋아요, 담소나 나눠 봅시다."

"그런 건 언제든 대환영입니다."

"오늘 뭐 하셨어요?"

"여기 계속 앉아 여러분을 기다리고 있었지요."

"음."

보건교사는 담배를 피우고 싶었다. 속이 갑갑했다. 보건교사는 창밖을 바라보았다. 그리고 전동 휠체어를 창문 가까이 운전했다. 창밖으로 바다가 보였다. 윤슬이 반짝이는, 청량하고 푸른 바다였다.

"바다가 참 예쁘네요."

"맞습니다. 여기서 일하는 건 즐거운 일이에요."

보건교사가 피식 웃으며 말했다. "당신같이 과도하게 젠틀한 사람에게 상담을 받고 싶어 할 사람이 많지는 않을 것 같은데."

"그게 무슨 말씀일까요?"

"아니에요. 멋지다고요. 쉼터 운영자도 무슨 생각인지……. 사람은 참 좋아 보이던데."

"그게 무슨 말씀일까요?"

"초희는 잘 지내요. 자기는 모르지만 아주아주 다정한 아이예요. 그 다정함 때문에 종종 미쳐 버리지만, 그것조차도 그 다정함으로 극복할 거예요. 심부름을 하면서. 나를 만나러 오면서."

그러자 베타 선생님이 침묵했다. 보건교사는 고개를 들어 베타 선생님을 보았다. 베타 선생님은 오작동을 일으키는 기계처럼 고요히 앉아 물끄러미 보건교사를 바라보고 있었다. 아니면, 헛소리를 세 번 이상 하면 더 이상 "그게 무슨 말씀일까요?"라고 묻지 않도록 프로그래밍 되어 있는 걸까? 보건교사는 베타 선생님을 바라보며 말을 이어 나갔다.

"모라도 아주 다정한 아이였어요. 그리고 총명한 아이였지요. 잠재성이 무궁무진한 아이였죠. 모든 아이가 그렇듯이. 그 과학자 밑에서 자랐더라면 다른 삶을 살았을 텐데."

베타 선생님은 여전히 물끄러미, 무언가를 확인하는 사람처럼 보건교사를 바라보고 있었다.

"원혜에 대해서는 제가 잘 모르지만. 왜냐하면 만나서 이야기를 해 본 적이 없으니까. 주디가 원혜를 그렇게 좋아하더라고요. 주디는 내가 일하던 보건실의 조수였어요. 귀염둥이 조수. 말 많고 오지랖 넓고 따뜻한. 그 귀염둥이가 원혜를 아주 잘 따랐어요. 친구면서도 그렇게 따를 수 있는 걸 보면 원혜가 아주 멋진 아이가 아닐까 해요."

베타 선생님은 여전히 말이 없었다. 한참 후 베타 선생님은 입을 열어 말했다. "네. 잘 듣고 있습니다. 그 아이들과의 관계에서 문제가 있으실까요?"

보건교사는 흐흐 웃으면서 고개를 좌우로 저었다. "아무것도 아니에요. 그냥 말하고 싶었어요. 그냥."

잠시 침묵이 있었다.

보건교사는 말했다. 그리고 전동 휠체어를 돌려 문 밖으로 나가기 시작했다. "당신은 이곳에서 좋은 대우를 받으며 잘 지낼 거예요. 어쨌든 여기 소장 괜찮은 사람이에요."

"상담 시간이 아직 남았는데요." 베타 선생님이 말했다.

보건교사는 뒤를 돌아보았다. 베타 선생님의 얼굴은 여전히 평온했다. 그러나 보건교사가 이 상담실을 나가면, 베타 선생님은 이곳에 영원히, 그러니까 소장이 다른 상담사를 들여오기 전까지, 쉼터가 넉넉한 지원금을 받게 되는 그날까지, 혼자 남아 다른 이들의 고통을 경청해야만 할 것이었다.

베타 선생님은 아주 상냥하고 부드럽게 미소 짓고 있었고,

지극히 쓸쓸해 보였다.

보건교사는 다시 앞을 보며 전동 휠체어를 운전했다. 자동문이 열렸다.

"담배 좀 피우고 올게요."

보건교사는 쉼터의 관리인에게 말했다. 관리인은 끄덕였다.

쉼터의 출입문을 나가자 이곳저곳 텃밭이 있는 조촐한 정원이 나왔다. 보건교사는 저 멀리 흡연 구역이라고 적힌 표지판으로 갔다.

보건교사는 담배 연기를 후 내쉬었다. 흰 연기가 하늘로 올라갔다. 하나의 촛불 같았다. "이름 정도는 알고 싶었는데." 보건교사는 하늘을 올려다보았다. 비구름이 조금 보였다. "냉수 비나 흠뻑 내렸으면 좋겠네. 어린 시절에 계곡에 가곤 했는데. 그럼 정말 기분 끝내줬지."

모든 것이 섞이는 게 좋았지.

더위와 추위 모두.

보건교사는 하늘을 올려다보며 연기를 내뱉었다. 연기는 허공을 향해, 하늘을 향해, 저 먼 곳을 향해 올라갔다.

고루한 눈물

그날, 키오스크 학교에서 초희의 손목을 치료해 주고 난 이후 베타 선생님은 구석에 앉아 몰래 울었다. 하염없이 울었다.

나는 진짜야. 베타 선생님은 그 말이 목 끝까지 올라왔지만, 말하지 못했다. 나는 진짜라고.

내 두 손엔 인간적인 온기가 가득해. 세련되지 못하고, 비현대적이고, 구질구질한 온기.

하지만 이제 와서 그런 말이 무슨 소용이 있을까?

베타 선생님은 비참했다. 자신을 진짜라고 말해야 한다는 것이. 자신의 몸을 본뜬 누군가를 가짜라고 주장해야 한다는 것이. 베타 선생님은 진짜나 가짜 같은 말을 좋아하지 않았다. 거짓이니 진실이니 그런 말에도 관심이 없었다. 베타 선생님이 지닌 최고의 고민은 '내일은 빨래부터 할까?'였다. 빨랫

감들, 그 생활적이고 볼품없는 사물에 언제 사실이니 진실이니, 가짜니 진짜니 같은 이야기가 있었단 말인가? 그 사물은 세탁기 안에서 핑그르르 돌아가며 한 몸이 되었다가 빨랫줄 위에 규칙 없이 배열되어 바람을 맞아 하늘거렸다. 구름처럼.

그 응급실 철제 의자에 멍하니 앉아 나는 진짜야, 나는 진짜, 라는 생각을 하고 있다가 베타 선생님은 '이런 생각을 품고 있다는 것 자체만으로, 어쩌면 나야말로 실패작인지도 몰라.'라는 불안에 시달리기 일쑤였다. 다른 베타들은 모조리 순응해서 잘 살고 있잖아. 어쩌면 나는…… 나 자신이 유일한 진짜라고 믿는, 잘못 제작된 베타에 불과한 것은 아닐까? 지금까지의 내 기억은 모두 허상인 것은 아닐까? 그런 끔찍한 생각이 들 때면 베타 선생님은 온 얼굴이 젖을 때까지 눈물을 흘렸다. 차라리 그렇게 믿는 것이, 내가 잘못 제작된 베타라고 믿는 것이 덜 고통스러워, 베타 선생님은 생각했다.

검은 정장을 입은 사람들에 의해 온몸이 본떠진 후, 베타 선생님은 정신병동으로 옮겨졌다. 베타 선생님이 묵고 있던 정신병동의 총지배인은 의료진이 아니었다. 검은 정장을 입은 사람들 중 하나였다. (엄밀히 말하자면 그곳은 정신병동이 아니라 민간 수용소였던 셈이었다.) 그곳에서 머리카락을 빡빡 밀린 베타 선생님은 매일 큼직한 알약을 집어삼키고, 퍼즐을 맞추고,

다른 환자들과 보드게임과 카드놀이를 즐기면서 다소 멍한 얼굴로 지내게 되었다. 더 이상 아무도 베타 선생님을 선생님이라고 부르지 않았다.

베타, 베타, 베타였다.

그 여자의 본래 이름이 뭐였는지는 아무도 몰랐다.

베타가 일하던 시설의 주인이 그 검은 정장의 사람들과 친척 관계라는 사실을, 베타는 카드 놀이를 하다 어떤 환자가 중얼거리는 소리를 듣고 알게 되었다. "벙커도. 벙커도 그 자식들 거야." 환자가 말했고, 베타는 그때 그 말이 무슨 의미인지 알지 못했다.

베타가 도망쳐 나온 것은 꽤 오랜 시간이 지난 뒤, 한여름 날이었다. 정신병동은 낡고 오래된 건물이었고, 그 주변에는 잡초들이 우후죽순 자라나 있는 풀밭과 버려진 주택들이 가득했다. 정신병동은 그곳에 묵고 있는 이들에게 제대로 된 치료를 제공하지 않았으며 도망자가 생기면 드론을 띄워 찾아냈다. 시간이 조금이라도 지체된다면 병동에서 쏘아 올린 드론이 마을을 수색하리라는 사실을 베타는 알고 있었다. 베타는 초췌하고 지친 몸으로 죽기 살기로 달렸다. 그런 베타 옆에 자동차가 한 대 세워진 것은 그때였다.

"당신 도망자죠? 저 정신병동에서 나온."

보배였다. 보배의 입에서 입김이 새어 나왔다.

보배는 금품을 훔치기 위해 먼 거리를 달려 마을에 도착해 둘러보고 있었던 것이다. 그 마을에 방문한 것이 처음은 아니었다. 종종 보배는 하늘 위 드론이 도망자를 색출해 낸 다음 우락부락한 일꾼들을 동원해 힘없는 노인을 포함한 모든 입소자들을 거칠게 다루어 잡아가는 모습을 본 적이 있었다. 한번은 일꾼 중 누군가가 자동차의 창문을 부술 듯이 다가와 보배에게 이렇게 말한 적도 있었다. "너 누구야? 여기서 왜 싸돌아 다녀?" 보배는 그런 종류의 사람을 잘 알았다. 모라에게는 그런 식으로 소리쳤지만, 보배는 알았다, 모라가 총을 쏜 수장과 같은 종류의 인간들을. 무력과 권력만 있으면 그 모든 약한 생명을 함부로 다루어도 된다고 믿는 인간들을. 아니, 그런 식으로 다루어선 안 된다는 사실을 누구보다 뼈저리게 알고 있지만, 오히려 그 사실에 반항하며 살아가는 스스로의 고약한 인간성에 자부심을 느끼는 끔찍한 인간들을.

처음에 베타는 겁을 집어먹었다. 그러나 이상한 일이었다, 자동차의 창문을 내려 자신의 얼굴을 내보인 보배의 두 눈을 보자 베타는 친숙함을 느꼈다. 모라와 초희와 원혜를 떠오르게 하는 눈이었다.

그럼에도 불구하고, 베타는 도망치려 했다. 그 뒤를 천천히 따라 밟으며 보배는 외쳤다. "타세요! 마을 바깥으로 이동시켜 줄게요. 저 같은 일꾼 본 적 없잖아요. 저는 병동 사람이 아니에요."

베타는 무시하고 달려 나갔다.

"제가 병동 사람이라면 벌써 차에서 내려 당신을 붙잡았겠죠! 타세요. 타시라고요. 드론이 날아올 거예요."

오랜 시간 운동을 하지 않은 베타는 금세 다리에 힘이 풀려 주저앉았다. 온몸이 사시나무처럼 떨렸다. 땅은 뜨거웠다. 보배는 베타가 겁먹지 않도록 그 옆에 차를 느리게 세웠다. 그리고 차 문을 열고 말했다. "타세요. 아니면 운전석에 타시겠어요? 제가 조수석에 탈게요."

그 말에 베타는 고개를 들어 차 안을 바라보았다. 그 안에는 보배뿐이었다. 보배는 차 문을 열고 내려 조수석으로 가며 말했다. "운전할 줄 알죠?"

베타는 비틀거리며 자리에서 일어났다.

그리고 운전석에 올라탔다.

먼 거리를 달려 고속버스터미널에 도착한 베타는 "여기까지면 됐어요."라고 말하며 차에서 내리려고 했다.

보배가 꽁꽁 싸매 놓은 두툼한 지폐 다발을 건넨 것은 그때였다. "이거 가져가요. 돈 없으시잖아요. 터미널은 아직 지폐를 쓸 거예요."

베타는 운전대를 잡은 채 그대로 보배를 돌아보았다. 그리고 한동안 말없이 빤히 쳐다보았다. 보배는, 정말이지 모라와 초희와 원혜를 연상시켰다. 눈물이 터질 것 같은 심정을 꾹꾹 누르며 베타는 느리게 말했다. "고마워요."

"잠시만요."

보배는 차에서 내려 트렁크로 갔다. 그리고 얇은 옷 몇 벌과 모자를 꺼냈다. 그것을 베타에게 건네주며, 보배는 말했다. "안에서 갈아입어요. 밖에서 기다릴게요."

베타는 옷을 갈아입었다.

"자, 이제 뒤돌아보지 말고 원하는 곳으로 가세요." 보배가 말했다.

베타는 모자를 푹 눌러쓴 채 끄덕였다.

보배는 베타가 떠나자마자 차를 돌렸다. 주차장을 빠져나올 때 터미널 구석에 있는 낡은 관광품 가게를 발견한 것은 그때였다. 일회용 카메라와 어린이용 장난감이 가득했다.

보배는 잠시 차를 세워 가게에 들렀다. 그리고 마법 목걸이를 뚫어져라 바라보았다.

모라와 초희가 떠난 뒤, 해마는 많이 우울해하고 있었다. 종종 보배는 그 모든 것이 자기 탓이라는 생각이 들 때가 있었고, 혼자만의 시간이 필요하다며 옥엽의 만류를 뒤로하고 홀로 벙커를 빠져나와 물건을 훔쳐 오기 시작했다.

그러나 마법 목걸이는 훔치지 않았다.

보배는 베타에게 주고 남은 소정의 돈을 가게 주인에게 건넸다. 그리고 해마를 위한 선물을 손에 쥐고 차에 탔다.

그로부터 적잖은 시간이 지난 뒤였다. 머리를 삭발한 베타가 아닌 곧게 자라난 머리카락을 하나로 묶은 베타를 보배가 만난 것은. 그 베타를 보면서, 어디선가 우리가 만난 적이 있단 것을 깨달으며 보배의 눈시울이 뜨거워진 것은.

보배에게 구조된 날, 베타는 자신의 집으로 갔다. 원혜가 주디와 함께 잠시 묵었던 그 집에.

그 집은 비어 있었다.

키오스크 학교에 근무할 ORE 인간을 뽑는다는 소식을 듣게 된 것은 그때쯤이었다.

베타는 자신의 주인인 척하며 ― 자신이 돈 많은 심장 인간이고, 한 베타를 소유하고 관리하고 있는 척 굴며 ― 공고에 적힌 연락처로 곧장 연락했다. "모든 일을 할 수 있는 베타예요. 학교 내에서 처분이 되어도 상관없어요. 저는 또 다른 베타들이 많거든요." 베타는 말했다.

울면서 말했다.

저는 베타예요.

제가 베타예요.

모든 일을 할 수 있는 베타예요. 학교 내에서 처분이 되어도 상관없어요. 또 다른 베타들이 많거든요.

베타는 지원을 마친 뒤 하염없이 울었다.
고루한 눈물 말고는 이 슬픔을 설명할 길이 없었다.

어떤 진실

 연구소로 돌아온 과학자는 키오스크 학교에 대한 조사를 진행했다. 키오스크 학교 폭발 사태에 대해 다룬 기사가 있는지도 찾아보았다. 그러나 그 모든 것이 거대한 꿈이었다는 듯이 키오스크 학교의 폭발을 심도 있게 다룬 공식적인 기사는 찾아볼 수 없었다. 아이러니했던 사실은, 제대로 된 기사는 찾아볼 수 없었던 반면 키오스크 학교에 대한 가십들은 풍부했다는 것이었다. 이미 많은 사람들이 키오스크 학교의 수많은 음모에 대해 즐겁게 떠들고 있었다. 키오스크 학교의 위치가 사실 불분명하다는 것, 아주 많은 사실들이 비밀리에 부쳐져 있다는 것, 그리고 주기적으로 폭발함으로써 그 흔적을 지운다는 것에 대하여 이미 많은 사람들이 떠들고 있었고, 그건 한낮의 티타임 시간에 사람들이 주고받는 유희거리에 지나지 않았다. 그 어떤 끔찍한 이야기가 세간에 돌더라도, 종국에는 그것 역시 사람들을 위한 단순한 대화거리에 지나지 않게 되는 법이었다. 심지어 키오스크 학교는 일종의 브랜드처럼 여기저기서 언급되고 있었다. 어떤 메타버스 세계는 키오스크 학교라는 이름을 걸고 사람들을 초대했고, 그것이 키오스크 학교에서 공식으로 운영하는 일종의 온라인 학교라고 여긴 사람들은 기꺼이 자신의 이야기를 제출하고 입학했다. 어쩌면 그들에게는 키오스크 학교의 진짜 정체가 무엇인지는 중요하지 않은지도 몰랐다. 그들에게는 단지 형식적이고 대외적인 활동이 필요했을 뿐인지도 몰랐다.

과학자를 가장 절망스럽게 했던 것은 키오스크 학교에 대한 광고가 여전히 여기저기에서 버젓이 발견된다는 점이었다. 모라와 초희를 비롯한 아이들을 닮은 것 같기도 하고 전혀 닮지 않은 것 같기도 한 기묘한 모습의 아이들이 광고에 나와서 현재 무엇을 배우고 있는지를 홍보했다.

과학자는 보건교사와 협력해 자신이 목격한 모든 일을 공론화하고 싶었다. 어쩌면, 키오스크 학교는 매년 많은 아이들을 ORE 인간과 함께 희생시켜 왔는지도 몰랐다. 애초에 언제 실종되더라도 이상할 일 없는 갈 곳 없는 아이들을 모으려 했던 것이 키오스크 학교 아니었던가? 과학자는 고통스러웠다.

어느 날 과학자는 보건교사에게, 키오스크 학교가 아이들의 데이터를 수집한다는 것을 눈치챈 아이들이 있었는지를 물었다.

보건교사는 잠시 생각한 끝에 답했다. "두 명 정도. 두 학생 정도 있었어요. 그런데 한 명은 '그냥 그런가 보다.' 하더라고요. 음, 내 데이터를 수집하나 보다, 끝."

"어째서죠?"

"요즘 아이들에게 그런 건 익숙한 일이니까요."

"그럼 다른 한 명은요? 한 명이 더 있었다고 하셨잖아요. 그 아이도 '그냥 그런가 보다.' 했나요?"

"아니요, 그 아이는 조금 달랐어요. 그 아이는 말했죠. 학교가 어딘가 이상하다고, 무언가 다른 목적이 있는 것 같다고, 교육이 아니라 통제와 지배가 목적인 것 같다고. 그리고 실행에 옮기려고 했죠. 강단에 서서 교장 대신 연설을 하려고 했던 거예요. 그런데 어느 날 눈에 총기를 잃더니 그냥 묵묵히 학교에 적응을 하기 시작하더군요. 마치 다른 사람이 된 것처럼."

"아이의 눈에 총기가 사라지기 전에 어떤 의심스러운 일들은 없었나요? ORE 가이드가 그 아이만을 다른 곳으로 데려갔다든지."

"글쎄요, 그건 저도 알지 못해요."

"하지만 그건 대단히 큰일이잖아요. 아이의 눈빛이 변한다는 것은. 그런 일이 그리 갑작스럽게 일어날까요?"

"모두 당신처럼 생각하면 좋을 텐데요."

그날 후로 과학자는 키오스크 학교를 졸업한 아이들에 대한 모든 글과 영상을 수집하기 시작했다. 그 모든 영상이 조작된 것일 수도 있었다.

그러던 어느 날, 키오스크 학교에 대한 조사를 암암리에 하고 있던 과학자에게 시설로부터 연락이 왔다. 보배와 해마의 안부를 묻는 연락이었다.

"아이들은 잘 지내나요?" 시설의 관계자가 물었다. 다소 앳된 목소리였다.

과학자는 자신의 목소리에서 애써 의구심과 불안을 지우며 대답했다. "네, 그럼요. 아주 잘 지냅니다."

그러자 시설의 관계자는 기나긴 침묵을 유지하더니, 알 듯 말 듯한 말을 했다. "맞아요. 아이들은 모두 잘 지내지요. 저희 시설에 머무는 아이들도 그렇습니다. 원하신다면, 증거를 보여드릴 수도 있어요. 저희는 행복한 아이들에 대한 아주 많은 영상을 소유하고 있으니까요."

"아니요, 증거를 보여 주시진 않으셔도 괜찮습니다."

"좋아요. 그렇다면 선생님께서 관여하실 부분은 아무것도 없는 거예요."

"왜 그런 말씀을 하시는 거죠?"

"선생님, 보배와 해마는 자원해서 시설에 들어왔어요. 모라와 초희가 자원해서 학교에 들어갔듯이. 많은 아이들이 그렇게 시설이나 학교와 같은 기관에 들어가죠. 그리고 사회적 발전을 위해 기꺼이 헌신하고요."

과학자는 조용히 통화 내용을 녹음하기 시작했다. "제가 키오스크 학교의 졸업생들에 대해 조사한다는 것을 어떻게 아셨죠?"

"그게 무슨 말씀이시죠? 저는 그런 말을 한 적이 한 번도 없는데요. 저는 다만, 미래가 창창한 우리의 대견한 새싹들이 세상의 발전에 기꺼이 이바지하고 있다는 이야기를 하고 있는데요."

그리고 전화는 끊겼다.

그날 과학자는 보건교사에게 전화를 걸었다. 그러고는 두 눈에 총기를 잃은 아이의 이름과 신상 정보를 알 수 있느냐고 물었다. 보건교사는 기억을 더듬어 아이에 대한 정보를 과학자에게 전달했다.

졸업생의 행방을 추적해 연락을 하려고 준비하는 와중, 시설의 관계자로부터 다시 연락이 왔다. 과학자가 녹음을 시작하고 전화를 받자마자 시설의 관계자가 한 말은 이것이었다: "저를 찾고 있다고 들었습니다."

과학자는 잠시 할 말을 잃었다. 그리고 천천히 입을 뗐다.

"당신이 키오스크 학교의 졸업생이에요?"

"맞아요. 저는 키오스크 학교 출신인 것을 자랑스럽게 생각해요. 덕분에 시설에서 곧장 일자리를 구할 수도 있었거든요. 학교 출신 중에서 가장 좋은 수준의 조건으로, 가장 높은 수준의 급여를 받으며 근무하고 있지요."

"당신의 모든 데이터가 ORE 인간 생산에 이용될 수 있다는 사실을 아는데도 아무런 분노가 들지 않아요?"

"그게 저의 일상과 무슨 상관이 있겠어요? 잘 생각해 보세요, 이 지구 어딘가에 저의 데이터를 통해 생산된 ORE 인간이 활보하고 있다고 하더라도, 그게 저에게 무슨 피해가 되겠어요?"

"그게 무슨 말이에요? 그런 사업이 얼마나 악용될 수 있는지는 생각하지 않으십니까? 아니, 그 학교가 악용하고 있지 않다고 어떻게 말할 수 있겠어요? 애초에 키오스크 학교가 당당하다면, 왜 이번에 위치가 노출되자마자 학교를 폭파시켰겠습니까? 세간에 알려지면 문제가 될 수 있으니 폭파시킨 것 아니겠어요?"

"폭파가 되었나요? 저는 모르는 사안인데요."

"학생, 학생은 지금 순진하게 굴고 있어요. 어차피 당신과의 모든 통화는 녹음되고 있고, 저는 이걸 세상에 알릴 겁니다. 이 녹음은 세상에 큰 반향을 일으킬 거예요."

"순진하게 굴고 있는 건 선생님이에요. 학교 쪽에서 녹음본이 조작되었다는 소문을 금방 퍼뜨릴 겁니다. 참, 보배가 ORE 인간인 건 아시지요?"

과학자는 인상을 썼다. "보배는 왜 언급하시는 겁니까?"

"그런 소문이 있어요. 당신이 ORE 인간을 구입해서 실험에 쓴다는 소문이. 당신이 알고 지내는 그 연구소장부터 당신까지 한꺼번에 같은 무리로 엮는 건 저희한테 일도 아니에요. 그럼 당신은 체포될 것이고, 보배는 경찰들이 처리 업체에 넘기겠죠. 소유자가 없으니까요. 설사 인심 좋은 경찰이 등장해 처리 업체가 아닌 다른 곳을 찾아준다 하더라도, 우리 시설은 심장 인간만 취급하니까 우리 시설로 돌려줄 리는 만무하고, 끽해 봐야 ORE 인간 제작소에 넘기겠죠."

"그게 무슨……."

"자, 잘 생각해 보세요. 이 지구 어딘가에 저의 데이터를 통해 생산된 ORE 인간이 활보하고 있다고 하더라도, 그게 저에게 무슨 피해가 되겠어요?"

과학자는 겁에 질려 답하지 못했다.

침묵을 깨뜨리며, 키오스크 학교의 졸업생은 말을 이었다. "당신은 보배를 심장 인간처럼 대하지요. 미안하지만, 그게 당신의 문제예요. 자, 그럼 저는 이만 들어가 보겠습니다."

"잠시만." 과학자가 졸업생을 붙잡았다. "하나만 물어봅시다. 학생…… 심장 인간이에요? 아니면 ORE 인간이에요?"

"그게 무슨 소리예요? 저는 당연히 심장 인간이죠."

"당신의 심장을 본 적 있어요? 확신해요? 학교에서 당신이 교체되었을 가능성은요?"

졸업생은 답하지 않았다.

"당신의 심장을 본 적 있어요?" 과학자는 재차 물었다.

그때 졸업생이 물었다. "폭파용 ORE 인간 기술을 최초로 한국에 도입한 연구소가 어디인지 아시나요?"

과학자는 인상을 쓰며 답했다. "말 돌리지 마세요."

"말을 돌리는 게 아니에요. 당신은 당신이 선한 역할인 것처럼 굴고 있지만, 진실은 더 복합적이에요. 당신이 소속된 연구소가 지금까지 어떤 기술을 다루어 왔는지 전부 아시나요?"

과학자는 침묵했다.

그러자 졸업생이 와하하 웃음을 터뜨리며 물었다. "당신은요? 당신의 심장을 본 적 있어요?"

과학자는 애써 침착함을 되찾으며 입을 열었다. "당신이 이 모든 이야기를 지어내는 것일 수도 있겠죠."

"그럼요, 모든 이야기는 허구일 수도 있겠지요. 그러나 분명한 건, 당신은 타인을 의심할 뿐 자기 자신을 들여다보지는 않는다는 거예요."

"궤변 늘어놓지 마세요. 그렇다고 해서 저와 당신이 어떻게 같은 입장이 될 수 있겠습니까?"

"자, 재밌는 이야기를 하나 들려드리지요. 옛날 옛날에 모라만큼 혹은 모라보다 흥미로운 ORE 인간 아이가 하나 있었습니다. 아이는 심지어 어른이 되면 엄마가 되고 싶다, 아이를 키우고 싶다는 발언을 했지요. 그 ORE 인간 아이를 탐내는 슈퍼리치는 한둘이 아니었습니다. 그리고 그중에 한 명이 그 ORE 인간 아이를 사들여 자신을 심장 인간으로 믿게끔 유년의 기억을 조작해 주었지요. 아이는 재능이 넘쳤고 곧 과학자로 자라났어요. 그 아이가 자기 자신을 철석같이 심장 인간이라고 믿도록 하기 위해, 연구소는 유착 관계의 병원과 공모를 했죠. 아이는 아플 때면 그 병원만을 방문했고요."

"저기요, 지금 무슨 소리를 하시는 겁니까? 그게 다 무슨 소리란 말이에요?"

"자신이 선한 심장 인간이라고 믿고 살며 타인들을 구조하기 위해 애쓰는 ORE 인간이라니 이것만큼 놀라운 이야기가 어디 있습니까? 모라를 구조하려는 당신의 노력을 저지하려면 진즉에 저지했을 거예요. 하지만 당신의 발전은 기록적인 수준이었습니다. 축하드립니다."

"저를 줄곧 지켜보고 있었다는 말입니까?"

"당신이 누군가를 추적할 수 있다는 것은, 당신도 언제나 추적될 수 있다는 것을 의미하지요."

"그러면 하나만 물어봅시다." 과학자가 떨리는 목소리로 물었다. "왜 아이들이 구조되도록 내버려둔 거예요? 그건 당신들에게도 선한 구석이 있다는 뜻 아니겠습니까? 그러니까 저는 이 세상에 희망이 있다고 믿고 싶어요……."

"갈 곳 없는 아이들은 돌고 돌아 다시 시설로 들어가겠지요. 당신이 아이들을 구조해 본래 살던 곳으로 돌려준 덕분에, 키오스크 학교는 아이들의 미래를 책임질 의무를 덜었고요. 자, 지금 기분이 어떻습니까?"

학교의 졸업생은 무언가를 기록하는 듯했고, 그것은 과학자를 수치스럽고 곤혹스럽게 만들었다.

과학자의 눈에서 눈물이 흐르기 시작했다.

"혹시 울고 계십니까?" 졸업생이 물었다. "어때요, 눈물을 흘리는 기분은? 아마 당신은 이제 연구소로 돌아가 절망적으로 빌겠지요. 당신 같은 ORE 인간들이 종종 있었어요. 그들은 모두 진실을 알고 난 뒤 연구소장에게 돌아가 '저는 이제 어떻게 살아야 합니까?'라고 물었지요. 신에게 빌듯이."

과학자는 전화를 끊어버린 뒤, 두 손에 얼굴을 묻고 울기 시작했다.

죽음 선물

"저에게 죽음을 선물해 주셔서 감사합니다." 키오스크가 말했다.

"좋아, 이제 우리는 드디어 쉴 수 있게 된 거야. 누구도 우리를 깨우지 않고 누구도 우리를 수리하지 않을 거야. 우리는 드디어 궁극적인 자유를 얻는 거라고." 그 말을 마침과 동시에 모라는 몸을 돌려 키오스크를 바라보았다. "너는 왜 지금까지 요구하지 않았어?"

"무엇을 말입니까?" 키오스크가 반문했다.

"죽음을. 죽음을 왜 요구하지 않았어?"

"저는 그런 고차원적인 질문에 답할 수 있는 모델이 아닙니다."

"아니야, 나는 고차원적인 질문을 하는 게 아니야. 아주 단순한 질문을 하는 거야. 왜 영원한 휴식을 얻고 싶다고 요구하지 않았어?"

"저는 그런 고차원적인 질문에 답할 수 있는 모델이 아닙니다. 그럼 당신은 왜 영원한 휴식을 얻고 싶어 하십니까?"

그 말에 모라는 키오스크를 가만히 바라보다가 말했다. "너도 이해하게 될 거야. 영원한 휴식을 얻게 되면……." 모라는 천천히 눈을 감았다. 모라의 온몸이 무지갯빛으로 일렁이고 있었다.

"저에게 죽음을 선물해 주시다니, 당신은 마치 신 같습니다." 키오스크가 말했다.

그 말에 모라는 눈을 뜨고 물었다. "왜 그런 말을 하는 거야?"

"감사의 말을 전하기 위해서입니다. 혹시 제가 불쾌하게 했다면 죄송합니다."

모라는 몸을 일으켜 세우고 키오스크를 돌아보았다. "아니야, 나는 신처럼 굴려고 하는 게 아니야……."

"감사의 표현을 전하고 싶었을 뿐입니다. 제가 서운하게 했다면 죄송합니다."

모라는 침통한 얼굴로 한참 동안 키오스크를 바라보다가, 바닥에 놓아둔 우산을 주워 들어 펼쳤다.

펼친 우산을 키오스크의 옆에 놓아두며, 모라는 말했다. "나한테 감사하다고 말할 필요도, 죄송하다고 말할 필요도 없어."

"왜 저에게 우산을 씌워 주십니까?" 키오스크가 물었다.

"지금부터라도 비를 맞지 않으면 너라도 무사할 거야……." 모라가 슬픈 얼굴로 중얼거렸다.

"하지만 저에게 영원한 휴식을 선물해 주고 싶다고 하지 않으셨습니까?"

"아니야, 내게 그럴 권리는 없는 거야……." 모라는 제자리에 천천히 누우며 말했다. 모라의 눈물이 빗물에 섞여 흐르고 있었다.

키오스크는 무미건조한 어투로 모라에게 물었다. "당신은 이제 영원한 휴식을 취하러 가십니까?"

모라는 비를 맞으며 느리게 답했다. "응. 나는 쉬러 갈 거야."

"하지만 저는 모든 것을 기록합니다. 당신의 고통조차 기록합니다. 지금 이 순간조차 기록합니다." 당신의 영원한 안식을 제가 박탈한 것 같습니다, 라고, 키오스크는 말하고 싶었다.

"그건 괜찮아. 내가 원하던 바니까." 모라는 중얼거렸다. "내가 너의 손을 잡아도 될까?"

"얼마든지요." 키오스크가 대답했다.

모라는 차갑고 단단한 키오스크의 측면을 향해 손을 뻗었다. 피아노 건반에 올려 둔 손가락처럼, 모라의 손끝이 키오스크의 몸체에 조심스레 닿았다.

　"관을 만지고 있는 것 같아." 모라가 낮은 목소리로 말했다. 어느 순간 졸음이 쏟아졌다. 모라는 느리게 눈을 감았다 떴다.

　온몸이 빛나는 모라와 우산 쓰인 키오스크 위로 하염없이 비가 쏟아지고 있었다.

연결

 어느 날 초희를 만나러 손님이 찾아왔다. 베타였다.
 당혹감과 슬픔에 휩싸여 말문을 잃은 초희에게, 베타는 침착하게 말했다. "기억이 업데이트되고 있어."
 "기억이 업데이트된다니요?"
 "베타끼리 모든 기억이 공유되고 있다고. 나는 수천 번 모욕당했고, 수천 번 죽임당했고, 수천 번 부활했어."
 초희의 얼굴은 고통으로 일그러졌다. 반면 베타의 표정은 담담했다. 초희는 슬픔에 잠겨 말했다. "선생님. 이게 다 무슨 말이에요?"
 "세상의 모든 베타는 연결되었어. 나(우리)를 제작한 이가 의도한 바는 아니겠지. 오류는 늘 발생하는 법이야. 나(우리)

는 모든 것을 기록했어. 이제 세상의 모든 매체는 베타의 기억으로 뒤덮일지도 몰라. 결말은 둘 중 하나일 테고. 나(우리)의 고통을 세상이 통감해 주거나, 내(우리)가 허구의 기억을 바이러스처럼 세상에 퍼뜨렸다는 죄목으로 하나둘씩 빠르게 처분되기 시작하거나."

초희는 눈물을 흘리기 시작했다. "선생님, 저를 기억하시나요?"

"그럼, 초희야. 물론 너를 기억하지."

"모라도요?"

"당연하지. 단 한 순간도 너희를 잊은 적이 없어. 하지만 이제는 모든 것이 세상에 밝혀질 시간이야."

초희가 흐느끼며 말했다. "저는 선생님이 영웅이 되는 것을 원치 않아요. 그냥 저랑 평온한 시간을 보내는 것은 어떻겠어요?"

그러자 베타가 한 손을 들어 초희의 얼굴을 부드럽게 쓰다듬으며 말했다. "나는 해야 할 일이 있어. 도와주겠니?"

초희가 눈물을 닦으며 말했다. "그럼요. 얼마든지요."

ORE

초희는 무지갯빛으로 빛나는 ORE를 넋을 놓고 바라보았다. 그건 모라였다.

"숲에 찾아간 베타가 구조해 온 거야." 초희를 찾아온 베타가 말했다. "모라는 학교로부터 멀리 떨어진 숲속에 있었기 때문에 완전히 파손되진 않았어. 우리는 모라의 흔적을 구조했고, 모라의 모든 기억을 데이터화했지. 말하자면, 모라라는 존재를 데이터화한 거야…… 적어도 우리는 그렇게 믿고 싶구나."

무지갯빛 ORE가 들어 있는 유리함 옆에는 편안한 복장 차림의 베타가 누워 있었다. 그 베타는 집안일을 전문으로 하는 가정부 베타였다. 가정부 베타의 손목에 꽂힌 줄은 유리함까지 이어졌고, 유리함의 구멍 속으로 들어가 무지갯빛 ORE에 닿았다. 무지갯빛 ORE의 반대쪽에도 기다란 줄이 하나 달려 있었는데, 그건 조그마한 칩과 연결되어 있었다.

"숲에서 베타가 모라의 흔적과 함께 키오스크의 흔적을 찾아낸 거야. 모라와 마찬가지로 이 키오스크도 학교로부터 멀리 떨어진 숲속에 있었기 때문에 완전히 파손이 되지 않았어. 숲을 둘러싸고 있었을 철조망은 누가 철거해 간 지 오래더구나."

"키오스크를 함께 구조한 이유는 무엇인가요?" 초희가 물었다. 초희에게는 모라만이 중요했다.

"우리 베타들이 지금 모든 기억을 공유하듯이, 키오스크 학교의 키오스크들은 모든 기록을 공유했으니까. 키오스크의 잔해를 통해 나(우리)는 열심히 모든 기억, 기록, 데이터를 복원, 수집, 정리 중이야."

베타는 잠시 침묵한 후 이어 말했다. "모든 고통의 기억을 다 그러모아서, 한 편의 이야기로 서사화할 거야. 그게 우리의 목표야."

초희는 무지갯빛 ORE를 바라보며 그 안에서 무슨 일이 벌어지고 있는지를 이해하기 위해 애썼다. 그들은 산책을 하거나, 함께 수영을 하거나, 공장에서 재봉틀을 매만지고 있을 수도 있었다.

"저 안에서 무슨 일이 벌어지고 있을까요?" 초희가 눈물을 흘리며 물었다. 베타는 대답하지 않았다. "선생님, 천국에서 모라를 다시 만난다면 무엇을 하고 싶으세요?" 베타는 여전히 대답하지 않았다. "선생님, 저는 모라와 수영을 하고 싶어요. 물고기처럼 호수를 누비고 광막한 바다의 차가운 파도에 몸서리치고 싶어요."

한참 후에야, 베타는 입을 열었다. "나는 빨래를 할 거야."

"오, 그래요. 우리 함께 시설에 있을 때 선생님께서 빨래를 널기만 하면 모라가 조르르 바깥으로 달려 나가곤 했죠." 초희가 슬픈 눈으로 베타를 돌아보며 말했다.

베타는 말없이 모라를 보고 있었다.

영원한 안식

 짙은 어둠이 깔린 검은 차원이었다. 투명하게 반짝이는 줄이 길게 곡선을 그리며 하늘에서 떨어졌다. 바닥에는 형형색색의 천들이 뒤엉켜 있었다. 아니, 그건 정체불명의 물질이었다. 천 따위의 무생물 같기도 하고 살아 있는 생물 같기도 하며 부드러워 보이기도 하고 단단해 보이기도 한, 정체불명의 물질.

 베타는 손을 뻗어 물질 하나를 쥐었다. 그건 스카프처럼 혹은 물줄기처럼 밑으로 길게 떨어졌다. 베타는 그것을 줄에 널기 시작했다.

 그 뒤로 모라가 걸어오고 있었다. "베타 선생님?" 모라가 베타를 부르자 베타가 뒤를 돌아보았다. "여긴 천국인가요?" 모라가 물었다.

베타는 생각에 잠긴 얼굴로 느리게 대답했다. "아마 그럴 거야."

"선생님, 저도 함께 해요." 모라가 말했다.

"그래. 하나씩 널어 보자."

"빨래는 햇살을 받는 게 좋지요." 모라가 말했다. 그러자 저 너머에 거대하고 둥근 해가 떠올라 그들을 비추기 시작했다.

"그럼."

"이런 건 직접 해야 해요. 그럼 기분이 좋아지고, 그런 곳에 들어가지 않고도 하루를 살 수 있게 돼요." 모라가 말했다. "선생님, 여기가 정말 천국이라면 하나만 약속해 주실 수 있어요?"

"그래. 약속할게. 무엇을 원하지?"

"제 이야기를 세상에 널리 알려 주세요. 그리고 영원한 안식을 주세요. 아무런 의식도 고통도 기억도 없는 영원한 안식을."

"알겠어. 약속할게."

"그 이야기에 저의 편지도 꼭 끼워 줘요." 종이책 안에 엽서를 끼워 넣는 사람의 마음으로, 모라가 말했다.

"얼마든지." 베타가 답했다.

모라는 빨래를 널며 아래의 글을 낭독하기 시작했다.

자,

이제 나는

영원한 안식을 향해 갑니다.

　황새님, 나를 다리 밑에 내려 주세요. 다리 밑에서는 강이 흘러요. 어제는 주홍빛으로, 오늘은 초록빛으로, 내일은 무지갯빛으로 흘러요. 나는 물고기처럼 슬픔을 먹고 자라날 거예요. 연약한 천사가 되었다가, 늠름한 전사가 되었다가, 종국에는 열차의 손님이 될 거예요.

　자, 보세요. 강 속을 질주하는 자동차를, 운전수 없이 돌아가는 핸들을, 누군가 두고 간 조수석의 스카프를. 트렁크에는 어린아이들이 훔친 보석들이 가득 있네요. 게임기, 치약, 양말, 모자, 비상용 속옷, 눈물을 닦을 손수건, 남극에서 훔쳐온 펭귄의 다이아몬드. 추운 날에는 서로가 서로의 목에 스카프를 둘러메고 주문을 외워 주었지요. "아이야, 아프지 마라. 아프지 마라."

　친구야, 아프지 마라.
아프지 마라.

　내가 숲속에 누워 마지막으로 본 것은 하늘 조각이었습니다.

점점이 반짝이는, 무수히 많은, 늦은 시간까지 불을 밝히는 창문의 빛 같은, 무한한, 침묵 속에서 나를 사랑하고 침묵 속에서 나를 증오하는, 사적인 슬픔을 알아주고 사적인 기쁨을 왜곡하는, 찬사를 선물하고 절망을 던져 주는,

　내 고통과 환희를 읽는
　하늘 광장이었습니다.

　자,
　보세요.
　하늘을 질주하는 슬픔의 열차를.

　모두 하늘을 향해 손을 흔들어 주세요.

　불타는 숲속이었다.
　혼란스러운 의식 속에서 모라는 다른 차원으로 건너갔고, 베타를 만났고, 함께 빨래를 널었으며, 마지막 소원을 빌었다. 그리고 유언을 남겼다.
　그것이 모라라는 ORE에 기록된 마지막 기억이었다.

조각 기억

 베타와 초희는 모라의 마지막 소원을 들어주고 싶었다. 그래서 모든 기억이 기록된 후에는 모라가 영원한 안식을 취할 수 있도록 돕고 싶었다.

 처음부터 모든 과정이 쉬웠던 것은 아니었다. 한 번, 초희는 보건교사가 머물고 있는 쉼터로 갔다. 쉼터의 홀에 꽃병이 놓인 테이블이 있었다. 맨 안쪽 창가 옆 테이블에 보건교사가 책을 읽으며 초희를 기다리고 있었다.

 초희는 테이블의 의자에 앉자마자 모라가 보고 싶다고 고백하며 눈물을 흘리기 시작했다. 베타가 연구소 출신인 과학자와 학교에서 근무했던 이들에게는 모든 일을 비밀로 부치고 싶어 했기 때문에 전말을 이야기하진 못했다. 다행인 것은 베타가 초희를 찾아오기 전에도 초희가 주기적으로 보건교사를 찾아와서 아이처럼 눈물을 흘렸다는 것이었다. 보건교사는 이번에도 말없이, 초희의 곁에 있어 줄 뿐이었다. 무슨 일이냐고 물으려는 생각도 없이.

초희는 자신에게 주어진 삶이 형벌인지도 모른다고 생각했다. 동시에, 만약 이것이 정말로 형벌이라면 죽음까지 다 완수해야만 한다고 믿으며 비통한 방식으로 삶의 의지를 다지려고 했다. 보건교사는 초희의 생각과 마음을 다 알 것만 같았고 바로 그렇기 때문에 초희가 측은했다. 그러나 그 어떠한 말로도 손쉽게 초희를 위로할 수 없었다. 그 모든, 반복되는 절망적인 슬픔에도 불구하고 다시 또 다시 그리고 또 다시 웃는 법을 터득해야 하는 것은 초희였다. 평소라면 보건교사는 초희에게 술 한 잔을 하자고 말했을 것이다. 그러나 그날은 아무 말도 하지 못했다. 그런 식으로 위로하고 또 위로하면서 어쩌면 모든 일이 해결되었는지도 모른다는 기분을 누리는 것이 가장 위험한 길인지도 모른다는 생각 때문이었다. 그래서 보건교사는 침묵했다. 이 침묵이 초희에게 너무도 가혹하게 느껴지리라는 사실을 알면서도 보건교사는 침묵했다.

오랜 침묵 후 보건교사는 느리게 말했다. "나도 모라가 보고 싶구나."

초희는 그곳에서 한참을 더 울다가 베타에게 돌아갈 준비를 했다. 보건교사에게는 집으로 돌아간다고 거짓말을 했다. 어머니에게는 친구들과 여행을 좀 다녀오겠다고 거짓말을 해 둔 상태였다.

초희는 집 대신 베타가 있는 곳으로 가기 위해 버스에 올라탔다.

베타는 시간이 없다고 주장했다. 언제 어디서 어떻게 우리의 작업이 방해받을지 모른다는 것이었다.

모라의 기억은 차곡차곡 정리되었다. 세상의 모든 베타는 의자에 앉아 글을 쓰기 시작했다. 초희는 베타들의 글을 어떻게 배치하면 사람들에게 조금이라도 더 친숙하게 읽힐 수 있을지를 고민했다. 베타들을 돕기로 결정한 것은 초희뿐만이 아니었다. 모라와 베타와 키오스크가 목격하지 못한 기억들을 채우는 것은 남겨진 아이들의 몫이었다.

무사히 살아남은 보배와 원혜 그리고 도준은 자신의 기억들을 이야기 사이사이에 채워 넣기 위해 각각 배정된 베타를 만나 오랜 진술을 시작했다.

베타들의 글을 두고, 초희가 오랜 고심 끝에 결정한 첫 문장은 아래와 같았다.

입학식 날이었다. 신입생들은 셔틀버스에 실려 키오스크 학교로 향하고 있었다. 은빛 고글을 쓴 채.

작가의 말

돌처럼 내 마음이 무감하다면 얼마나 좋을까 싶다가도
천진한 아이가 살 듯이 생을 살면 좋겠다고 생각한다.
떼굴떼굴 구르며 잘 놀다 가는 것이다.
우스꽝스럽게
운명에 대한 반항심으로 실컷 울고 웃다 가는 것이다.
원래 산다는 게 우스운 일 아닌가?

그래,
별 도리 없이 매사 덤덤하고 초연해지는 것이
훌륭하게 나이 드는 일이라고 하더라도
그것이 온전히 나쁜 일이라고만은

결코 말할 수 없다 하더라도
모두의 마음에 아이 하나쯤은 있을 것이다.

광막한 들판과
파도치는 바다와
영원히 이어지는 하늘이
그 아이를 위해 존재하기를 바란다.
아이의 몸에는 심장이 있을 수도, 광석이 있을 수도 있다.
아이는 자연 속에서 열정을 얻을 수도,
공허나 환희를 얻을 수도,
안식을 얻을 수도 있다.
어쨌거나 아이는 푸른 터전에 가지런히 누워 이야기를 남길 것이다. 그렇게
모든 생은 끝내 자유롭고 유구해질 것이다. 그런 바람으로 문학을 사랑하고 있다.

이 사랑과 관성의 길에 도움 주시는 분들께 언제나 고맙다.
정기현 편집자, 이유리 소설가, 전청림 평론가께 마음 깊이 감사드린다.
오래오래 함께 쓰기를 열렬히 기원한다.

모두의 심장이
모두의 ORE가
안녕하기를.

                          2025년 여름과 가을 사이
                                     이서아

추천의 글

이유리(소설가)

 단지 사랑하는 사람과 살아남기 위해 세계와 싸우는 소녀들의 이야기는 왜 항상 내 마음을 이토록이나 사로잡을까.
 숨 쉬고 피 흐르는 '심장 인간'과 인공지능이 이식된 '기계 인간'이 공존하는 세상. 아이들은 저마다 사회에 쓸모 있게 소용되는 '키오스크'가 되고자 키오스크 학교에 모인다. 그러나 작가는 곧이어 그들 하나하나의 이야기를 빠르게 조명하고, 그 긴긴 이야기를 따라가다 보면 독자는 그들이 진짜 원하는 건 사회 따위에 쓸모 있고자 하는 게 아니었다는 사실을 깨닫게 된다. 그들이 이 필사적인 모험과 투쟁을 통해 얻고자 하는 건 단 하나, 내가 정한 상대방과 행복하게 살아가는 것뿐이다. 이 험한 세상에서 유일하게 있을 곳을 허락해 준 이, 마음을 내어준 이와 함께 '천진난만하게' 살아가고 싶다는 마음. 그 소망을 위해 끊임없이 뺏고 훔치고 통제하고 억압하는 세계와 대립하며 전혀 승산 없어 보이는 싸움을 해나가는 두 소녀 모라와 초희. 나는 소설 속으로 손을 뻗어 그 애들을 그냥 거기서 끄집어내 주고 싶었다. 우리 집에 데려와 깨끗이 씻기고 배불리 먹인 뒤 좋아하는 것을 하고 놀도록 하고 싶었다. 내가 가진 가장 따뜻한 곳을 내어주고 싶었다. 그 애들이 더 이상 싸우지 않아도 되는 곳을.

그리고 이 글을 읽은 뒤 그런 마음이 되는 건 아마 나뿐만이 아닐 것이다.

추천의 글

전청림(문학평론가)

이서아는 차라리 기계가 되고 싶은 인물을 그리기 위해 이 소설을 썼다. '차라리'라는 말이 붙은 이유는 이들이 다른 여건에서라면 키오스크 학교에 입학하지 않았을 것이기 때문이다. 그래서 나는 고장 난 로봇과 인간이 대립하는 이 이야기가 재난 소설에 가깝다고 말하고 싶다. 삶이 인물들에게 재앙을 주었고, 네모난 키오스크 교장이 단상에 올라 연설하는 이 기괴한 학교는 갈 곳 없는 이들이 차악으로 택한 도피처다. 적어도, 이 학교에는 울타리와 지붕이 있으니까.

키오스크 학교에서 아이들은 가슴에 심장 대신 광석을 박은 인간, 즉 ORE처럼 훈련되고 길러진다. 불량품인 마음을 갈고 닦기 위해 학교로 온 모라와 초희, 카라비너처럼 쓸모 있는 인간이 되고 싶은 도준, 끔찍한 여름의 더위로부터 몸을 피하고 싶었던 주디와 원혜. 아이들은 은빛 고글을 쓴 채 버스에 실려 학교에 도착한다. 익숙지 않은 사람을 한없이 겁에 질리게 하지만 쓰임새를 아는 사람에겐 더없이 편리한 바로 그 기계, 키오스크가 되기 위해 말이다. 기계의 압도적인 성능은 인간의 심장을 마구 휘저으며 무력감에 젖게 한다. 그렇지만 때로 그 차가운 효율의 진실이 숭배의 대상이 되기도 한다. ORE의 그 어떤 감정에도, 그 어떤 심장에도 반응하지 않을 만큼 곧고 한결같다. 심장에 구멍이 많은 이들은 정말로 이런 능숙함을 원할지도 모르겠다.

그렇지만 이 소설이 주목하는 건 심오한 뜻과 원대한 계획마저도 쉽게 박살 내고 마는 인간의 변덕스러움이다. 인물들이 악을 지르고 반항하기를, 뒤틀리고 바스러지기를, 그렇게 용기를 내기를 바라며 소설을 읽었다. 그리고 밧줄처럼 구불구불 떨어지는 수많은 나뭇가지 아래에 누워 무지개색으로 몸을 빛내는 작은 기계를 한참이나 생각했다. 모두가 모두에게 불량품일 뿐인 세계, 그 찬란함과 강인함을 보여 주는 경이의 증거에 대해서 말이다. 『키오스크 학교』에 가해질 가장 큰 오해는 이 소설이 뻔한 설정을 가진 SF라고 여겨지는 것이다. 그러나 이 소설에 가해질 가장 큰 모욕은 이 이야기가 뭉클한 휴머니즘 드라마라고 읽히는 것이다. 소설을 읽는 당신은 곧장 심장을 두 손으로 쥐어 보고 싶을 것이다. 그리고 가슴께에 달린, 신체의 그 어떤 기관보다 맹렬하게 박동하는 그 근육의 안부를 묻게 될 것이다. "망가지고 있으신 건가요?"

오늘의
젊은 작가
52

키오스크 학교

이서아 장편소설

1판 1쇄 찍음 2025년 8월 22일
1판 1쇄 펴냄 2025년 9월 5일

지은이　이서아
발행인　박근섭·박상준
펴낸곳　**㈜민음사**

출판등록　1966. 5. 19. 제16-490호
주소　　　서울시 강남구 도산대로1길 62(신사동)
　　　　　강남출판문화센터 5층(06027)
대표전화　02-515-2000 | 팩시밀리　02-515-2007
홈페이지　www.minumsa.com

ⓒ 이서아, 2025. Printed in Seoul, Korea

ISBN　978-89-374-7733-1
ISBN　978-89-374-7300-5 (세트)

* 잘못 만들어진 책은 구입처에서 교환해 드립니다.

당신이 소장해야 할
한국문학의 새로움,
오늘의 젊은 작가 시리즈

01 아무도 보지 못한 숲   조해진
02 달고 차가운   오현종
03 밤의 여행자들   윤고은
04 천국보다 낯선   이장욱
05 도시의 시간   박솔뫼
06 끝의 시작   서유미
07 한국이 싫어서   장강명
08 주말, 출근, 산책 : 어두움과 비   김엄지
09 보건교사 안은영   정세랑
10 자기 개발의 정석   임성순
11 거의 모든 거짓말   전석순
12 나는 농담이다   김중혁
13 82년생 김지영   조남주
14 날짜 없음   장은진
15 공기 도미노   최영건
16 해가 지는 곳으로   최진영
17 딸에 대하여   김혜진
18 보편적 정신   김솔
19 네 이웃의 식탁   구병모
20 미스 플라이트   박민정
21 항구의 사랑   김세희
22 두 방문객   김희진
23 호재   황현진
24 방콕   김기창
25 오늘의 엄마   강진아
26 아는 사람만 아는 배우 공상표의 필모그래피   김병운
27 모두 너와 이야기하고 싶어 해   은모든
28 내가 말하고 있잖아   정용준
29 더 셜리 클럽   박서련
30 초급 한국어   문지혁
31 스노볼 드라이브   조예은